言葉に命を

ダーリの辞典ができるまで

ポルドミンスキイ
尾家順子訳

ЖИЗНЬ И СЛОВО

В.Порудоминский

群像社

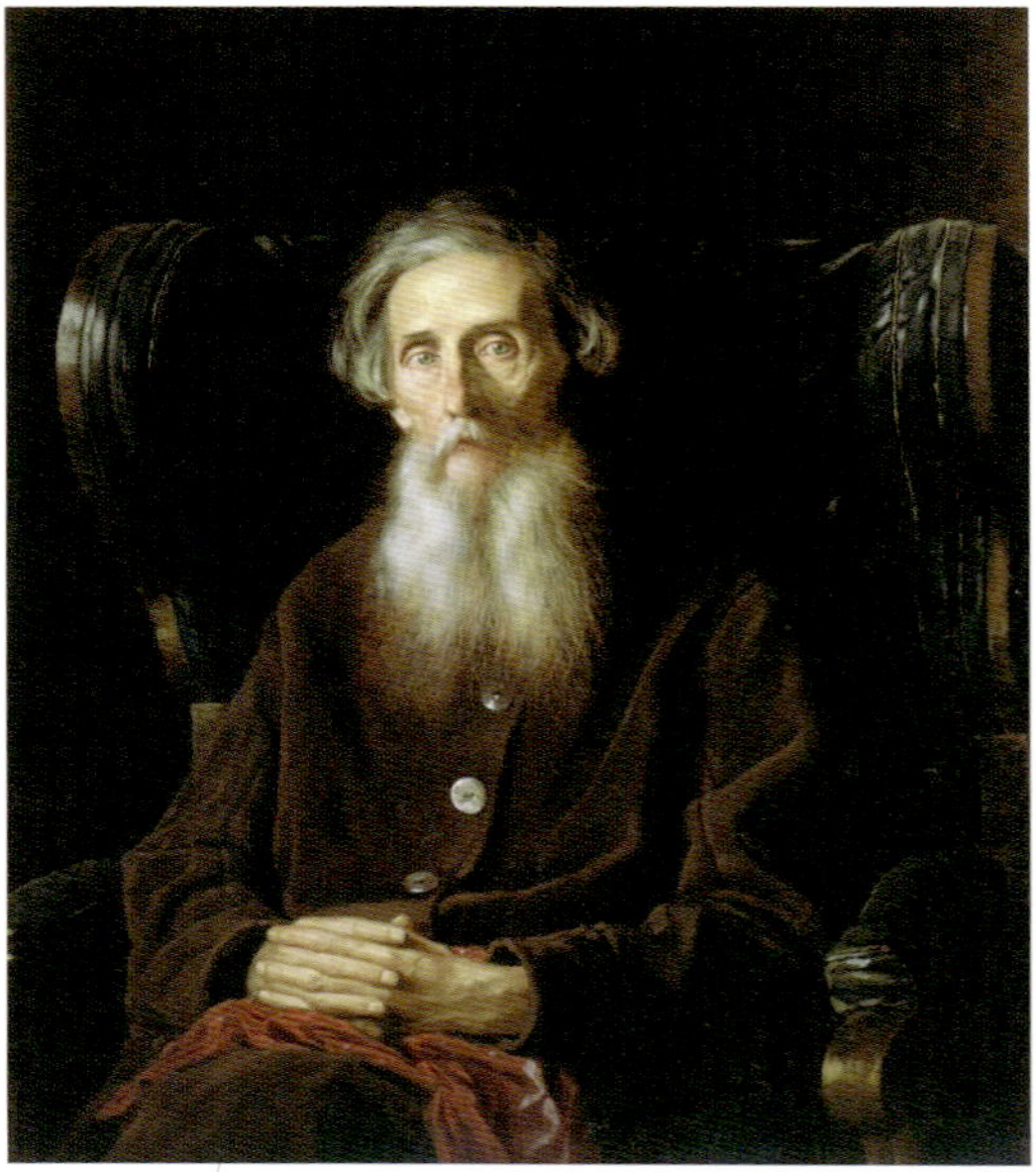

ダーリの肖像
ワシーリイ・ペローフ画

В. Порудоминский

ЖИЗНЬ И СЛОВО

言葉に命を　目次

（地名は本文の表記による）

言葉に命を

ダーリの辞典ができるまで

＊本文中の括弧内の小活字は訳者による補足です。
＊本文中の日付は当時ロシアで採用されていたユリウス暦によるもので、十九世紀は現在のグレゴリオ暦から十二日遅れです。

第一章　旅支度

『現用大ロシア語詳解辞典』、いわゆる『ダーリの辞典』、あるいはもっと短く『ダーリ』（ダーリが一生を捧げた大事業はその名だけで呼びならわされる）をのぞいてみよう。「序と凡例」の代わりに使われている「旅支度」（НАПУТНОЕ）という言葉を『ダーリ』で調べると、「出立のとき、旅立つときに支度するもののすべて」とある。

「序」や「緒言」、さらにはギリシャ語の「プロローグ」といった文語より、「旅支度」という民衆の言葉を好んだダーリは、主要な仕事である『詳解辞典』と『俚諺《りげん》集』の本編に先行する部分を「旅支度」と名づけた（『俚諺集』ではНАПУТНОЕ、『詳解辞典』ではНАПУТНОЕ СЛОВО）。読者を案内すべく手をさしのべるダーリは、旅立ちを祝い、これからの旅になにより重要なものとなる判断材料と情報を整えることが不可欠だと考えたのだった。

ジマゴールスキイ・ヤム

一八一九年三月のよく晴れた日、ウラジーミル・イワーノヴィチ・ダーリは旅の途上にあった。ノヴゴロド県ジマゴーリエ村、別名ジマゴールスキイ・ヤムにほど近い広野を進んでいる。『ダーリ』によると、「ヤム」とは「すぐに駅逓《てい》馬車を出せる農民が居住し、そのための駅もある村落」のことだ。「ヤム」から派生した「ヤムシーク」という言葉は一般には御者と訳され、「ヤムに住み、自前の馬車で旅人や郵便物を駅から駅へ届ける役目を果たす農民」を意味する。

戸外は三月、一年は春に向きを変えたが、「三月は鼻に腰かけ鼻にかみつく」とはよく言ったもので、突然厳寒に襲われた。雪は陽《ひ》を受けて、新しい十コペイカ銀貨を野原一面にまき散らしたようにキラキラと輝き、馬の足並みは軽くなった。ひづめの下から雪の塊が飛び、蹄鉄が光って幌そりの客の目の前にちらつく。風は地べたを掃くようにして、細かな雪けむりを虹色に輝かせながら客の顔に吹きつける。平らになった轍《わだち》は新雪をかぶり、その上を幌そりは帆でも張ったかのように軽快に進んでいく。

ダーリは目を細める。そして、この刺すような風では目玉まで凍ってしまうぞ、と帽子を目深にかぶり外套の襟を立て、両手を袖に突っこんで、長い脚は毛深い熊皮の膝かけに包んだ。晴れ渡った冷たい空のせいで、果てしなく輝く雪のせいで、緑、藍、オレンジ色の光が目を射る雪けむりのせいで、広野の張りつめた静寂をやぶるそりのすべり木のきしみのせいで、厳寒はいっそうきつくなっている気がする。

ダーリはまもなく十七歳半。海軍幼年学校を卒業したばかりで、最初の士官階級にあたる海軍少尉に昇進し、ペテルブルグから任地のニコラーエフへ急いでいる。

御者は毛皮の裏地のついた重い長外套にくるまって勢いよく馬を駆りながら、肩越しに乗客をちらちら見る。御者の黒い立派なあごひげは霜で白くなり、眉毛には小さなつららが下がっている。御者には凍えきったこの若者が気の毒に思える。若者の高い鼻は初めのうち寒さでちょっと赤くなりかけたが、今や真っ白になってしまった。下手をすると凍傷になりかねない。

御者は鞭《むち》の柄で空を示し、氷で白くなった眉の下の黒い目を片方細めて、見るも哀れな旅人をなぐさめようと低い声で言う。

「ザマラージヴァエト……」

「それ、どういう意味ですか」

ダーリは怪訝な顔をする。ロシア語のようだが、一度も耳にしたことがなく意味が分からないのだ。

「曇ってきたんでさあ」と御者は説明する。「ほれ、ちっこい雲が走っていく。ちっと暖《ぬく》くなるにちがいねえ」

海軍少尉ダーリは深いポケットからあわてて手帳と短い鉛筆を取りだし、かじかんだ指に長いこと息を吹きかけてから、やっとのことでメモを取る。

「ザマラージヴァチ――曇ってくること。ノヴゴロド県では空が雲に覆われることをいう。雨になる傾向」。

ダーリは人生の最後のときまで、ジマゴールスキイ・ヤム近くの雪原で最初の言葉を書きとめたこの手帳を大切にする。伝記作者らのおかげでこのメモはのちに広く知られることになり、ほとんど伝説にまでなる。ダーリ自身、伝説となった「ザマラージヴァチ」について、やがて次のように述べることになる。「ロシアをめぐるこの最初の旅の折、それまで聞いたことのなかった言葉をひとつひとつ書きとめながら、わたしは無意識のうちに、わたしの辞典の土台を据えたのです」。

……それから半世紀

ダーリの辞典では言葉は「語根が同じグループ」でまとまっている。その語群を「グネズドー」と呼んでいるが、この言葉には「巣」という意味もある。ダーリの辞典で「ザマラージヴァチ」を見ると、ふたつの意外なことに気づく。その一。「曇ってくる」という説明は語群の後半にあって、最初の説明は「ホップによって酒類（ビールやハチミツ酒）を発酵させる／陽気にさせる」となっている。これが主要な意味のようだ。その二。ダーリがメモした意味での「ザマラージヴァチ」のあとにノヴゴロド地方を意味する註はなく、オリョール、トゥーラ、および東部諸県という註がついている。ダーリにとってどの地方の出身者からその言葉を聞いたかということが重要で、それに比べたら、聞いた場所は次第にそうでもなくなっていったとみえる。

おそらく海軍幼年学校を卒業して黒海艦隊へ向かうこの旅の前から、ダーリは言葉を書きとめていたことだろう。だが我われにとって大切なのは、偉大な辞典の土台が「無意識のうちに」据えられたのは、一八一九年三月、ジマゴールスキイ・ヤムに近いまさにこの地点だったとダーリが信じきっていること、そして、ダーリにとっても我われ後世の者にとっても彼の集めた言葉のなかで最も重要なものになった言葉は「ザマラージヴァチ」だったということだ。

万有引力の法則が生まれたのはニュートンが落ちてくるりんごを見たからではなく、りんごの落下がニュートンの抱いていた見解や推測、予想などを刺激して方向性と意義を与え、たくわえてきた燃料を燃えあがらせるための火花になったからだ。辞典まではるかに遠く、まだそのアイデアすら脳裏にはないものの、御者の口からこぼれた言葉はダーリの頭と心を刺激した。母国語を知らないこと、民衆の血の通った言葉を知らないことが不意にはっきりし、体じゅうの細胞のひとつひとつがそれを感じたのだ……。

このように、『現用大ロシア語詳解辞典』が、いつ、どこで、なにから始まったかはよく知られているし、それから半世紀ほど過ぎた一八七二年に、臨終まぎわのダーリが娘を呼んで「言葉をひとつ書きとめてくれ……」と言ったことも知られている。ダーリ自身は目にすることのできない定めだったが、ちょうどそのころ、「編纂者による訂正と相当量の補遺」のある第二版が準備されていた。

老ダーリの肖像を残してくれたのは名画家ペローフ（一八三四‐八二）である。ダーリは気に入っていた茶色のウールのガウンを着て、背もたれの高いゆったりした肘掛椅子に座っている。大きなしっかりした手は膝に広げた赤い絹のハンカチの上にある。細く長い指に似ず頑丈で骨ばった手は仕事に慣れた手、手仕事を知っている匠の手だ。ダーリはとても痩せていて、若いころから頬がこけていた。ほっそりした高い鼻のせいで顔はますます痩せてみえる。白いあごひげは頬とあごから流れ落ちているかのようだ。おでこと呼んでもよさそうな秀でた額を白い髪が縁どっている。くっきり描かれた眉の下には青灰色の澄んだ目がある。洞察力に富んだ、なんでも知っている目。そのくせ若々しくて、ちょっと驚いたような賢者の目。ダーリはどこかにじっと目を据えている。その視線は我われを見ながらかすかに脇へずれている。時間や空間を超えたなにかを見ているのか、未来へ翔んでいるのか、それとも自分のなかをのぞきこんでいるのだろうか。椅子にゆったり腰かけているけれど衰えてはいない。両手は穏やかに組まれているけれど、そこには仕事をする心づもりと能力が見てとれる。そして、画家が目や額や髪に劣らず力をこめてダーリの顔に描きこんだのは、伝えることが最もむずかしいもの、思索の深さである。椅子に腰かけたダーリは休んでいるのではなく働いている。考えているのだ。若い海軍少尉が小さな手帳を広げ、かじかんで思うにまかせない指で鉛筆をにぎって最初の言葉「ザマラージヴァチ」を書きとめた日から半世紀以上が過ぎた。この半世紀と少しのあいだ、仮に一日平均十二時間労働とすると、そのほとんどどの時間もダーリはひたすら言葉を書きとめ、その解釈をしていた……。

艦隊勤務へと向かう海軍少尉は、ジマゴールスキイ・ヤム近くの名もない地点で、踏みならされた駅逓馬車の道から新たな道へ向きを変えたことを、それとなくは感じていたかもしれない。少尉の前途にあるのはもはや勤務ではなく、奉仕だ。

民衆への、祖国への、そして母国語への。

まさしくそれ

「人は仕事をするために生れてくる」とやがてダーリは書く。そして仕事は人生の意義であり目的であり証しであると繰りかえし、それを裏づけるように、例によって「木は実で見よ、人は仕事で見よ」ということわざを引用する。

「言葉の貯蔵庫」を、ダーリの言う「わが国の津々浦々まであまねく流布し語られている生きたロシア語の貯蔵庫」を同時代と後世の人びとに差しだす段になってやっと、ダーリは一生をかけた仕事の意義と目的を明らかにする。「民衆の言葉を重んじるべきときがきた」。『現用大ロシア語詳解辞典』の「旅支度」のなかでダーリはそう言っている。

「生きものが皆、よい食物を摂取して己の血肉とするように、民衆の語る素朴で率直なロシア語を学んでそれを身につけるべきだ」――多くの仕事を成しとげた非凡な人生を通じてダーリはそのために尽力した。「尽力する」という語を、彼は「精を出す、心から願う」と解釈している。

ダーリの辞典を手に取ると、そのなかに見事に保たれ息づいている民族性に気持ちが高ぶらずにいられない。辞典をひらくと、どの言葉も育った土地の滋養を吸収して独自の根を下ろしているし、どの言葉の背後からも人びとの暮らしの情景が、そしてその言葉を生みだし、的確に表情豊かに使いこなしている人びとが鮮やかに目の前に立ちあがってくる……。この点に、編纂者ダーリは特に心を砕いたのだった。

ダーリの歩む人生行路には思いがけないこともあり、ときには急旋回もあるが、二点を結ぶ最短距離は直線であるとする幾何学と違って、ことわざは「廻り道をすれば昼飯に間に合うが、まっすぐ行くと夜中になる」と教える。ダーリはこのことわざを「近道をしようとして道に迷うことがよくある」と説明する。そして「まっすぐな」という語は『ダーリ』によれば「正しい、真実の、本物の」でもあり、「まさしくそれ」というすばらしい説明もなされている。幾何学的には直線でなかったダーリの人生航路は「まさしくそれ」であり、なによりも的確に、なによりも正しく、目的に通じていた。

……黒海艦隊での勤務へと道を急ぐ海軍少尉は、まもなく美しい海軍の軍服を脱いで新しい制服に袖を通し、やがてそれも脱ぎ、三度目の制服も脱ぐことを知る由もない。制服も仕事も居住地も何度も変えてロシアじゅうを旅し、その過程で数多くのさまざまな人に出会い、しかも常に、半世紀にわたって、新しく知ったすべての言葉と以前から知っていたと思える言葉を書きとめては解釈するのが自分の運命だということも。

ダーリの人生に急変が起きたり、運命が急転したりしたとき、友人たちはそのことを知って同情しただろうし、当人もこぼしたり呻いたりしたことだろう。しかし恐らく、自分に必要なのはまさにそんな運命であり、そんな運命以外にないということを感じなかったわけでは、予感しなかったわけではなかろう。

埃のつもった静かな書斎で革表紙の分厚い本をめくり、ピンクや黄色の小さなカードに言葉を書きだす一生もあり得ただろうが、それならダーリの辞典はなかったに違いない。

居心地のよい書斎で一生を過ごしたなら、例えば馬の毛色についてダーリにどんな説明ができただろう。せいぜい黒なら青毛、栗色なら栗毛とできたくらいか。ところが『詳解辞典』には馬の毛色を表す語が五十以上もある。軍隊に勤務し、コサックの大きな村で馬の調教をながめ、ロマ（かつてはジプシーと呼ばれた）たちとぶらつき、定期市の人ごみのなかで博労のあいだをうろつかなければ、とてもそんなに知ることはできない。書斎でどんなに厚い本を読んだところで、櫂のようなごくありふれたものにもいくつもの名称があると知ることはなかっただろう。それを耳にするためには、海軍勤務をし、腕のいい船大工と時をすごし、漁師たちとウラル河を船で行き、ヴォルガ河の船曳きや船員と親しくなることが必要だった。

遊牧民が暮らすカザフの大草原と接する僻地オレンブルグに住みついたダーリは、「収益のあがる土地と付属建造物完備」の家を買って、そのことを首都の知人たちに知らせる。長く暮らすつもりで広々とった。その数年後、もう次の場所に移した仕事場を設け、書きもの机や鉋《かんな》をかけるための台や旋盤を備えた。その数年後、もう次の場所に移ってから、ダーリは大草原で親しくなったあるカザフ人との会話を思いだして、愉快そうに笑う。その男はラクダを一頭くれようとしたのだ。

「なんのためにこれを」とわたしは言った。

「おまえには家があるんだろう」

「ある」

「そいつを引っぱっていくためにさ」

「わたしの家は折りたたみ式ではないのだ。一か所に建っているんだよ」

「ずうっとそのまま建っているのかい」

「壊れないかぎりは」

「なあ、このラクダを受けとって、おまえの家を新しい場所に移してみろよ。その方が楽しいぜ」

ダーリは自分の家を新しい場所に移すことができた。その生涯は書斎にこもってカードに書きこみ、仕分けをすることではなかった。なるほど分厚い本のページをめくったり、カードに書きこんで仕分けをしたりもしたが、専用の書斎はなかった。彼は好んで他人のいるところで仕事をした。ダーリの辞典のページの背後には、生き生きとした彼の人生のページがある。

辞典への招待

ダーリの辞典は本棚に収めず、すぐに手の届くところ、お気に入りの詩集や『戦争と平和』『エヴゲーニイ・オネーギン』のある場所に置くといい。ぱっとひらいて目に入ったページから読めば、そのたびに感動を新たにするような本のある場所、片時も放せない本のある場所に。

この辞典は今ではとても参考図書とはいえない。語彙の点でも解釈の点でも、多くの内容が古くなってしまった。もっとも辞典を編纂するダーリの念頭にあったのは、意味を知るという実用性でも、関連情報が得られるという副次効果でもなかった。「どこかで出くわした知らない言葉を探しだすためにごくまれにわたしの辞典が必要になるというだけでは、編纂者の労苦はおろか、辞典を買ったこと自体も報われないだろう」とダーリは述べている。

しかし、言葉の意味を調べるという実用的な目的であったとしても、辞典をひらいてしまえばもう脇へ押しやることはできない。ある言葉を引けば、それに連なる別の言葉を引きたくなり、それがまた第三の言葉へと背中を押すからだ。ありふれた解釈のとなりに実に思いがけない解釈があって、おなじみの言葉が突然、まったく新しい言葉に変わってしまう。ほとんどの言葉の下には、ことわざが一つ二つ三つと並んでいて、言葉が躍動し、ニュアンスが変わって輝き、たえず新しい情景が脳裏に浮かぶ。こうして、どの言葉も果てしない魅惑的な旅への出発点になる。

その実例を見るには、全四巻のうちの第一巻、一ページ目から始めるのが妥当ではあるまいか。辞典の最初の言葉〈ロシア語のアルファベットの最初の文字 a、〈逆接、疑問、結論を表す〉文字 a の次の語）は「アバー」である。

「アバー――目の粗い厚手の白布／その布で作ったコート。〈アバー布〉といえば窓用布。目が粗く風を通す」とある。

ここから少なくとも三本の道がのびている。「コート」からのびる道、「布」からのびる道、そして「窓」からのびる道だ。

「コート（プラーシチ）」という語は辞典では「プラーハ（半割の丸太／断頭台）」という語群にある。ここには、「プラーフタ（ウクライナ産で毛や木綿の厚地の縞織物）」「プラシチャニーツァ（棺に横たわるキリストを描いた棺覆《かんおおい》）」も入っている。他のどの語群にもいえることだが、どの言葉にも興味深い情報が多い。しかも地方によって同じ意味を別の言葉で表わすように、言葉の意味も使われる地方によってしばしば変わる。そこで可能なかぎり、ことわざが例示される。

「プラーシチ」は「幅広で上から羽織るもの／長くてゆったりした円形の袖なしマント／外套一般、毛皮襟と折りかえし袖のついたゆったりした上着または雨除けのゆったりした衣類」と説明されている。そして「兵士は善人でも、着ているコート《プラーシチ》は欲深い」ということわざに「裾の下に隠す」という説明がついている。

もちろんそのあとで「外套」「マント」を見てもよし、「上着（オーハベニ）」が入っている語群を見てもよい。すると「オーハベニ」は「なにかで包む、周囲を囲む、取りまく」という意味の動詞から派生した言葉なので「町はずれ、近郊の村、壁や柵の外側にある入植地全般」も意味することが分かる。

どの道を行ってもおもしろくて際限ないことがはっきりしたから、出発点の「アバー布」に戻ろう。

この布は目が粗くて風を通すため、窓に張る布に使えた。ついでに「窓布《アコーンチナ》」を見ると、「布」を追う旅は我われをふたつのなぞなぞへといざなう。「黒い布がひとりでに窓にすべりこんだ」（つまり夜）と「灰色の布が窓へのびていく」（つまり煙）だ。なぞなぞのなかで「布」と「窓」が結びつくではないか。「窓布」は「窓」という語群にある（このかたまりもまた、物語には事欠かない）。これは窓枠に張る透明感のある素材のことで、今ではガラスだが、ダーリのころには、貧しい農家では牛の腹膜を薄く引きのばして張ったものだ。「腹膜の窓の家では人は嘆き悲しみ、ガラスの窓の家では人は愛想よく親切だ」――貧しい村と豊かな村についてのこんなことわざをダーリは知っていた。腹膜の代わりに、目が粗く風を通すアバーを使うこともあった。この布はわずかなりとも小屋に日光を通したことだろう。

貧しいあばら家には、そもそも窓になにもはまっていなかったこともダーリの辞典から分かる。そんなあばら家では、窓とは、冬になると板を打ちつけたり、ぼろ布や藁《わら》を突っこんで塞いだりする穴にすぎなかった。

煙出しがなくペチカに煙突のない百姓家では、煙はそのまま居室に入りこむので、煙を外に出すために壁に煙出し穴を開けるか、小さな煙出し窓を作った。そしてペチカを焚くときは煙出し窓を開け、立ちのぼった煙を出すようにした。この煙出し窓から物乞いに施すこともあった。

百姓家には外に向いた窓が三つあり、それぞれに呼び名があった。「美しい隅」（どの隅にも固有の呼び名と役割がある百姓家のなかで、もっとも重要な隅）のそばにあるのは「前窓」、それに続くのは「中窓」で、中窓には他の窓より贅沢に木彫を施した。三つ目は「食器の窓」と呼ばれる窓で、食器棚があり、主婦はここで調理をした。

辞典の最初の言葉「アバー」にいざなわれた道が「窓」「百姓家」「ペチカ」へと通じていた。百姓家についても、そのなかのペチカや隅についても、ダーリの詳しい説明があるからまだまだ先へ行くことができる。そして、そのそれぞれの言葉からまた、新たな大小の道がのびていく……。

『詳解辞典』をめぐる初めての、そして当てずっぽうのごく短い旅ですら、私たちをずいぶん豊かにしてくれた。それは第一巻の一ページ目にたまたまアルファベット順で並んでいた珍しい言葉の意味が分かったからだけではない。また、窓について多くを知ることができたから、関連するたくさんの言葉やことわざやなぞなぞが集まったからだけでもない。私たちが豊かになったのは、昔のロシアの村や、煙を出す煙突のない百姓家、さらには窓の代わりは壁の穴というあばら家、そして狭い路地が不意に目の前に開けたからでもあるのだ。そんな路地は「農婦が家《うち》の窓から向かいの窓へ、先の割れた長い鉄棒に壺をのせて渡せるほど」狭かった。「大きな窓は旦那衆の思いつき」という慣用句は、恐らくこんなあばら家で生まれたのだろう。そして窓のそばを物乞いがのろのろ歩いては「窓をかじる」（ダーリによれば、施しを乞う）が、貧しい人たちだから施しもわずかで、「最初の窓の下でどうにかもらったお恵みも、次の窓の下ではすっからかん」ということになる。

我われはまるで、「窓からのぞいても世間全体は見渡せぬ」のような表現を生みだした人たちのすっきりしたものの見方や、「亭主がドアから足を踏みだすと、女房は窓から顔をつき出す」（亭主が家を出たとたん、女房は窓辺を通る人に甘い言葉をかける）のような冗談、「きれいな娘が窓からのぞく」（太陽のこと）のような古代の豊かなイメージ、「窓のそばで聞いたことはあてにして待て」のようなクリスマス週間の占いが告げる前兆、さらに「わが家の小さな窓にもお天道さまは射してくれる」のような希望を取りいれながら、その養分をたっぷり吸って言葉が育っていった土壌に足を踏みいれたようではないか。

ダーリの辞典に一歩足を踏みいれたとたん、また言葉をめぐる旅に出たい、旅に出ずにはいられないと思う自分がいることに気づくだろう。だからこの辞典は本棚に収めず、すぐ手に取ることのできるところに置くのがいい。

そりはそりでも……

ダーリの愛読書だったゲーテの『ファウスト』のなかで、メフィストフェレスは青二才の学生をあざ笑って、中身がなくとも言葉にでき、「言葉だけ」で理論を構築できると学生に教える。すると学生は「そうはいっても、言葉には概念がつきものだ」と異を唱える。

ダーリは言葉の「収集者」を自称したが、言葉を集めるとき、その背後にある概念を忘れることは決してなかった。それどころか、自分が知っている何千何万という言葉の値打ちを、それ自体の価値よりむしろ、それぞれの言葉につきものの概念や、概念のニュアンスの多さに見ていた。

ダーリは概念を、「何事かを理解し把握したのち、脳裏で熟し記憶に留《とど》まるもの」と定義する。生活を深く理解し把握すればするほど、言葉で表わされた概念はそれだけよく脳裏で熟し記憶に留まるものだ。

「そり《サーニ》」といってもかまわないが、荷ぞり、手ぞり、幌ぞりともいえる。どのつまりどれもみな、ほとんどすべての辞典で「そり」の定義にみられる「すべり木のある冬季の運搬車」のことだ。しかしそれぞれの言葉は、単に冬の道を移動する手段という一般的な概念でひとまとまりになって人の脳裏や記憶に残っているのではない。言葉自体とは無関係でも、なにかと結びつくことによっていきいきした情景やイメージを生みだす一連の概念ともつながっている。

例一　冬が来たのだ！　百姓は喜び祝って、
　　　荷ぞりで道をつけ直す

例二　おやあれはお屋敷づとめの小僧じゃないか。
　　　手ぞりに黒犬《くろ》を座らせて……
　　　そこいらじゅうを駆けまわってる。

例三　綿毛のような雪の溝掘り起こしつつ
　　　景気よく飛ばす幌そり……

（『エヴゲーニイ・オネーギン』第五章。草鹿外吉訳）

ダーリは言葉のなかに「情操面のしつけ」「精神教育」の重要な部分があることに気づいていた。言葉によって人が幼児のうちから生まれた土地になじみ、民族の精神や慣習や生活を身につけるのは間違いないと。

人生を認識し情感を育むことは言葉から始められるし、始まることが多い。荷ぞり、手ぞり、幌そりという概念をもっている人は、「そり」だけしか知らない人より精神的に豊かだ。そこにイメージが伴う人はさらに豊かである。

ダーリの辞典には農民が使う荷ぞりのことも、都会の小さなそりのことも出ていれば、内側に靭皮を張った旅行用のそりのことも、手ぞりのことも、幌ぞりのことも出ている。そりの構造と主要部分の名称も辞典から知ることができる。さらにことわざと慣用句めいたものもある。「他人のそりに乗るな」（身のほどをわきまえろ）とか、「そりは持ち主に似る」とか。「荷馬車は穀物を家に運び、そりは市場へ運ぶ」（荷馬車は家を豊かにし、そりは貧しくする）のように対句になったものもある。さらに「走るそりと動かぬかじ棒、なんだ？」（川と岸）というなぞなぞがあり、「そり道は冬の道」といった慣用表現があり、派生語のなかには「そりや荷ぞりの名工」を指す「サーンニク」も出ている。この「サーンニク」は、ダーリの時代にすでに古語になっていたが「そりの馬」を指す言葉でもあった。「当時の道は冬は常に一列になって通ったので、馬はそれに慣れる必要があった」という註釈がある。

言葉と概念とイメージと情景。そしてそれぞれの情景に、また一連のイメージと概念とそれぞれに応じた言葉。

「幌付きのそり――キビートカあるいはボロチェーク」

「キビートカ」は「荷馬車のたわんだ幌、円弧状の屋根」でもあり、「幌のある荷馬車やそり、覆いのある荷馬車」でもある。「キビートカ」という語は「弓やくびき／弓にするために蒸気で曲げた木」を意味する「キビーチ」という語群のなかにある。ダーリはそこにさらに「キビーチは常に全体を指し、半分ずつのものはロークといって……」云々と補足する。

……一八一九年三月の厳寒の日、海軍幼年学校を卒業したばかりの海軍少尉ウラジーミル・イワーノヴィチ・ダーリが、黒海艦隊に勤務すべくキビートカに揺られてそり道を任地へ向かっている。

わたしの祖国はルーシです

「父は移住者だが、わたしの祖国はルーシ（ロシアの古称）です」――ダーリのこの切なる告白は自伝や私信ではなく『詳解辞典』のなかにあり、しかもあまり使われない「移住者（他国出身で移り住んできた者）」という言葉のところではなく、「父」という膨大な語群のなかの、「祖国（生まれ育った土地／根、民衆の土地）」という大事な言葉の用例として出ている。

ことわざは「生まれた土地で尽くすこと」と教えるが、ダーリの父が尽くしたのは生まれた土地ではない。しかし彼はロシアを新しい祖国と呼べるだけのことをし、まさに祖国に尽くすようにロシアに尽くした。

ダーリの父、イワン・マトヴェーエヴィチは、生まれたときはイオハン・フリスチアンといい、履歴書によると「デンマークの士官の子弟」だった。イオハンが二十歳を少しすぎたときに、女帝エカテリーナ二世が、学識が深く多言語を解するこの青年のことを知って呼び寄せ、宮廷付きの司書に任命した。このときまでに、イワンは大学の学科を二つも三つも修め、ラテン語、ギリシャ語以外にも外国語をいくつものにしていた。のちにイワンは数年ロシアを離れ、ドイツの大学で医学まで修めてペテルブルグに戻ると、その地で開業することを認められたと記録にある。新しい祖国は深刻な医者不足だった。

その後イワンは、移住者としては先輩格で、もうすっかりロシア人になっていた一家の娘と結婚する。古い便覧によればダーリの母方の祖母は「フランスのユグノー派の家系で、ドイツ語の戯曲をロシア語に訳したばかりか、五幕もののロシア語の戯曲をものした」こともあった。ダーリの母は五か国語を自由にあやつった。それでもこの多言語一家で使われたのはロシア語だった。

ウラジーミル・イワーノヴィチ・ダーリが生まれたのは一八〇一年十一月十日。父イワンはその二年前に宣誓して、望みどおり正式のロシア国民になっていた。「父はことあるごとに自分たちがロシア人であることを思いださせた」とダーリは言う。こうしてダーリにはルーシが、生まれたときから「わたしの祖国」だった。辞典のなかの短くも印象的な一文は、このことを彼が最後まで心のふるえる思いで大事にしていた証しだ。

「ルーシに寄せるダーリの愛情は、ルーシの根を、芯を、土台を愛していることに特徴がある。それはダーリが、日常語を話し農民や百姓と呼ばれる市井の人たちを愛しているからで、ダーリは彼らの本性を実によく知っている。彼らの考えるように考え、彼らが見るように見、話すように話すことができる」とのちにベリンスキイ（一八一一–四八、文芸評論家）は書く。

ダーリの若き友人にして最初の伝記作者となるメーリニコフ＝ペチェールスキイ（一八一八–八三、作家）によれば、いくつかの村をめぐる旅に同行したとき、村びとは、ダーリは百姓の出だと信じきっていたという。

土地がある民族のものでも、それだけではその土地が彼らの祖国だとはいえない。「祖国」というのは土地に根づいて育ち、人の心のなかに生きつづけている感覚だ。この感覚についてダーリは次のように書いている。「祖国――それはゆりかごであり墓場であり、家《ドーム》であり棺《ドモヴィーナ》であり、日々の糧であり、命を育む水である。ロシアの大地が父であり母である」。そして、ロシアの大地は発生も言語も異なるいくつもの民族（アルメニア人、グルジア人、バシキール人、カザフ人、シベリアやカフカースの諸民族、その他多数を列挙）から成っているのだから、みなが「ひとつの家族として互いを擁護し、大地を、祖国を守らなくてはならない」と言いそえる。

人生に必要なこと

「生んだ者が親なのではない。親とは養い、善きことを教えた者のことだ」というダーリのメモがある。『詳解辞典』では「育てるとは、低い次元では一定の年齢まで養うこと／高い次元では人生に必要なすべてを教えること」と説明されている。

ダーリの子ども時代はあまり知られていない。ダーリは、両親はもちろんのこと兄弟姉妹よりも長生きした。娘たちはダーリからじかに聞いた言葉で父の子ども時代を語っているが、当人は自伝に興味を示さなかった。なるほど仕事のうえで必要に迫られ、短く不完全なメモを書いたことはあるし、死の半年前に回顧録のようなものを口述して娘に書き取らせはじめもした。しかし半時間ほどでもう、止したとばかり片手をふった。（「続きはなかった」と娘は欄外に書いている。）

ダーリの未来が「ほの見える」ような子ども時代の情景を作文するのはよそう。知られていることをじっくりながめて、両親がどんな善きことを教えてくれたのか、ダーリが「高い次元で」どんな家庭教育を受けたのかを明らかにしてみよう。

両親が多言語を話したことは確実にダーリに影響した。そのおかげで幼いころから鋭い言語感覚に恵まれた彼は、ロシア語以外に、進んでドイツ語、フランス語、英語、さらにはウクライナ語、ベロロシア語、ポーランド語、タタール語、バシキール語、カザフ語までものにし、ラテン語で読み書きや会話ができるようになり、ブルガリア語とセルビア語も学ぶ。

それでも家庭ではロシア語が使われた。「上流階級」ではフランス語が常用され、グリボエードフ（一七九五－一八二九、劇作家）の『智恵の悲しみ』にあるように「マダムとマドモワゼルは翻訳することができない」（第三幕二十二場）とされていたが、ダーリ家ではマダムやマドモワゼルはどう訳せるか分かっていた。当時、上流階級の家庭にふさわしい呼び方とされていた「パパー」のたぐいは一家ではまったく不評で、「父さん」か「お父さん」（この方がよい）か「親父」だった。話題がなんであれ、できるかぎり生粋のロシア語が使われた。しかも意味さえ分かればよいのではなく、最も的確なものを用いなくてはならなかった。子どものころから、同じ「開ける」でも、錠前と、長持ちやふた、ドアでは、それぞれに相応しい動詞を用いるよう教えられたので、それは終生ダーリの身についていた。

父のイワンはいわゆる本の虫だった。息子によると、父は勤務時間以外はずうっと書斎にこもって本を読んでいた。若いころペテルブルグの帝室図書館に勤めたイワンは「祖国」の文学に魅了されたに違いない。その当時活躍していたのはフォンヴィージン（一七四五－九二、劇作家）、ヘラスコーフ（一七三三

―一八〇七、詩人）、ノヴィコーフ（一七四四―一八一八、作家・ジャーナリスト）、ラジーシチェフ（一七四九―一八〇二、社会思想家・作家）らで、若いクルィローフ（一七六九―一八四四、詩人）はデビューしたばかりだった。そのころ、ロシアの学者や作家の尽力で、当時としては大部の『ロシア・アカデミー辞典』が編纂されていた。ロシア語の最初の詳解辞典である。「アカデミーの編纂による辞典では外来語、とりわけ外来の慣用表現を避けるためにあらゆる手が尽くされ、例にあげられたのはことわざだった」。一七九四年に最終巻が出たこの六巻ものの辞典が父の書架にあって、ダーリ少年がそれをときどき見ていた可能性は高い。

そして疑いの余地がないのは当時としては新しかった詩と早くに出会っていたことで、少年のころからカラムジーン（一七六六―一八二六、作家・歴史家）、メルズリャコーフ（一七七八―一八三〇、詩人・批評家）、ジュコーフスキイ（一七八三―一八五二、詩人）、バーチュシコフ（一七八七―一八五五、詩人）ら、当時の著名な詩人を真似た若書きの詩を作り、クルィローフを耽読して寓話も似たものを作りはじめる。

だからどうだというのだ、わざわざ書くほどのことなのかと思われるかもしれないが、プーシキンの未完の長編『ロスラヴレフ』に「名門の両親」をもつ娘の読書環境にふれた箇所がある。ちょうどダーリが少年のころだ。図書室にはロシア語の本といえばスマローコフ（一七一七―七七、劇作家）のものしかなく、そのスマローコフの作品をヒロインは読んだことがない。ロシア語のものを読むのはひと苦労だったから。

プーシキンとダーリの子ども時代からほぼ二十年後、プーシキンはミハイロフスコエ村から身内に宛てて、夜ごと昔話を聞いて「自分が受けた忌《いまわ》しい教育」の埋めあわせをしていると書く。「昔話のなんと魅力的なことだろう。どの話も物語詩だ」と。もっともプーシキンが子どものころからばあやの昔話を聞いていたことはよく知られている。ダーリにも、プーシキンにとってのアリーナばあやがいたが、ダーリのばあやのことは皆目分かっていない。珍しいその名ソロモニーダは回想のなかに一度ちらっと出てくるだけだ。のちにダーリが書いた昔話（『最初の五話』）に、ソロモニーダおばさんという陽気な語り手が突如姿を見せはするるが。

この昔話のなかですばらしい若者イワンはどこか知らないところへ行き、だれか知らない人を探しだすために、七つの辻からのびる七つの大道をひとりで行き来する。山を越え、森を越え、そのまた向こうの山を越えていくと、一軒の小屋が、巣ごもりの鳥よろしく、道にかぶさるように両翼を広げている。小屋のなかではコツコツという音がして、あたりを大小の編みかご、バスケット、それに小箱が歩きまわり、ふたりの魔女が小屋のまわりを回って見張っている。話の終わりに蜜酒がふるまわれたとき、そこにソロモニーダの姿はなく、残念ながら蜜酒はひげを伝って流れてしまい口に入らなかった……。ソロモニーダばあやはたいしたもんだ！

「旅支度」のなかでダーリは「この辞典の編纂者（ダーリは自分のことを編纂者や収集者などと第三者的に呼ぶことを好んだ）は物心ついて以来、ロシア語の文章語と庶民の話し言葉の不一致に落ちつかず心乱されてきた」と述べる。子どものころから文章語と話し言葉の不調和、不一致に気づくためには耳がいいだけでは不十分で、庶民の話し言葉をたっぷり聞くと同時に、文章語、文学の言葉を身につけていること、つまり博覧強記の人でなくてはならない。

ダーリは読書家の家庭に育った。これは彼の将来にとって特に大事なことである。ダーリの子ども時代には、聖書と暦《こよみ》とクルガーノフ（一七二五または二六－九六、教育者・数学者・教科書の編集者）の『手紙文例集』をのぞけば本などまったくない家庭が多かったからだ。子どものころダーリはもちろん聖書を読んだだろうし、「暦」と呼ばれることの多かったカレンダーを見ただろう。

当時の暦には地理、歴史、家政に関する諸情報やモスクワとサンクト・ペテルブルグからの距離が示された諸都市一覧が出ていたので、ルガニ市（ウクライナ東部、現在のルガンスク市）がロシア帝国の首都から一七五一ヴェルスターの距離にあることは暦で知ったに違いない。官吏の職階や官等、褒賞まで記した暦もあった。

プーシキンの『大尉の娘』第一章が思いだされる。「……親父はこの宮中年鑑《カレンダー》を、ときどき肩をすくめたり、小声で『陸軍中尉か！……あいつおれの中隊で軍曹だったものだが（中略）……ついこのあいだまで……』などと繰りかえしながら、読んでいたのである。やがて親父は年鑑をソファにほうりだすと、何やら考えこんでしまったが、これはどうせろくなことにはならぬ前兆だった」（神西清訳）。暦はこんな風にも読まれていた。

クルガーノフの『手紙文例集』に至っては、長いことダーリの手元にあったと断言してもいい。ダーリと同じ一八〇一年生まれのゴリューヒノ村の地主（プーシキン『ゴリューヒノ村史話』の主人公）は、子ども時代の「大好きな日課」のひとつが『手紙文例集』を読みふけることで、すっかり空で覚えていてもなお、読みかえすたびに「今まで気づかなかった新しい美しさ」を発見したと語る。ゴリューヒノ村の地主は、クルガーノフという人物のことを知りたいと願ったが、クルガーノフを親しく知る人は一人もいなかった。

ダーリの父イワンは、息子がクルガーノフのことを訊ねたなら、その好奇心を満たしてやれたことだろう。『手紙文例集』の著者をそれなりに知っていただろうし、ひょっとすると面識もあったかもしれない。ダーリは、同い年のゴリューヒノ村の地主と違って、『手紙文例集』の著者名を本の扉で見ただけではあるまい。ダーリが海軍幼年学校に入る数十年前、クルガーノフはそこで数学と天文学と航海術を教えていた。学術探検にも加わり海図も作成した。算術、幾何学、測地学、航海術、海軍の戦術、築城術、さらに沿岸防衛の本も書いた。もっともこれらの本をダーリが手にするのは、『手紙文例集』を手にするより少しあとのことだ。人は当時ほとんどの家庭にあったクルガーノフの『手紙文例集』に則って文法を学び、『手紙文例集』からさまざまな科学情報や、人生のいろんな出来事をテーマにした詩、小話を知った。このとき初めて、青年ダーリの前に「ことわざと慣用句の大伽藍」が姿を見せた。外来語や外国の慣用句をロシア語に言いかえるという詳解辞典の素朴な試みもそこにはあった。クルガーノフは自分が編んだこの〈辞典〉を「語解」と呼んだほどだ。

ある意味でクルガーノフはダーリの先駆者といえる。ダーリと同窓であり、航海術だけではあき足らずにことわざを集め、言葉の解釈に手を染めたからだ。だが、ひとつの仕事から別の仕事へ大胆に方向転換するという特質は、ダーリの場合はもちろん家風といえよう。二つか三つの学部を終え、ペテルブルグの宮廷で居心地のいい地位も手に入れたというのに、父親のイワンにはこのうえなにが望みなのかという気がする……。ところがなんと、すべて投げうって遠い国へ飛びだし、医学を修めて帰国するや、また人生を一から始めるのだ。ダーリの母は高く幅広い教養の持ち主で、数学と製図は家庭教師を雇ったものの、それ以外の教育には自分があたり、手工芸の腕前もかなりのものだった。回想によると、ダーリは「幼いうちからなにかしら手仕事をしているのが好きな少年」として育った。これも終生彼の身についていた。同時代の人はやがて、ダーリが板と釘を上手に使って腰かけを作り、旋盤でチェスの駒を削りだし、船の模型を作り、ガラスで繊細きわまりない飾り物を作るところを見ることになる。

「人生の途上で出会う知識はなんであれ手に入れなくては。なにが役に立つか先のことは分からないのだから」と母親は教えた。ダーリは子どものころから知識と職人技を「手に入れる」能力に恵まれ、終生ダーリに備わっていたその能力に舌を巻いた同時代人は多い。そういうユニバーサルな能力、ダーリの辞典によれば「全般性」があったからこそ、実に多様な情報を満載したあの驚くべき辞典を生みだすことができたといえる。しかし母親の教えには「先のことは分からない」という言葉も入っている。だれしも、どんな道が自分の前に開けていくか分かりはしない。

ダーリが生まれたルガニ市の始まりは軍艦の大砲を作る鋳物工場からで、そこへ工場医として派遣されたのが父のイワンだった。最初はペテルブルグ近郊のガッチナ郷で開業したが、その後、希望して北部のペトロザヴォーツクへ移り、そこからルガニ市へ行くことに同意し、ニコラーエフで黒海艦隊の医師の長として勤めも人生も終える。

当時は近くへの旅でさえ一大事であり、遠方への旅は一生の思い出になるほどの出来事だった。ところがダーリの父イワンは、ちょっとそこまでとばかりにペテルブルグからヨーロッパへ行ってまた戻り、今度は北部へ行き、数年後にはまた、住みなれた土地を離れて南方の黒海沿岸へ移動する。ダーリはこの身軽さも父から受けつぎ、もう熟年に達してから、自分も「ロシアのあちこちをうろついた」者のひとりだと口にする。

息子によると、父親が大公パーヴェルの居城のあったガッチナを去ったのは「我を忘れてかっとなることもあり、大公とは反りが合わなかった」からだとか。「反りが合わない」とは恐れ入った。片や、毎日報告書をもって大公にお目通りする「田舎医者」、片や未来の皇帝パーヴェル一世なのだから。ダーリは父親の短気は見習わない。しかし父にとってもこれはうわべのことで、息子は父親の我を忘れるほどの短気のかげに隠れていた本質を、「わたしの父はまっすぐな人、最も厳密な意味で実直な人でした」と見定める。

ダーリ医師がルガニ工場の管理委員会に宛てた報告書に次のようなものがある。「労働者は換気の悪い狭い宿舎に押しこまれ、寒く汚く、食事は粗末。しばしばもしくは常に空腹で、汲み置きの水を飲み、クワス（ライ麦や大麦を発酵させて作る清涼飲料）がめったにないご馳走になっている。たとえわずかでも力が残っているうちは病人も健康な者と一緒に仕事を続けるが、仕事は疲労困憊するほどの重労働だ」。管理委員会がこのような報告書を気に入るかどうかなどダーリ医師は考えようとしなかった。

仕事におけるこの一本気で厳密な実直さを、ダーリは父親からゆずり受けた。やがて出世の階段を相当なところまでのぼるが、仕事ではなく自分の権益を守るのが日常、奉仕ではなく御機嫌取りが日常の世界で、ダーリは「やりきれないほど実直で正直だ」と言われることになる。

ニコラーエフの社会、いわゆる「世間」においても、イワン・ダーリは世間並みの振舞いはまるでしなかった。息子の記憶によれば、父親は「人前に出ることはあまりなく、その姿を見かけるのはもっぱら職場か診察のときだった」し、カード遊びをせず、同僚と食事をせず、上司に知己を求めず、書斎にこもって自分が必要だと考えたことをした。「変わり者」で通っていたのも不思議はない。『詳解辞典』

でダーリは思いをこめて、「変わり者」を「風変りで独特で、世論や慣習に従わず、なにごとも自分流に行う人のこと。変わり者は人の言うことを意に介さず、自分が有益だと思ったことをする」と解釈する。これは覚えておこう、変わり者という言葉は最後の日まで息子にもつきまとうのだから。息子も世間体を気にしない。父と違って社交的な人間に育つが、やはり本質をきちんとつかむ。そして人の言うことは意に介さず、「世間」の意を迎えず、自分の人生で重要だと見なしかつ他人の役に立つと考えたことに、力と知恵と知識のすべてを注ぐ。

ダーリは両親から受けた精神的な影響について言葉少なに述べ、次のように結んでいる。「わたしは終生ロシアを旅する機会を探しもとめ、民衆こそ芯であり根であって、上流階級はしていることから見ると徒花《あだばな》でありカビであると考えて、民衆の暮らしぶりを調べつづけた……」。

この立派な教訓も父の営んだ家庭から得た……。

自前の言葉があるのだ、もっと大胆に！

だがさらに、みなに共通する歴史的な出来事があった。世代全体を〈高い次元で〉鼓舞し、祖国に寄せる熱い思い、祖国への愛に火をつけ、世代全体の心に自民族を誇りに思う気持ちを生み、かつ自分がそういう民族の一員であることを誇りに思う気持ちを生んだその出来事とは、一八一二年の祖国戦争（対ナポレオン戦争）である。

ゲルツェン（一八一二-七〇、思想家・作家）は「モスクワの大火、ボロジノの戦い、ベレジナ川のこと、パリ占領の話はわたしの子守唄であり、お伽噺であり、わがイーリアス、わがオデュッセイアだった」と回想する。

やがてダーリの友となる外科医ピロゴーフ（一八一〇－八一）は『子どもたちへの贈りもの　一八一二年の記念に』と名づけられた諷刺画入りのカードで文字の勉強をしている。子どもたちはアルファベットを、ありふれた文字の代わりにその文字で始まる愉快な詩形式の語句で覚えた。このアルファベットは、ダーリも子どものころから知っていたに違いない。のちにダーリはこれを描いた画家チェレベニョーフ（一七八〇－一八一五）の作品を収集する。この画家は祖国戦争のとき、大胆で的を射た諷刺画を描いてこの出来事に鮮やかに応じたことで名を馳せた。『詳解辞典』のいくつかの項でダーリは、一八一二年を描いたチェレベニョーフの絵とその下にそえられた語句にふれている。

とはいえ、ゲルツェンやピロゴーフはダーリより十歳若い。彼らの幼い愛国心を養ったのは過去の手柄や勝利についての物語である。一方ダーリは「栄えある記念すべきとき」と呼ばれる一八一二年の目撃者だ。

覚えているだろうか　軍隊が流れるように通りすぎ
ぼくらは　先輩たちと別れを告げた
そして悔しさを抱え　学び舎《や》に戻った
ぼくらのかたわらを歩みすぎ
死地に赴いた者を羨みながら……

これがダーリの世代の感覚だ。過去に目を向けたこのプーシキンの詩は、詩人の死の数か月前、一八三六年に世に出たが、祖国戦争のすぐあとに書かれた貴族学校《リツェイ》時代の彼の詩（一八一五年）に連なるものだ。

ああ！　不可思議な運命《さだめ》は　わたしに
降りそそぐ敵の矢のもと　おん身のために戦うようには仕向けなかった
ボロジノの子らよ、おお、クルムの英雄らよ！
その隊列が　飛ぶように戦場へ向かうさまを　わたしは見た
高揚した胸のうちで　わたしはそのあとを　急いで追うた……

（「一八一五年の皇帝陛下のパリからの帰還に寄せて」の一節）


祖国戦争の痕跡は『詳解辞典』のそこここに見られる。

語句の選択では、「祖国戦争」（祖国を救うため。わが国では一八一二年の戦争のこと）、「国民戦争」（国民がこぞって積極的に参加する戦争のこと）。

語句の説明では、「十二民族の襲撃——祖国戦争、一八一二年のナポレオンによるロシア侵攻」。

例文では、「戦友（共通の偉業に加わった者）」という語のところに「一八一二年の戦友」。

例文代わりのことわざで、「熊手」という語のところには「フランス人相手には熊手も武器」、そしてカッコ付きで「一八一二年」。

さらについでのような註釈で、例えば「カラス」という語群にある「カラスはハヤブサの羽をむしりとれなかった」という文例には、小さな活字で「敵のフランス軍のそばで着替えたプラートフが、立ち去り際に言ったとされる」とある。（コサックの頭目プラートフはフランス士官の制服を着てフランス軍の配置を偵察に行き、気づかれずに無事に戻ったと伝えられる。）

身内で語り草になっていたことがある。父のイワンが「ニュースを聞くために」息子を市場へやると、そこでは急使が、待ちかねていた群衆のあいだを疾走しながら至急公報の内容を叫んでいた。息子は耳にしたことすべてに強く心を動かされ、まっしぐらに家に駆けもどって家族にニュースを伝えたというものだ。忘れがたい過去の出来事を覚えているあの時代の堅物はこの話に異議を唱え、そんな馬鹿馬鹿しいことがさも正直で実直なダーリの口から出たかのように伝えられるとは、と憤慨する。「一八一二年を今も覚えている者ならだれでも知っていることだが、急使であれ、駅逓馬車の御者であれ私的な客であれ、たとえその目で見たことでも、上層部に報告する前には身内にさえ語るのをはばかったものだ」と。いいだろう、堅物殿の言うとおりだとしよう。だが、その人にも反論できない重要なことがある。それは家庭での言い伝えがぶれていないことだ。一八一二年の出来事は少年ダーリの「心を強く動かし」、彼が終生持ち続けた感情を生みだして根づかせた。ダーリはのちにも「この一八一二年は記念すべき栄光のときだった」と熱い口調できっぱり言う。

祖国戦争がダーリの人生を決めたようだ。父親はこの出来事を燃える思いで受けとめ、息子たちが幼くて実戦部隊に入れないことを嘆いた。息子たちに軍事教育を受けさせようと決心したのはこのためではなかったろうか。

もっともダーリの運命で重要なのは祖国戦争の余韻や痕跡ではなく、なによりも祖国戦争が終生彼に呼びおこした意識である。この意識がダーリの個性を作った。この意識を抱いて彼は人生を生きとおし、生涯をロシア語に捧げた。

祖国戦争が終わってまもなく、のちに福祉同盟のメンバーになるグリンカ（一七八六－一八八〇、詩人・評論家）の「友への手紙」が雑誌「祖国の息子」に掲載される。そのなかで彼はロシア語の純粋さと独自性を求めて闘うように、年代記や民間伝承や古代の詩をもっと読むようにと助言し、「地方のさまざまな慣用表現」にもじっくり耳を傾けるべきだ、そこには「興味深く、かつ今でも新鮮なものが多く見つかるだろう」と述べる。

未来のデカブリスト、ニコライ・トゥルゲーネフは戦争を総括して、「時代の精神が一気に幾世紀分も飛翔した今日《こんにち》、わが同胞の精神的要求はこれまでとは異なる特徴を帯びた……」と書く。このように祖国戦争によって目覚め、意識が高まった良質の同国人は、民衆の言葉に注目することを重視しはじめた。

グリンカは「栄えあるわが祖国の名は燦然と輝いているのに、その言語は沈黙している！　我われはロシア人なのにロシア語を話していない」とはっきり言い、もうひとりの未来のデカブリスト、キュヘリベーケル（一七九九－一八四六、詩人）は「豊かで力強いロシア語から取りだされようとしているのは、紋切り型で舌足らずで不自然にやせ細った、少数の人に使い勝手のよいわずかな言葉にすぎない」と嘆く。一八二五年十二月十四日、デカブリストの乱の日に元老院広場でその姿を見ることになるベストゥージェフ（一七九七－一八三七、詩人。筆名マルリンスキイ）は「新しい世代は、母国語の魅力と、自らのなかに母国語を形成する力があることを感じはじめている」と期待を寄せる。

また『ルスランとリュドミーラ』はもう世に出ていたが、若きプーシキンは「我われには、しきたり、歴史、歌謡、昔話など、自前の言葉があるのだ。もっと大胆に！」と呼びかけ、すべてをこのロシアで、ロシア語のなかで創りあげるべきだと繰りかえす。

文章語と民衆の言葉とのあいだに溝を感じた若いダーリの困惑と懸念、研究が無理ならせめて民衆の言葉をたくわえなくてはという衝動、それは時代と呼応し時代を満たしていた切実な感覚であり、共通の根からのびた世代の感覚だった。

幼年学校時代

北国の昼の鈍い光が長い回廊の窓に射しこみ、一列に並んだ同じ形の白いドアや磨きあげた真鍮のノブ、灰白色の壁や蠟引きの床に反射している。じっと見ていると船酔いにでも襲われたような吐き気とめまいを覚えるほど、のっぺりした光だ。合図の鐘が何度か、音を引きのばして響いたかと思うと、教室のドアが不意に一斉にバタンと鳴り、揃いの制服を着た同じような背格好の幼年学校生が群がりでてきた。かたわらを駆けぬける者、歩きながら「新入生《ノヴィチョーク》だ！　新入生だ！」と叫ぶ者、一瞬立ちどまり、興味津々の面持ちで新顔の少年を眺めまわす者、少年の手を引っぱる者、肩を小突いて少年がもってきたうまいものをねだる者。少し年上の生徒はおもむろに力比べを申しでる。そこへ当直の士官が現れ、新入生を備蓄庫へ連れていく……。

おもしろいことに、「ノヴィチョーク」というなんの変哲もない言葉を、ダーリは海軍幼年学校で初めて耳にした。自伝的要素の濃い短編に登場する若い海軍少尉は幼年学校を卒業して、黒海艦隊で勤務するためにニコラーエフに向かう。少尉は幼年学校でしか使われず、理解もされない言葉をかなり集めた一覧表を作ったが（「ザマラージヴァチ」がダーリの最初にメモした言葉ではなかろうと考える根拠はここにある）、少尉がとらえた「新語」のなかにこの「ノヴィチョーク」もあった。それから半世紀後に出た『詳解辞典』でもなお、ダーリはこの言葉を慎重に扱っている。今では死語になった「新人《ノヴィーク》（新兵／新たに勤めや役職についた者の呼び方）」に続いて「学校では新入生をノヴィチョークと呼ぶ」とあるだけだ……。

さて当直の士官が現れて、新入生を軍需物資の備蓄庫へ連れていく。そこから出てきた新入生はもう制服姿で、鼻が目立つことをのぞけば他のみなと同じ格好だ。制服は黒で金ボタンが二列に並び、襟と袖に金糸の縫いとりがある。ズボンは白、高い軍帽は銀糸を編んだひもがひさしの前部に渡してあり、ポンポンもついていた。ダーリの勤務は一八一四年の夏に始まる。「勤める」という言葉は『詳解辞典』では「役に立つ、有用である、必要とされる」と説明されている。この言葉には「任務にある、職についている」という意味もある。ダーリは、任務にある、制服を着ているという意味では四十五年間、そして有用である、必要とされるという意味では人生最後の日まで勤めあげた。

今日からダーリの生活は鐘の音に従うことになる。五時起床、六時に祈禱と朝食、七時から十二時まで学課、十二時に昼食、そしてまた学課、午後五時に軽食、八時に夕食、九時に祈禱、そして終業の鐘。

明け方、最初の鐘が鳴ると、生徒たちは起きて身支度をし隊列を組む。列のあいだを当直の士官が進み、手は洗ったか、爪は切ってあるか、髪は整っているか、ボタンは全部ついているかと調べていく。

朝五時から夜九時まで、生徒たちは制服のボタンを全部とめ隊列を組んで過ごす。「右向け右！」で隊列を組んで祈禱に行き、隊列を組んで教室に向かい、隊列を組んでホールに行って、朝食、昼食、おやつ、夕食を食べる。幼年学校のホールは一個大隊が自由に機動演習できるほど広く、公爵の宮殿にあるようなテーブルには、専制君主の思いつきで学校に届いたという重厚な銀食器が並ぶ。もっとも食事は特に品数が多いわけでも量が多いわけでもなく、銀の皿から銀のさじですくうのは薄い粥《かゆ》、金メッキをした大きな重いカップで飲むのはクワスだ。朝食と夕食には白パンと、砂糖の代わりにねっとりした黒っぽい糖蜜が出され、裕福な家の子には実家から届く紅茶があった。

土曜日は、夕食のあとこのホールでダンスを学ぶ。マズルカやポロネーズが響き、ホールの中央では特別に招聘されたダンス教師が、片足を床に打ちつけて、ワン・ツー・スリー、ワン・ツー・スリーとワルツの拍子を取る。幼年学校は音楽面で誉れ高く、学校のオーケストラは貴族の舞踏会にも招かれるほどだった。ワン・ツー・スリー。ワックスでピカピカの寄せ木張りの床に生徒らの白いズボンが映る。巨大なシャンデリアのガラスが触れあってかすかな音を立てる。士官はみな厳めしい顔で、踊っている生徒のあいだを行き来し、小言の種をさがして制服のホックや肩章を眺めまわしたり、少年たちの言葉に耳をそばだてたりしている。ホールのそばの暗い廊下を行ったすぐのところには宿直室がある。ランプのほやが煤けているので、部屋は薄暗い。宿直室には、腹ばいにさせられた生徒たちの腹でつるつるになったベンチのそばに塩水の入った小さな桶があって、枝笞《むち》の束が浸けてある。年中ひまを持て余しているひげ面の役立たずは、力まかせに酷《むご》いことをする気満々だ……。

海軍幼年学校を卒業してずいぶん経ち、海軍の制服を脱いでからもかなり経った自分の誕生日に、ダーリは身内のために、定期市の見世物小屋で聞く戯れ歌のような自伝を書いた。題して「ダーリ・イワーノヴィチの不可思議なる遍歴、奇天烈なる冒険、および知能の多様なる現象」。「不可思議なる遍歴」には幼年学校時代もちゃんと入っている。「ダーリ・イワーノヴィチは制服を着せられ、帯剣をさせられ、土曜太鼓にて起こされ、ひき割粥を食わされ、本を買わされ、帳面を綴じさせられ、何一つ教わらず、土曜のたんびにぶっ叩かれしなり」。これがただの冗談ならいいのだが、自伝的なメモにもそっくり同じことが書かれている。幼年学校には教育などなかった、見せかけだけで「記憶には笞しか残っていない」と。

ダーリとじっくり話してみなくてはなるまい。

多くの水《とき》が流れたのか

……一艘の小舟が博物館に眠っている。私たちはこれを「ロシア海軍の祖父」と呼ぶが、百五十年前、二百年前に生きた人たちには「小舟」はまだ祖父ではなく「父」だった。

この小舟がピョートルに　海へ獲物を獲りに行かせた
この小舟こそ　ロシア海軍すべての父

と昔のヘボ詩に歌われている。この小舟はロシア海軍の栄光に向けた第一歩を進む定めにあった。（ダーリは「小舟」一般についてはもちろんだが、特別な小舟のことも忘れてはいない。辞典には「小舟――

手漕ぎの舟、または一本マストの帆船のうち最も小さい舟。わが国ではピョートル大帝の小舟が記憶されている」とある。）ピョートル一世はイズマイロヴォの亜麻小屋で小舟を見つけ、ヤウーザ川やペレヤスラーヴリ湖、クベン湖などで試運転してみたが、どこも水域が狭く浅すぎたために「じかに海を見ることにした」という。

海を見て支配するには航海士が必要だ。一七〇一年一月十四日に航海術の専門学校が設立された。当初、学校は内陸部のモスクワに置かれた。

一七〇一年からダーリが幼年学校の制服を着る一八一四年までに多くの水《とき》が流れた。鋭い舳先で切りひらかれ、砲弾で飛沫のあがった水また水。まだ若いロシア海軍はこの歳月にフィンランドのハンゲ、トルコのチェシュメ、ブルガリアのカリアクラで輝かしい勝利を収めていた。カムチャッカ、アラスカ、サハリンの探検、ロシア初の世界一周学術探検。航海術専門学校はやがて海軍幼年学校になり、大西洋により近いペテルブルグに移された。

海軍で起きるどんな出来事も、幼年学校の生徒たち抜きには済まなかった。幼年学校生のダーリは、片側に高い窓が並んで均質に光が射しこみ、反対側には教室の白いドアが延々と続く廊下に足を踏みいれたばかり、海上勤務に慣れてきたばかりだが、タンボフの草深い田舎では、一七六六年の卒業生である海軍将官ウシャコーフ（一七四四または四五‐一八一七、黒海艦隊司令官）が最後の日々を過ごしていた。教室をのぞいているのは、一七八八年の卒業生で幼年学校の視学官にして高名な航海士クルゼンシュテルン（一七七〇‐一八四六）だ。一八〇三年卒業のラーザレフ（一七八八‐一八五一）は世界一周航海の途上にある。未来の海軍将官にしてセヴァストーポリの英雄となるコルニーロフ（一八〇六‐五四）とイストーミン（一八〇九 - 五五）はまだ幼く、おずおずと作文を綴っている。幼年学校はまだ先のことだ。ダーリとともに鐘の合図で暮らしているのはナヒーモフ（一八〇二 - 五五）である。この誉れ高い学校について、勇敢な航海士や偉大なる艦隊司令官や豪胆な旅行家ら、若鷲が巣立っていった巣について、ダーリには時が経っても薄れることも和らぐこともなかったいやな記憶しか残っていないというのだ。「海軍幼年学校でわたしは、一八一九年まで死んだように時間をつぶしていた……」。

やれやれ、ダーリとじっくり話してみなくてはなるまい。

もちろん、教師のなかには無学で下らなくて、ひどいのもいた。やがてダーリと同級生たちは、憤慨したり老人の穏やかな笑いに包んだりしながら、教官たちが口にしたたわごとや気前よくふるまわれたビンタの話をするだろう。だが思い出は比較対照してみることだ。

そう、たしかに、なにもかもダーリの言うとおりだった。正直なダーリの言葉を疑う根拠などあろうか。しかし教師風《かぜ》を吹かすだけのろくでなし、薄のろにバカしかいなくて、すばらしい戦士や航海士をきらぼしのごとく輩出できたとはとても信じられない。ダーリと同じ鐘の合図で猫背ぎみの幼年学校生が生活している。櫛目の通った薄い赤毛のもみあげ、明るい色のどんぐりまなこ、落ちついて考え深そうなその生徒は未来の提督ナヒーモフである。将来、軍事史家は次のような公正な評価を下す。「セヴァストーポリの防衛における主要な海軍司令官はおしなべて」幼年学校の卒業生であり、この地球上で「新たに発見された島の多くや、名だたる岬そして丘陵は幼年学校出身の士官の名を冠している」と。

そう、たしかにダーリの言うとおりだ。

砲兵准尉ヴォイチャホフスキイが編んだ数学の教科書にはこんな設問もあった。

ロシアに新参のフランス人のマダムは
トランクのなかの財産を　値踏みしてみる気になった。
ところが鑑定官のロシア人は
マダムに言った。
あんたの全財産は三アルトィン半で
うち半分はオレのもの……

だが海軍幼年学校の数学の授業にこの教科書しか使われなかったわけではない。

フランス語教師のトリポリとドイツ語教師のベロウーソフは、野蛮で愚かきわまりない言いあいをした。トリポリが相手を見かけて、フランス語なまりで「シロヒゲー……クロヒゲー……」と叫ぶと、相手はげんこつを固めて「なんだと、プードル野郎！」と飛びかかった（ベロウーソフは白ひげの意味で、プードルはフランス原産とされていた）。どちらも、官等では将軍に近い立派な紳士だというのに。ところが同級生が書いた別の回想によると、他のいくつもの奇癖に加えて決して帽子を脱がなかったという変わり者のトリポリは、希望者にイタリア語と、ここがミソだが、自分の好みでありその道の権威でもあったラテン語を教えた。教室では、椅子を積みあげて作った演台によじ登って古代ローマの雄弁家キケロの演説を披露し、生徒たちを夢中にさせたとも。

そう、ダーリの言うとおりだ……。メチェーリスキイという教師は、生徒たちが「吹雪」を意味する

「メチェーリ」という言葉を使うのを禁じ、「吹雪と言うときはヴィユーガを使え」と命じたし、グルーズジェフという教師は「ハラ茸」を意味する「グルーズジ」という言葉を耳にするとかっとなった。しかし別の回想では、メチェーリスキイは人がよくて、生徒たちが体罰を免れるよう手を尽くしたという し、一八二五年十二月十四日に元老院広場にいて、その後シベリアへ徒刑の運命にある別の生徒はグルーズジェフからロシア文学の手ほどきを受けている。回想を読むときは比較対照が欠かせない……。

「かの有名なガマレーヤ（一七六六－一八一七、教育者・翻訳家・学者）の信奉者で、視学官のゴルコヴェンコは、笞打つことと銀のかぎ煙草入れで頭を叩くことでしか生徒に知識は教えこめないと確信していた。この煙草入れのことはみな覚えている。『違うだろう、まったく同じ言葉で繰りかえせ』と言って、それから頭をコツンとやるのだ。これが、ずらっと並んだ教室にゴルコヴェンコが入ったときの挨拶だった……」。末期に書きとらせ、すぐに途切れた短いメモのなかで、ダーリは屈辱的な「挨拶」にふれている。老ダーリはそれを語りながらわんぱくな幼年学校生よろしく、「悪かったなあ、ちょっとふざけて、いたずらしたことがあったんだ」とにやりとしたに違いない。『詳解辞典』をていねいに読むと、「煙草入れ」という語のあとにいつものことわざの代わりにすぐ、「さて、煙草入れで頭を叩きにいくとするか――海軍幼年学校では数学教師がよくそう言ったものである」という一文がある。この一文がゴルコヴェンコの思い出を他の著者による回想録以上に不朽のものにしたといえる。

どうやらみな同意見のようだ。一番寛大な回想録の著者でさえ、物理学と化学のいくつかの分野も教えていたゴルコヴェンコを「棒暗記と丸暗記」の熱烈な信奉者と呼んでいる。だが「先生はなにかの器具を買うための資金調達にとても骨を折ってくれた。教室用にガルバーニ電池のいいのが手に入ったときには大変な喜びようだった」とも言っている。それに「有名なガマレーヤの信奉者」はダーリの失言で、ガマレーヤも生徒たちの頭を煙草入れで叩いたということではない。ダーリが学んでいた時代にはまだ健在だったガマレーヤは傑出した学者であり教育者であって、彼が書いた『航海術高等理論』と『船舶操縦の理論と実践』は長年にわたってロシアの船員の座右の書だった。

一部の教師が教えたふりをしたことが事実だとしても、少なくとも学ぶのを邪魔したのではなく強《し》いたことは重要だ。優等生たちは長時間腰を落ちつけて本を読み（一番勤勉な生徒は夜の九時から十一時まで、宿直室で勉強を続けることが許された）、鉱物博物館や骨董品の陳列室に行ったり、医科大学に通って実験を見学し、器具や装置のそばに長居したりしたものだ。当時の海軍大臣デ・トラヴェルセ侯爵を「讃えて」、艦隊勤務の水兵が「侯爵の水たまり」と呼んでいたフィンランド湾での実習や練習航海で、生徒たちは湾の幅と奥行きを測り、地図上で船の位置を割りだし、天体観測を行い、沿岸の詳細な海図を作成した。

もちろん、勉強しているふりをする生徒もいたが、学校では知識のある優等生が誇りとされた。ピョートル大帝の時代には腕利きの船乗りをオランダ風に「ゼエマン」と呼んだので、優等生は昔ながらに〈ゼエマン〉と呼ばれた。

ダーリがゼエマンのひとりだったことは確かだ。日常の評価は「秀」「優」「良」で、操行は「特記事項なし」。これも最高の褒め言葉だった。

風変りな少年だったダーリは、朝食と夕食のとき、皮のパリッとした焼きたての白パンを人気のない薄い粥と交換し、もってきた器に粥をこっそり流しこんでどこかへもっていく。自由な時間を見つけてきしむ階段を天井裏へあがっていくと、明かり窓から射しこんだ光が垂木の奥に隠した船の模型をスポットライトのように照らしている。フリゲート艦は上出来で本物そっくりの三本マストだ。ダーリはしゃがんで自分の仕事に見とれる。そして糊代わりのお粥でフォアマストに黙々とゲルン台を取りつけていく。こんなところを見つかれば必ず罰を受けるのに、変わり者だ。怖い思いはもう何度も味わった。実家から届く二十コペイカ銀貨を何か月もこつこつ貯めて、組みたてようと思った電動機械の部品を買ったこともある。特にガラスを手に入れるのはひと苦労だった。古物市で厚い鏡の一片をようやく手に入れてそれを円形にし、ほとんど素手で磨いて薄くつるつるにした。成績優良の褒美にもらった休暇を使ってペテルブルグの親類の家にいたときに、そこまで仕上げたのだ。そのガラスを小脇に抱えて帰省先からうきうきと戻ってきたら、突然、どこか上の方から「ぶつけろ！　ガラスをぶつけるんだ、舗道に！」という声がした。見上げると、学校の責任者のひとりが窓から睨みつけている。ぞっとしたが、なぜガラスを舗道にぶつけなくちゃいけないのか、ダーリには分からない。だが風は「舗道に！　さあ、早く！　さもないと！」という言葉を運んでくる。ダーリは罵声を浴びせられ恐怖にかられて全力疾走、どうにか校舎までたどりついて大事な荷物を安全そうなところへ隠した。捜査は長びいたものの、鼻だけでも目立つダーリは荷物をうまく隠しおおせた。「一件」は徐々に鎮まり、反抗的な生徒は待望の機械を組みたてた。その機械は今、理科室で美しい姿を見せている……。ダーリは日光に目を細め、垂木をまたいで明かり窓の方へ行く。眼下ではネヴァ河が岸辺の御影石にさざ波を立て、陽光が水面にガラス片のようにきらめいている。河はさえぎるもののない自由を求めて、ゆっくり海の方へ流れていく……。

「若いときいやな目にあわせなければ、老いてまで根にもたれない」とことわざは教える。若いときいやな目にあわされたことを、老いたダーリが根にもつ気持ちはしばし忘れるとしよう。だが危険をかえりみず船の模型を作り電動機械を組みたてたのなら、喜んで学んだというのでは足りない、夢中になって学んだといえるのではないか。

卒業試験は算術、代数、幾何学、三角法、高等数学、化学、測地学、天文学、物理学、航海術、力学、航海理論、文法、歴史、地理、諸外国語、砲術、築城術、造船術だった。だれかがこのすべてを生徒たちに教えたのだ。しかも試験官は幼年学校の教師ではなく、著名な学者、老練な提督、船舶司令官からなる特別委員会だった。

しっかりした根からのびると芽もしっかりしている。

ともに学業を終えた八十三人のなかで、ダーリの成績は十二番目だった。

まもなくダーリが海軍の制服と永久におさらばすることは、それとは別問題だ。海軍勤務はダーリには不快で、のちに海軍勤務のことを苦々しくふりかえるし、学校で学んだことは自分の人生にとって「時間の無駄づかい」だったと考えるようになる。

いや、無駄づかいではない。幼年学校での五十二科目の授業は、とらえたら離さないダーリの記憶にいつまでも残り、直接役立つものばかりではなくとも、別の学問を理解したり、新しい情報を理解し記憶したりする助けになった。つまりダーリの「全般性」を養ったのであり、この全般性はダーリの仕事、そして運命と切っても切りはなせない……。

ダーリは自分を育ててくれた学校を嫌うもうひとつの理由を少し明かす。「土曜日ごとに叩かれた。記憶にあるのは笞だけだ」。ここには論争の余地はない。ニコライ一世の治世に「勅令によって」上梓された公式の『海軍幼年学校史概要』にさえ、「士官ならだれでも意のままに罰することができたし、この権利を濫用する者もいた」とある。

半時間のあいだに三度も笞打たれた気の毒な生徒のことは、幼年学校で知らぬ者はなかった。試験のとき、聖職者がその生徒に本を差しだし、一節の余白に爪で印をつけて「読め」と言った。生徒は読んだ。「違う」と聖職者。生徒は長椅子に寝かされ笞打たれた。理由は注意力散漫。「もう一度読め」、聖職者は命じた。生徒はまったく同じように読んだ。今度の笞の理由は不服従。三たび読むことを命じられた生徒は、本に書いてあるとおりに三たび読んだ。すると強情だというのでもっとひどく笞打たれた。それから聖職者が本を確かめると、誤植だったのだ……。

廊下をのし歩くのは上級生のなかでも一番生意気な連中で、制服の襟のボタンをこれでもかというほど外し、そこから赤い襟巻きをこれ見よがしに出している。彼らは学校では〈鋳物〉と呼ばれていた。罰を予想して怯えきっている少年を見ると、〈鋳物〉は軽蔑したように歯のすきまから言葉を押しだした。「おいおい、大泣きで詫びようってのかよ。私が悪うございました、って言えよ」。そして自分たちは平然と笞の下に横たわるのだった。

幼年学校では笞の回数はきっちり数えられ、笞打たれた生徒の親は「しつけのために」ふるわれた笞の謝礼まで徴収された。ダーリの父は息子の教育に一銭も支払わなかった。我らが主人公は人生のたそがれに「覚えているのは笞だけだ……」と言うが、実におもしろいことに、幼年学校で過ごした五年のあいだ、ダーリは一度も笞打たれていない。

しかしここにも人柄が、信念がうかがえる。笞の束を手にした人たちが少年に与えた傷は肉体的なものだけではなかった。人間の尊厳が踏みにじられたことを、「背中は私のものなれど、あなたさまの御意のまま」という暗いことわざさながらの笞に支配された屈辱的な暮らしを、ダーリは正当化したり許したり忘れたりすることができない。ダーリが終生憎んだのは、まさにこのことだった。

予定の針路を進むべし

「来る年も来る年も籠の鳥でいるのは少年にはいささか辛かった……。だからこそ戸外で大気を吸いこみ、漕ぎ手になり、マストの見張りに立ち、当直員の指示を聞いて理解し、指示通りに帆を揚げ、三角帆を収帆し、国旗や船首旗を下ろして、自分の持ち場で役に立ち必要とされていると感じることがどんなにうれしいか。そして最後に、干しブドウやクルミやキャンディーや少尉候補生のいつもの食糧を腹いっぱい食べることが、タールに汚れた作業着姿で剣帯を巻き、風にとばされないように鎖か革ひものついた帽子をかぶって歩きまわることが、どんなにうれしいか。泳いだり手漕ぎの船を乗りまわしたりして、丸一か月授業に出ずにのびのびと手足を動かせることが、どんなにうれしいか。ああ、これは経験した者にしか分からない……」。

これはダーリの文章の一部だが、自分のことを書いているのではなく、作品の主人公の描写だ。主人公は、ダーリ同様、幼年学校で教育を受けた海軍少尉で、卒業後ニコラーエフの黒海艦隊へ勤務を命ぜられる。だがもちろん実体験でもある。だからこそ、ここを読むとのびやかで軽快で、帆にはらんだ風のように自由な気分になるし、だからこそ航海用語や指令が生きているし、干しブドウやキャンディーは舌でとろけるほど旨そうで待ちこがれたもののように感じられるのだろう……。

たしかに実体験でもあるのだ！

文書館に保管されている手書きの航海日誌を見てみよう。題名は『航海日誌　船名　フェニックス号　船型　ブリッグ艦　バルト海各港に向けサンクト・ペテルブルグを出港　少尉候補生　ウラジーミル・ダーリ』

まずは題名。ここにもなにがしかの情報がある。

これは練習航海の日誌で、卒業前の幼年学校生、いわゆる少尉候補生は必ず航海に出た。例年どおりなら「伯爵の水たまり」と呼ばれるフィンランド湾を航海するのだが、ダーリは運が良かった。今回は未来の船員たちを遠くスウェーデンとデンマーク沿岸にさし向けることになったのだ。練習航海には当時バルト海にいた船のなかで最良といえるものが選ばれた。十二ノット半も出る最も美しくて速い二本マストのブリッグ艦フェニックス号だ。船名にも注目したい。フェニックスというのは古代神話に出てきて、火に焼かれてもまた、灰のなかから力強く美しい姿でよみがえる鳥のことだ。乗組員は七人の士官と一人の医者、百五十人の水夫、そして十二人の少尉候補生で、彼らは全校から選ばれた優等生だった。

一八一七年五月二十八日の午後、船は帆を張って故郷の岸を離れた。しかし当時の出航命令が「最初の順風をとらえて予定の針路を進むべし」と結ばれていたのには理由がある。夜になって急に風が変わり、クロンシュタットへ戻らざるを得なくなったのだ。そして丸二日後、ようやく順風になって錨を揚げることができた。

幼年学校の回廊、廊下、渡り廊下で過ごしたあとの際限ない広さと高さ。窮屈なごわつく制服で過ごしたあとのゆったりしたキャンバス地の上着。風はむきだしの襟首をやさしくなで、目から涙を追いだし、両肺にどっと入ってくる。手は浅黒くなってタールの匂いがし、慣れない水夫仕事で初めてできた手のまめは固くなって、琥珀《こはく》色の松脂《やに》のようだ……。

乗組員で一番器用なのはエストニア人の若い水夫イオアンだった。航海中、揺れても平気で舷側を軽がると走りまわり、マストからマストへ移り、またたくまにマスト上部のわずかな足場までのぼっては、そこから頭を下向きに綱を伝って一気に下りてきたものだ。出航してから二日目か三日目のこと、いつもは澄んで泰然としているナヒーモフの目が、そんなイオアンを見てむっとしたかのように急に暗くなったかと思うと、あのナヒーモフが、猫背で陸の人といった不器用さはどこへやら、すばやく舷側を走りまわり、うまくバランスを取りながら、あっという間に揺れる甲板にそびえる舳先寄りのフォアマストからメインマストに移り、イオアンに負けず劣らず一気に、まさに天空から、頭を下向きに綱をすべり下りてくるではないか。ダーリは呆気にとられた。

（もっとも、ダーリの辞典によれば水夫は一般的な綱という言葉は使わない。辞典には細い綱は細索、それより太いものは繋船索、大索とあって、それぞれの用途あるいは太さが補足されている。綱は船舶用語では索具類という。最も太いものは錨索、曳船索……云々）

少尉候補生らはもちろん、士官でさえ敬意をこめてエフィーム・イワーノヴィチと呼ぶ老水夫エフィームは辛抱づよく説明したものだ。

「ご覧なされ、策具類はこうやって包むんです。まずタールを塗った古い帆布で端を包んで、それから細索で巻く」

だがダーリは水夫たちがバイリンガルだということを知っている。当直のときこそ索具類だの収帆だのと言っているが、自由時間になると老水夫は目配せをして陽気に話しだす。

「はてさて、みなさんに昔話をして進ぜよう。海の彼方のブヤンの島に焼いた牛があってな……」

航海中、少尉候補生ウラジーミル・ダーリは初めて庶民と、つまり水夫たちと三か月半を過ごした。心をわしづかみにされるすごい話、陽気な小話、初めて耳にする思いがけない言葉などが集会室へはもちろんだが、水夫たちと勤務する甲板へも乗務員室へも次から次へと集まってきた。生涯の終わりにダーリは辞典作りにふれて、「海軍勤務を含む〈さまざまな仕事〉がロシア語を知る助けになってくれた」と書く。ダーリはフェニックス号で「生きた大ロシア語」を話す人たちと初めて長いこと一緒に過ごした。宝のようなその言葉を護るために『詳解辞典』の編纂がもくろまれたのだった。

航海日誌を見ると、少尉候補生ダーリは陸地で見たもののことを書きすぎているきらいすらある。日誌には訪れた都市のことが詳しく書かれ、特に詳しいのは博物館、美術・骨董品の陳列室、工房のことで、興味を引いた品が相当数あがっている。例えばストックホルムの博物館では杭打ち機、電信機、「座ったままかなりの速度で移動できる車椅子」などを見た。なにを見てもダーリには興味深かった。設備の整った清潔な家や家畜小屋のあるスウェーデンの村も、デンマークの王室図書館も……。そこには知的好奇心旺盛な少尉候補生から博覧強記の『詳解辞典』編纂者に至る細道が見えかくれしている。

スウェーデンでは女王が郊外の宮殿でロシアの少尉候補生たちを接見した。女王は水色のドレスに身を包み羽根のついたつば広の帽子をかぶった愛想のいい初老の女性で、うやうやしい態度で客人らと言葉を交わし、レモネードを出すように命じて庭園へ散策に誘い、ベリーを摘んでもよいとさえ言った。

デンマークで若いロシアの航海者らを接見したのは皇太子で、やはり丁重な態度だった。航海者に敬意を表して舞踏会とセレモニーが催された。

そう、敬意を表したのだ。最近の戦いはまだヨーロッパの記憶に新しかった。それでロシアの青年たちは、無敵だったナポレオン軍を敗退させた民族の代表として迎えられた。ロシアはヨーロッパの眼には不死鳥のように映った。灰のなかから以前よりいっそう力強く美しくなってよみがえった不死鳥。少尉候補生の心に自分たちの属する民族への誇りが根づいていった。

ダーリの父親が昔ロシアに移住したデンマーク人であることが皇太子に上奏されたので、皇太子はダーリにデンマーク語で話しかけたが、ダーリは、デンマーク語は存じませんとフランス語で答えた。皇太子はなんとしてもダーリの親戚を探しだそうと決心し、ダーリをコペンハーゲンじゅう連れまわしたものの、親戚は見つからなかった。デンマークのダーリ家は姓が同じなだけで血縁ではなかった。皇太子はがっかりし、ダーリはほっとした。のちに彼は、デンマークの岸辺に足を踏みいれてまもなく、先祖の国と自分のあいだにはなんの共通点もないことを実感したと口にする。旅のおかげで「自分の祖国はルーシである」という揺るぎない信念をもつことができた。これもフェニックス号での練習航海の総括として重要だ。

……冗談めかした自伝には卒業時のことも書いてある。「学校を出た快男児は、苦労して自分の流儀を見つけだした。肩章は若いうちに片づけちまったということった。そしてぐるりをしっかり見回して、そのままままっすぐ歩きだした。どんどんどん歩いていけば、そのうちたどりつくだろう」。この一文が書かれたのは、道が定まり目的がはっきりし、ノヴゴロドの果てしない雪原で最初の言葉を手帳に書きつけたのはとうの昔になってからのことだ。学校を出た快男児はたしかに自分の流儀を見つけだした。（『図説海軍幼年学校史』を見ると、おもしろいことに、肩章をつけ勲章や勲功賞をずらりと胸にぶら下げた海軍将官や上級士官ばかり居並ぶなかに、ひとりだけ部屋着姿の老ダーリがいる。）快男児は自分の流儀を見つけだしたが、たどりついたのは出発のときに向かったところではない。

履歴書によると、ダーリは一八一六年七月十日に少尉候補生として軍務につき、一八一九年二月二十五日下士官に昇進。幼年学校の全課程を終了後、同年三月三日に海軍少尉に昇進している。

第三章　始まり

船酔い

ロシア海軍の士官の勤務情報を集めた『海軍総覧』には、ダーリの名前の脇に「フリゲート艦フローラ号で黒海を巡航」というさしたることもない一行がある。『詳解辞典』によればフリゲート艦とは「閉鎖砲列甲板一層を有する三本マストの軍艦」である。次に「巡航する」という語を見ると、「偵察や沿岸警備等のために海を縦横に行き来すること」とある。文書類からすると、ダーリはこれ以外の艦にも乗って海を巡航したばかりか、ルーマニアとの国境にあるイズマイルに、キリヤに、近くではオデッサに、少し先ではセヴァストーポリに、さらにはアブハジア沿岸にあるロシアの小要塞スフミにも帆走したようだ。

艦が順風を帆に受けて予定の針路をとるすばらしい瞬間を描いたくだりを、ダーリの小説（『海軍少尉ポツェルーエフ』）から抜粋しよう。どのみちそれよりうまくは言えないのだし、なにより当人の言葉が聞きたい。そこには彼の視点、感覚、気分があって、視点や感覚ももちろんだが、気分はことのほか貴重だから。

さて、フリゲート艦は錨を下ろし錨泊した。当直のために舷側に出た若い士官は、自分のことをもうセヴァストーポリやニコラーエフやオデッサの住人とは感じていない。今の彼はこの艦の一員だ。「そこに自分の剣があり寝床があり、メモや書きかけの詩やギターがあって、そこを当人がゆっくり歩きまわっている……」。

……そうこうするうち出航の日が来た。午前十時、艦長は後甲板に出て抜錨を指示した。指揮を取ったのは上級中尉だ。中尉が巻揚機《キャプスタン》に置いていた拡声器を取って脇にはさむと、甲板長は号笛《ごうてき》をつかんでそれぞれの穴に指を置き、号令を待った。士官はみな出てきた。艦長ひとり、後甲板の右舷をゆっくり歩いている。上級中尉が「総員甲板上へ！」と号令をかけ、それを受けた甲板長の号笛が上空に響きわたり、続いて「甲板に全員集合！」の声がした。

水夫は弾かれたようにそれぞれの持ち場、後部最上甲板へ、後甲板へ、船首甲板へと走りだし、見張番はマストへ上《のぼ》るべくおのおの片手で索具《シュラウド》をつかんで、中尉を目で追いながら両舷側に立った。

中尉のよく通る声が高らかに響くと甲板長が「了解」と応じ、ふたりの声と号笛と足音以外に音はなかった。ごくまれに下士官が小声で復唱しては、中尉の命令と甲板長の号笛をそこここに伝えるくらいだった。甲板長の「抜錨！」の声で、ついにフリゲート艦は翼を広げ羽ばたかせた。「船首三角帆揚げよ。転桁索左引けえ！　面舵《おもかじ》！」と中尉が号令をかけると、美しいフリゲート艦は風のもと、するすると左へ転がりだして半円を描き、中尉の「当舵《あてかじ》！」の声とともに、急旋回でめまいがしたとでもいうように揺れはじめた。それから前進して後帆、上檣帆《トゲルンスル》を一杯に張ると、船首水切りの下で水が白くあわ立った。

操舵手はすでに羅針盤に目をやっていたし、水夫は索具類を片づけており、甲板長は吊錨架《アンカーダビット》に馬乗りになって、二〇三プード（約三・三トン）もある重量級の主錨を御していた。

たちまち遠ざかる両岸、空を舞うカモメ。イルカが楽しげに互いの頭上を跳びこえあい、渦まく波が波を追いかけるうちに、フリゲート艦はもうヘルソネス、バラクラーヴァを越え、アユ・ダーク山の脇を、クリミア南岸を飛ぶように過ぎた。若き海軍少尉は船首甲板に立ち左舷に肘をついて、初めて見る自然を、絵のような断崖を、チャトゥイル・ダーク（クリミア山脈の台地のひとつ）の青々とした牧草地をながめていた……。

ああ、広々として気持ちのいいこと。あとで思いだしたり書いたりしたら胸がいっぱいになりそうだ。舷側に立って風を顔に受け、海岸線とともに次々に新しい光景が、その都度美しさを増す光景がほどけるように広がるのを見ていると、そんな日が永久に続くように思える。

ところがそうはいかない。ダーリの勤めは海軍で終わらなかった。船酔いに苦しんだからだといわれる。そうかもしれない、伝記作家ならそこから始めたいところだ。（船が風のなかへすべり出していく様子、左へ半円を描くさま、海軍少尉ではなく、フリゲート艦がめまいに襲われたように揺れだすところを読むとそれは信じがたいが。）

公文書保管庫にある海軍少尉ダーリの『分艦隊を伴う四十四門フリゲート艦フローラ号航海録』には、一八二〇年夏の三か月にわたる黒海での練習航海と、「（四千発の）砲撃を伴った模擬戦」について次の記述がある。「祖国にも職務にもいささかの益ももたらさないばかりか、逆に自分に対しても他人に対しても感じる重苦しさ。不愉快な、心の傷つく思い。（そんなことが可能なら）余暇に心の安らぎを探すか、別の道を探さなくては」。これでも船の揺れ、船酔いだけだろうか。ここには〈進みながらも〉到着すべき場所への、人生の道のりへの思索がある。実際、聡明で教養ある有能な士官なら、仮に船酔いに悩まされたのだとしても、陸《おか》でもぬくぬくした気楽なポストではなく、祖国にも軍務にも資する、働くに値するポストを見つけたに違いない。ところがダーリはすぐに〈別の道〉を考える。上層部に提出した文書に、自分が海軍勤務を辞めるのは「世の中の役に立つ人間になるために、基礎学問、基礎教養の必要性を感じたため」だと書いている。退職の理由が船酔いなら、その方がどんなに簡単で上層部にも分かりやすかったことか。だがダーリは嘘をつかない。海軍勤務のなにもかもがダーリには〈船酔い〉のように感じられたのだろう。自分にとっても、自分よりはるかに大事な他人と祖国にとっても、海軍勤務は無意味に思えたのだ。

ダーリの小説に出てくる例の海軍少尉も同じことを考えている。著者に似たところの多いこの少尉も「心は知識を渇望し、確かで有益な仕事を求めていた。ちなみに彼は歩哨に立つときも、悪名高い営倉へ向かうときも、私設ドックのそばの兵舎へ点呼に行くときでさえ、客でも連れ歩くようにこの思いを抱えていて、このままでは心の糧がとても足りないことが判っていた……」。そして、「一年と少しは切りぬけたものの、漠然となにかにあこがれ、悶々とするようになった。ものを考えたり自らをなだめたり痛んだりで心はへとへとだった。このころの彼は突風にでも襲われるように絶望に襲われることがあった……。そんな何日、何週間のあいだにまたもや、詩人になりたいと思ってみたり、数学者に、あるいは絵描きになりたいと思ったり、天職の文献学者を目指そうとしたりし、ギリシャ語とラテン語の勉強を始めた……」。色ガラスを探しもとめ、それを透かして夢想した世界を見ようとしたのだが、手にしていたのはすりガラスの欠片だったということのようだ。

そのころ、バルチック海勤務を命じられたナヒーモフも「接岸時」や「錨泊時」に心を悩ませ、気を滅入らせていた。未来の大提督は「頭角を現す機会がない」と記している。

半世紀を経て、ダーリは老いた目で海軍時代を腹立たしげに回想する。「理性的な嗜好はまるでなかった。本など手にしなかった」と。それは違う……。ダーリの人生におけるこの数年についての資料は乏しいが、ニコラーエフで彼が文学に魅せられ、天文学と測地学を学んだこと、そして言葉の「貯蔵庫」が拡充したことは分かっている。老ダーリが、五年間の海軍生活は無為だったと読者や後世の人にどれほど信じこませようとしても、この時期も彼は「民衆の言葉を丹念に集め、民謡、昔話、ことわざを書きとめていた」という同時代人の証言がある。いや、もっと確かな証言者が論争相手になるだろう。それは彼の辞典だ。

海軍と海に関することはすべて、詳しく正確に辞典に書かれている。船の各部分の構造や各種の装置と索具類、船舶操縦法、海戦の用語から、号令、水兵独自の表現、「ちょっとした一言」、冗談に至るまで。

ダーリは『詳解辞典』に「ポルーンドラ」（辞典ではoではなくaが使われ、パルーンドラとなっている）という水兵の言葉を入れ、「呼びかけのようなもの。よけろ、気をつけろ、ぶつかるぞ、などを意味する叫び声。落下物から身をよける」という説明をつけ、こんな冗談を例にあげている。「水兵が檣楼《しょうろう》（マスト上部の小さな足場）から落ちていきながら『パルーンドラ、おれが飛んでくぞ！』と叫んだ」。こんな表現はこの辞典以外にないし、こんな表現を耳にできるのは甲板か水兵室だけだ……。

しかし、海軍少尉ダーリに言葉を贈ったのは海ばかりではない……。陸にあがっても、ダーリは着替えて大事な手帳をポケットに突っこみ、言葉を求めて独自の旅に出る。並木通りを進み、埃っぽい通りを町はずれへ下りていくと、そこには職人の工房がひしめくように続き、タールが匂い、鉄が音を立てていた。滑車、ロープ、帆、指物、詰物、ランプ、旋盤、ボイラー、艀《はしけ》、羅針盤の工房。ダーリは職人の世界が好きだ。巧みな手わざ、確かな動きが君臨する王国。細かい金色のやすり屑、丸まった亜麻色の鉋屑《かんな》、日光のように赤いまっすぐなマスト用材、鍋のなかで泡だつ真っ黒なタールの濃厚な匂い、打ってふわりとなった麻の束、ハンマーの響き、機械のきしみ、帆布を裂く音。このすべてが好きだ。ダーリは手仕事をじいっと見つめ、頭のなかでそれらを自分の〈技〉と照らしあわせる。彼には知識をとらえたら放さない才能とともに、言葉をとらえたら放さない才能がある。だからこそここに来るし、来ずにはいられない。手仕事《レメスロー》と言葉《スローヴォ》は、「スロー」という音でもしっかり結ばれている。「言葉は仕事の連なり」という慣用句があるように、仕事が言葉を生み、人は仕事をしながら言葉を創りだす。地口が、ことわざが、旋盤工やロープ職人、指物師やタール職人の言葉が、さまざまな音をかいくぐって工房のなかを駆けめぐる。なんとタール（スモラー）は「くゆらせ」「追いたて」「座らせる（取る）」のだ。トヴェーリ県ではタールを取るための木も「スモラー」と呼ぶが、北方では「スモリナー」になる。「スモリャンカ」はタール用の樽であり、タールを入れる甕《かめ》であり、トウヒの小桶であり、遊戯用のバットであり、「鉛がないので樹脂（スモラー）で作った」小骨遊びの骨のことであり、そして茶目っ気のあるダーリ曰く、スモーリヌイ修道院の女生徒のことでもある。

ここニコラーエフ市で、ダーリは以前にもまして、耳にした言葉のそばにモスクワ、タンボフ、リャザン、プスコフ、トヴェーリなどの略語を書きそえる。町はずれに居を構えていたのはこれらの地域から造船都市ニコラーエフに集められた職人だった。

詩の〈害〉について

「本など手にしなかった……」と言うが、まさにニコラーエフ市でダーリは初めて真剣に文筆に手を染めた。「彼は詩を書いていた。この方面の稽古を始めて日が浅く経験も少ないくせに、のびやかでなかなかの出来であり、まぐれ当りもままあったが、才能には乏しかった。いつも突発的なものにすぎず、詩を書きはじめても未完に終わったものだ」。これも回想ではなく例の海軍少尉の物語の一節だ。

ダーリ自身も主人公同様、「気の利いた作品をものしようと徹夜し、ネレージンスキイ＝メレーツキイ（一七五二－一八二九、詩人）や、メルズリャコーフ、ドミートリエフ（一七六〇－一八三七、詩人）、それどころか当時はまだ斬新な言葉づかいで人を驚かせ夢中にさせていたカラムジーンの詩まで全力で模倣しようとした。「プーシキンはまだ現れていなかった。もしいたなら、我らが主人公は気も狂わんばかりだったかもしれない」。

ダーリに関する文献のなかにカラムジーンを模した詩がある。当時特に名高かった詩人を模倣した「気の利いた作品」もあったことだろう。ペテルブルグでもニコラーエフでも、ネレージンスキイ＝メレーツキイの「私は小川に行く」や、メルズリャコーフの「なだらかな谷の」や、ドミートリエフの「灰青色の鳩は嘆く」が歌われていた。だがプーシキンはすでにいた。自伝小説として読まれないように時代をはぐらかしたのだろう。プーシキンはすでにいたどころか、ダーリが黒海で勤務していたころはすぐそばのオデッサにいた。その近くの海を、我らが海軍少尉はフリゲート艦に乗って一度ならず〈巡航〉している。

プーシキンはすでにいて、ダーリは詩人のことを知っていた。その作品に夢中になって気も狂わんばかりだったかもしれない。作品はそれほどすばらしかった。ダーリがニコラーエフで気に染まない勤務をしていたころ、『ルスランとリュドミーラ』『コーカサスの虜』『バフチサライの泉』はもう世に出ていた。だれもが口にし暗誦していた詩のことは言うまでもない。そのうえダーリにとってプーシキンは偉大な詩人や傑作の著者名にとどまらず、同時代を生きる人であり、話題にのぼり噂を耳にし、身辺についても聞き知っている人だった。例えばログーリャというダーリの友人は手紙で共通の知人にふれている。あいつが詩の朗読をするところは吹きだしたいくらい滑稽だ。眉根を寄せ、目をぎょろつかせ、強弱も抑揚もなしに一行一行読んでいくんだ。プーシキンがそんな読み方をするものだから、それが真似られるようになった……と。

しかし、大いなるとは呼べないし、ダーリが「補欠のような港湾都市」と呼ぶニコラーエフを出るものではないにしろ、ダーリにもそれなりの栄光があった。ここニコラーエフで海軍少尉ダーリは物書きとして、しかも著名な物書きとして知られていた。コメディーの小品が残っており、彼の書いた戯曲が何本か上演されたというさらに重要な記録もある。集会場や私邸に人が集まって、海軍少尉ダーリの書いた芝居を見たのだ。素人役者も観客も数えるほどで、ほとんどみなが顔見知りという「補欠のような港湾都市」にあって、それはたいしたことだった。

聴衆に挨拶をし友人の祝辞を受けるのはもちろんいい気持ちだが、物書きの栄光というのは危険なもので、まもなくダーリはこのことを思い知らされる。だれかが市中にふざけた詩を広めた。戯れ詩を書いた紙きれが何軒かの壁に貼られさえした。まったく下らない詩で中味も形式もお粗末だったが、こともあろうに黒海艦隊の司令長官をあてこすっていた。司令長官閣下とて欠点がないわけではないが、それをおおやけにしてはならず、まして部下がそれをするなどもってのほかだった。審理が命ぜられるが答えは決まっている。審理文書では落首と呼ばれることになる匿名の戯れ詩を作れる者はだれか。「物書き」以外にあるまい……。指示を受けた市の警察長官が家宅捜索をするとどうだ、作者の手になる落首の写しが見つかったではないか。

「落首創作に於いて裁きを受けた第二八海軍陸戦隊少尉ダーリに関わる審理文書」を見ると、そこには取り違えもあるが偏見もある。司令長官は自分を侮辱した者を抹殺してしまいたいのだ。文書によると、海軍少尉ダーリが少なくとも落首を広めることに関与したのは明らかだが、当局がダーリを狙い打ちにしたことも明らかで、ここでは「物書き」の栄光が大きな意味をもつ。

司令長官はダーリの官位を剝奪して水夫に降格することを求めたが、上層部は「裁判にかけ長期間留置する」ことでよしとした。ダーリは一八二三年九月から翌年四月十二日まで七か月留置された。ちなみに上層部は海軍少尉に温情を見せはしたが、彼が禁じられた文章に関心をもっていることは忘れない。ダーリがもう老人で官位もあり、名士としてロシアじゅうに名を馳せていた三十五年後の一八五九年、まさに四月十二日に、いと仁慈《じんじ》なる皇帝陛下は「かつての海軍少尉ダーリによる落首創作に関わる審理は、爾《じ》後の褒章および特権取得の妨げとはならない」と宣《のたま》った。当人は褒章など念頭になく、そのころ退職を考えていた。結局ダーリは三十五年この審理を抱えて生きた。そのあいだに皇帝がふたり替わり、三人目がやっと「爾後の妨げとはならない」ことを認めたのだった。

落首の一件、審理、降格の脅しによって、当然ダーリは用心することを学んだが、それでも言葉に対する欲求をなかなか押えられない。彼は終生、「勤務」と「執筆」を結びつけようと努め、上層部から、そんなことをしてはならぬと繰りかえし言われた。ダーリは「慎重な人」として知られるようになる。当人の解釈に従うと「用心深い、細心の注意を払う／先見の明がある」ということだが、どんなに過去の教訓をかみしめ、どれほどじっくり今後のすべてを検討してもなお、上層部の烈しく危険な怒りを一度ならず買う運命にあった。理由はいつも同じ、手紙でうっかり口をすべらせるのだ。言葉はスズメのようなもの、飛びたってしまえばつかまえられない。思想と感情のこもった言葉はペンから飛びたつや、たちまちなくてはならぬものとなって他のどんな言葉とも代わろうとしない。言葉はダーリの慎重さをうち負かす。いや、先走りは慎もう……。

バルチック海のクロンシュタットへ移るよう命令が下《くだ》り、もう黒海で勤務することはなくなったが、実はそこでも長くは勤めず、一八二六年一月一日に海軍勤務から足を洗う。そのときまでに財を成すでなし、遺産を相続するでなし。「わたしは基礎学問の必要を感じた」——これは五年間の幼年学校に五年間の勤務という過去を抹消し、未来を探しに出かける理由にはならない。

過去から未来へダーリがもっていくのは言葉だけだ。それはもう相当量集まっており、言葉を記した手帳を入れるトランクがいるほどだった。なにを持っていくのかも知らないまま、ダーリは未来を探して旅に出る。ちょうどこんなジョークのようだ。

「なにを探しているんだい」

「手袋だよ」
「たくさんあったのかい」
「ひと組さ」
「それならほら、君の手にはまってるよ……」

暖炉は甘やかし、旅は教える

ともあれ旅立たなくてはならない。短い距離ではない。ニコラーエフからペテルブルグまでが一七一〇ヴェルスターで、そこからクロンシュタットまでさらに四一・五ヴェルスター（全部で約一八七〇キロ）ある。我われの先祖が小ロシア（ウクライナ）やノヴォロシア（黒海、アゾフ海沿岸地域）の道をどのように旅したか、ダーリの記述を読んでみよう。

「旅には気晴らしになるものが多いことよ。これは大型馬車か箱馬車か、図体はラクダ並みで進み具合はカメ並み。これは霊柩車の従姉妹で、有蓋の大きな四輪馬車だ。この四輪馬車は前後の車軸を桁一本でつないで、小さなトランクをふたつずつ両脇につけている……。それよりこの二人用寝台はどうだ。支柱と横木があり、更紗を裏打ちした革のカーテンがついている。この四輪馬車は六人乗り、ということは十二人乗れるという寸法だ……」。

一八二四年夏の半ばのこと……。

軽四輪馬車の車輪の下を埃っぽい道が柔らかにのび、周囲には焼けたような黄色い草原が広がっていた。澄みきった高い空、炎暑と静寂とでとろんとなった大気、コオロギやキリギリスのすだく声。このせいで静寂は耳を聾せんばかりだ。ときおり、道のすぐそばの小川の岸辺で馬車が停まる。浅瀬の波だった川面に青空が映り、そのなかを一羽の鳥が音もなく飛びすぎる。川辺にはネコヤナギの群生、葦の茂み。と不意に、はるか地平線のあたりに家々の屋根と白い鐘楼が見えてきた。鼓動はますます高鳴る。草原の向こうには新しい、まだ知らない、幸福に違いない人生が待っているようで……。

「このあたりに鍛冶屋がないものかなあ」

街道から村道へ曲がりながら御者がぼそりと言う。馬に蹄鉄をつけるあいだ、乗客のひとりが進んで話しだす。

「わたくしね、息子に会いにペテルブルグへ行ってきましたの……」

宿駅の女将《おかみ》はにこやかにすすめてくれる。

「みなさま方、うちのキャベツスープを召しあがれ」

居あわせた巡礼の老人が、いつもの癖なのだろう、物語を始める。

「旦那さま方に、わが人生をお話し申そう……」

老人は作りつけの長椅子で少しもぞもぞしてから、具合よく坐りなおして話しだす。

「悲しみを知らざれば、喜びも分からぬもの……」

ダーリは客の会話に耳をすます。使われている動詞の語根はひとつ、接頭辞が違うだけではないか。言葉がダーリの心をかき乱す。「かき乱す」と言ったのはダーリだ。彼は、言葉が「心をかき乱し」、安らぎを与えてくれないと語った。ダーリの言葉づかいは厳密だ。最初はまわりで響いている民衆の言葉に分別や理性が反応したのではなかった。ある時期までは心のざわめきが、不安が、困惑が、民衆の言葉に反応し、それにうながされて民衆の言葉に耳を傾けるようになったのだ。

……太陽が、薄青くなった空を渡ってさっさと沈んでいく。太陽は、鍛冶屋がハンマーでのばしたようなまばゆい白から燃えたつ赤になり、やがて臙脂《えんじ》色の真円になってステップの彼方へ滑りこむ。暗紅色の欠片《かけら》が最後の輝きを見せて消えると、日没の鮮やかな帯は細まって色あせ、洗いざらしたような淡いクリーム色になるが、それも長くは続かない。すぐに灰がかぶさったようにうす暗くなって、東からは藤色の宵闇が伸びあがり、横へ広がってどんどん空を覆っていく。道の向こうに広がるステップはまだ生温かく、実っていく穀物の香に満ちている。しかし、大気は一気に澄みわたり、冷えて濃くなっていく闇のなかに、車輪のきしみや人の話し声がますます鋭く響きわたる。肌寒さはひとまず酔わせてくれ、それから快いまどろみを追いはらうものだ。しかしことわざに無駄はなく、「家じゃ手足も眠るがよい、旅じゃ頭も居眠りならぬ」。ぐらりと揺れて馬車が停まった。ダーリは不意をつかれて目を開けはしたが、またすぐにうとうとしはじめた。まどろみのなかで、だれかが御者に歌うように訊ねているのが聞える。

「どっちへ向かっていますかなあ」

別の、低めの声が茶々を入れる。

「つまらんことを訊くもんじゃない。ろくなことにならんぞ」

御者はむっとする。

「無駄口叩くひまがあったら、わらじも解かずに野宿するはめにならんように、どこで宿を頼めそうか言ってほしいもんだ」

ふたつの声が近くの宿を説明し、低い方の声が「近く見えても歩けば遠い」とまぜっかえす。御者が手綱を揺すると、馬車はふたたび車輪をきしませて進みだした。馬のひづめが土ぼこりを軽く踏んでいく。続いて低い方の声が陽気に言う。

「道中ご無事で、《ドーブルイ・プーチ》だがもう来るなよ《ダ・ク・ナム・ボーリシェ・ニェ・プーチ》」

おい頭よ、居眠りするな！　ダーリはあわてて鉛筆を探す。まだしゃきっと目覚めないまま、あちこちのポケットをさぐってみる。鉛筆のやつ、いったいどこへ行っちまったんだろう……。

道《たび》について、こんななぞなぞがある。「長くもあり短くもあり、互いに相手を信用せず、それぞれ自力で測るもの、なんだ？」ダーリは終生、出会いと、過去の人たちの歴史と、自分もその一人ととらえその身に起きた歴史とによって、いくつもの道を測りつづける。自分の旅した道を、彼は他ならぬ言葉で測っていく。

喜んで迎えてくれる敷居のそばで

「わたしは基礎学問の必要を感じた」。一八二六年が始まる日にダーリは海軍に別れを告げ、その数週間後にはもう、デルプトで医学部の学生になっていた。

運命の導きで我らの主人公が身を置いた都市には三つの呼び名があった。ロシア語ではユーリエフ、エストニア語ではタルトゥ、そしてダーリの時代はドイツ風にデルプトと呼ばれていた。

プーシキンは一八二四年に、幽閉先のミハイロフスコエ村から、友人で詩人でもあり、ダーリの大学時代の同窓生でもあった（もっとも医学部ではなく哲学部だったが）ヤズィコフ（一八〇三－四六）に宛てて書いている。

はるか昔に　デルプトへ
朝早く　街道を旅立てばよかった
そして　喜んで迎えてくれる敷居へと
重いわが杖をついていけばよかった……

「土地には土地の気風あり」ということわざがある。デルプト大学はロシアでもヨーロッパでも名高く、土地の気風も学生のそれだった。ここでは学問に熱中することと陽気な悪ふざけが同居しており、静かな授業時間が賑やかなお祭り騒ぎにとって代わる。公園の堀に架かった古い石橋には「Otium reficit vires」というラテン語の碑文が刻んである。「休息が力をよみがえらせる」という意味だ。学生は群れをなして集まり、陽気に騒いだり歌ったり、冗談を言いあったり、焚火を跳びこえたり、たいまつを手に通りを練り歩いたりして、用心深いが学生たちの悪ふざけには慣れてもいる市民をぎょっとさせるのだった。休息は力をよみがえらせる……。人になろうとしてここにやってきた者、のちのダーリのちょっと高揚した口ぶりを借りるなら「仕事に、日々の闘いに、知識を求めることに、たぎりたつような人生を送ろうと」やってきた者には力が必要だ。ラテン語で vir は男性、人を意味し、vireo は青くはつらつとして元気であることを意味する。ラテン語が解る青年たちにとって（ダーリは毎日、百語ずつ几帳面に暗記している）、石橋の碑文は深い意味と新しいニュアンスを帯びる。青くはつらつとして元気な若者たちは、この橋を渡って人に、一人前の男になるのだ。

ダーリはいかにも学生らしい住まいである「塔」に落ちついた。「塔」はダーリの辞典では「屋根裏部屋、小部屋、屋根の下の明るい小部屋」となっている。詩人のヤズィコフは自作の詩で、急な階段を上ったところにある人気《ひとけ》のない屋根裏部屋を「活発な思索と静かな仕事」が君臨するつつましい隠れ家と讃える。「塔」のなかのダーリの小部屋には、鎧戸もカーテンもない窓がふたつと簡素な机、ベッド、そして階下から出ている煙突の脇に据えた鉄の暖炉があった。暖炉のそばには人体の骸骨。これは医学生が学ぶうえでかけがえない助手であり、孤独なときには骨ばった友とひまをつぶすほうが楽しい、とダーリはふざける。

記憶では「ある秋のひどい嵐のおり」、夜中に目を覚ましたダーリは、室内でなにかがまるで振り子のように規則正しく単調なリズムを刻むのを耳にした。「雨と風が窓を叩き、屋根全体がみしみしと鳴り」、風は「オオカミのように吠え」、「闇は漆黒で窓と壁の見分けもつかないほど」だった。しかしコツコツという音が続くので、ダーリはベッドから起きあがって音のする方へ行き、「骸骨とはちあわせて」戸惑ったように足を止める。するとたしかに「振り子は骸骨のなかで振れている」。普通なら離れよう離れようとするものだが、知りたい気持ちの強いダーリは「そばへそばへ」と近づいていく。こんな不思議なことを、暗がりのなかでもとくと見たいものだと。そのとき、「もう長いことあんなにも仲よくともに暮らしてきた骸骨が、いきなりわたしにつばを吐いた」。驚いたダーリは暗闇のなかを手さぐりして両手で骸骨をなでる。いったい、どういうことなんだろう。そして「骸骨のつるんとした頭頂部をなでた」とたん、ふうっと息を吐いて笑った。なんだ、そうだったのか。「煙突か暖炉の上あたりの屋根と天井に小さな雨漏りがあって、それがもの言わぬわが友のつるつるで空っぽで、よく反響する頭頂部にぽつんぽつんとあたっていたのだ」。人の本性は滑稽な場面でいつも以上に出ることがある。ダーリは滑稽な場面でも陽気だが滑稽ではなく、理性があって洞察力に富んでいる。

のちにダーリはデルプトでのこの三年間を「わが人生の黄金のとき」と呼ぶ。ここではすべてが心にかなっていた。したいようにする自由も、真理を究めたいという意欲に応えてくれる授業も、肘のすり切れたウールのフロックも……。

「友よ、覚えているだろうか、このウールのフロックを着たぼくたちがどんなに幸福だったかを。どんなに大胆に活発にいろんな団体へ足を踏みいれたかを。そして覚えているだろうか、ぼくたちはどこへ行ってもこの格好で受けいれてもらえ、運命と仕立屋に金ボタンのついた濃紺の燕尾服を用意してもらった人の下座に座れと言われることはなかったのを」。ダーリは言葉のあやでフロックと言ったのではなく、制服の対極にあるものとしてこれをとらえている。制服を着た人間の値打ちは肩章についた星の数や、衣服の縁飾りや襟章で決まるが、フロックは、その前ではみなが平等である真理を究めることに身を捧げた自由な人間のための衣服だ。ヤズィコフはデルプト時代、屋根裏の「塔」で「部屋着よ、わたしはおまえが大好きだ」と書いて部屋着を讃えた。官位が欲しくてたまらない者には「窮屈なお仕着せが愛おし」かろう。だが詩人は簡素な部屋着姿で「身も心も自由」だ。「心の自由」——これこそ、フロックと部屋着の好きな者にはなによりも大事だった……。

デルプトで、ダーリはこれまで通り詩を書いている。まだ書いている、と言ったほうがいいかもしれない。まもなく詩作とはすっかり手を切るのだから。デルプト時代のダーリの詩は前よりはずいぶんうまくなり、掲載されるものもできてきた。しかし「模倣に注ぐ」情熱は衰えず、今はジュコーフスキイの物語詩に心を騒がせている。

ジュコーフスキイはダーリに好意的で、文才があると見ていた。高名な詩人はデルプトを訪れると、姻戚でダーリの指導教官でもあった外科のモイエル教授のところに滞在したものだ。

モイエル家はデルプトでもっとも魅力ある一家に数えられ、学生に教授、そしてデルプトを訪れる客のうち非凡な人はこぞってモイエル家を訪れた。デルプトに行ったら顔を出すことが習慣になっていた。だが客好きのモイエル家には、ここへ詣でる客のほかにも、ここに来る定めにはないのに常に話題にのぼる客もいる。

ヤズィコフは一八二六年の夏、追放されていたプーシキンを片田舎の松林のなかに訪ねたし、ジュコーフスキイはデルプトへ来るとき、プーシキンについての話ばかりか、決まって詩人の未発表の新作もたずさえてくる。また作家で歴史家でもあるカラムジーンは一八二六年五月に死んだが、その息子たちはデルプトの学校にいたので、やはりモイエル家によく顔を出した。ダーリはデルプトを去ってまもなく、短い話を作ってモイエルの幼い娘に捧げた。そのなかで、指導教官のところで最も敬われ、よく読まれてもいた三人の「夜鳴きウグイスのような歌い手」を、すぐに分かるが「名指さずに」あげている。それは「過去の何世紀もと対話し、ロシアの史実を満載した十二巻の年代記を著してくれた人」（カラムジーン）、「スヴェトラーナやヴァジムを見事に謳いあげ、ロシア戦士の陣営で歌った人」（ジュコーフスキイ)、そして「ルスランとリュドミーラを歌い、皇帝ボリスの年代記を編んだ人」(プーシキン)だった。
「夜鳴きウグイスのような歌い手」の直後に、ダーリは自分についても冗談めかした数行をそえる。「もうひとりは天国に入れたらうれしかろうが罪多し。目の前にミルクがあってもネコは鼻づらが寸足らず。黄金の弦はだれもがかき鳴らせるわけではない……」。いや、もうかき鳴らしたではないか。ダーリが昔話を書きはじめるのはここデルプトだ。ここで書かれた昔話が声に出して読まれている。ダーリの昔話についてはあとでふれるが、昔話の語り手ダーリはすでにいて、昔話を「ロシア語で語ろう」とする。そのことが「語彙の貯蔵庫」に直結しているからだ。名外科医ピロゴーフは、学生時代のダーリが「ロシア各地で集められたに違いない数かずの慣用句や地口やことわざ」を未来の辞典の一節のように友人に読んで聞かせたと手記に書いている。

ピロゴーフは医学の知識を完全なものにしようと生まれ故郷のモスクワからデルプトへ出てきて、すぐにダーリと親しくなった。ダーリより十歳若く、十八にもなっていないのにすでにモスクワ大学を卒業し、教授への準備段階だ。並はずれた勤勉さで日がな一日(夜もしばしば)診療所や解剖教室にいて、手術をしたり死体を解剖したり、動物実験をしたりしている。ピロゴーフは幸せ者だ。目的がはっきりしていて、自分の将来をずうっと先まで見通しているようにみえる。小柄で痩せていて身軽な彼は、足取りも軽い。その軽い足取りで颯爽《さっそう》と未来へ向かっていく……。

診療所で手術を終えたダーリはピロゴーフを呼びとめ、脇へ連れていく。紺色のチェックのノートを手にして。

「なあ、詩を読んでやろうか」

ピロゴーフは両手をふる。

「いや、いいよ、ダーリ。そんなひまないんだ」

そしてポケットから黒ずんだ古い時計を取りだし、文字盤を見て耳にあて、力いっぱい時計をふる。

「これから解剖教室だ。調剤もあるし実験もある。夜は病院で包帯交換。それに論文も書かないと……」

ピロゴーフはきびすを返して走り去る。

その後ろ姿をダーリは熱いまなざしで追う。外科に夢中だな。あいつにとっては、外科イコール人生なんだ。ダーリには明晰な頭脳といい腕がある、教授たちは、ダーリに頼もしい未来を、そしてピロゴーフには偉大な未来を予言する。

だがダーリには言葉がある。時間になるとダーリは解剖学と外科の教科書を脇へ置いて、自分のノートに没頭する。

……すると思いだすのはある冬の朝のことだ。朝も遅い時間に、旅先の百姓家で目を覚ますと、霜に覆われた小さな窓から日光が射しこんで、掃き清めた床や丸太の壁や、よく火の熾《お》きた白塗りの高いペチカに、まんべんなく柔らかな光を広げていた。ふと天井に目をやると、自分の真上にあたる位置から、小さな奇妙なものがいくつも長い糸にぶらさがって揺れているではないか。それは樹皮のあごひげをつけたおじいさんや、樹皮の靴をはいて体の傾いたおばあさん、笛をもった熊、角のあるヤギ、麻のしっぽをつけた変てこな犬などで、木を彫り、松やモミの実、コケ、干し草、白樺の皮を使ってこしらえたものだった。

ダーリは寝台から跳ねおきて素足のまま、真っ白くなるまで削りあげ、きっちり嵌めこんだ幅広の床板を踏んで小窓に駆けよった。そして暖かい息を吹きかけて窓一面の霜をぬぐうと、目の前に雪が降ったばかりの小さな外庭がひらけた。庭の隅にはカシワの古木があり、葉は日光を受けて赤銅色に輝いていた。好天の秋に突然冬が訪れて、散る間《ま》がなかったとみえる。ナナカマドは空へ向かって伸びあがり、葉を落とした細い枝えだにびっしりついた実は、最初の寒気で真っ赤になっていた。純白の雪の上に赤いしずくが点々と落ちている。ウソが二羽飛んできて実をついばみだし、ナナカマドの下の雪に小枝のような足跡をつけた。それは小さな十字架を縫いとったようだった。

ダーリは靴をはき、外套を羽織って表階段へ出た。そして手をかざして、陽光にきらめく真っ白な外庭を見まわすと、近くに小柄なおじいさんとおばあさんがいるのが見えた。ふたりは草むらに並んで立ち、おじいさんは赤いルバシカ姿、おばあさんは青いプラトークを巻いている。まだところどころに草の見える柔らかな雪を踏んで駆けよってみたら、おじいさんとおばあさんは、菩提樹をくりぬいて作ったミツバチの巣箱だった。おじいさんの胸元に耳をあてると、羽音がまるで呼吸のようだ。宿の主人は、ミツバチの越冬用に使う苔をびっしり詰めた小さな低い小屋をあごで示しながら、「寒いでなあ、ミツバチも越冬小屋に入る頃合いだ」と言った。そう言うあいだも、きっちり積まれ陽を受けて金色に輝いている薪の山のそばを、斧を手に行ったり来たりしている。

前の晩は遅くまで話しこんだ。外は吹雪で風が唸っていたが、室内では、台に挿した灯火用の木片がパチパチと心地よくはぜ、水を張ったブリキの受け皿に火花が散ってはすぐに消えた。頭上では小さな人間や獣がぶらぶら揺れ、奇妙な形の黒い影が四方の壁を動いた。亜麻色のあごひげに澄んだ目をした主人は長椅子に腰かけ膝に小箱をはさんで、曲がったナイフを手に、小箱のふたを細かな彫りもので手際よく埋めていく。その様子はまるで、胸の赤い陽気なウソが不規則に足跡を残しながら板の上をはね回っているかのようだった。おかみさんは糸を紡いでいた。紡ぎ車が揺れ、歌声が静かに流れ、昔話が語られた……。

このときのことが時おり思いだされる。本当にあったことなのか、それとも旅先で結んだ短い夢だったのかと。無性に懐かしさがこみ上げてくると、そんな夜は「塔」にある自室にこもって、あごひげをはやした小さな年神のおじいさんを木の棒から彫りだしたり、さらさらとノートに言葉を書きつけたりする。そんな夜に書く言葉は昔話になった。

あるとき、心のよこしまな皇帝が、すばらしい若者イワンをはるかな遠い国へ行かせました。ひとりでに鳴る琴《グースリ》を取ってこい、さもないと首をはねるというのです。イワンの妻で、かしこいカテリーナは夫をなだめます。「だれもが気楽に暮らせるわけではないわ。勤めていれば苦労はつきもの。苦いものを食べなくては、甘いものも口に入りません。一晩寝ればよい智恵も浮かぶはず。明日起きて、顔を洗ってから考えましょう」。そして夫を寝かしつけると、板張りの門を出て「ああ、親切なお方、お父さまのお使いにして私たちの補佐役さま、どうぞいらしてください」と呼びかけました。するとたちまち、どこからともなく現れた魔法使いのおじいさんが、先の曲がった杖をつき、首をふってはあごひげで跡を消しながら歩いていくではありませんか。おじいさんは急いでイワンを助けにいき……。

朝、ダーリは診療所で、思いきってピロゴーフを壁に押しつけ、「昔話を聞いてくれ」と言ってみた。鼻であしらわれそうで少し不安だったが、相手は真顔で聴いている。前のめりになって真剣なまなざしで、語り手の言葉をくり返すように唇までかすかに動かしている。それにどうだ、どこへも急ごうとしないではないか。

聴きおえたピロゴーフは挑むように肩をあげる。

「ぼくも昔話を知ってるぞ。魔法使いのヴォド・ヴォドークの話。やつはすべてのけものの友なんだ。それから白、赤、黒の三人の小人の話。こっちはバーバ・ヤガーに仕えている。で、ヤガーの家の門には指を差しこんで腸を巻きつけてある。入口の間では片手が床を掃いているし、ペチカの脇には頭がぶらさがっているんだ……」

ダーリはピロゴーフにとびついて抱きしめる。相手は身をもがいて甲高い笑い声を残し、きびすを返して駆け去っていく。実験をしにいくのか解剖教室へ行くのか、追いかけようとしたがピロゴーフはもう影も形もなかった。

みんな、心の赴くままに

せっかくピロゴーフの手記を開いたのだから、ダーリとの出会いも読んでみたい。これといったことはなにもなさそうだが、えてして人はそんなときに本質をさらけ出すものだから。

「あるとき、デルプトに着いてまもないころだったが、ぼくたちが窓辺にいると、通りからなにか奇妙な、聞いたことのない物音が聞こえてきた。ロシアの歌をなにかの楽器で演奏していたのだ。見るとひとりの学生が文官の普段用の制服姿で立っている。その学生は開いていた窓から部屋のなかへ頭を突っこみ、口になにかをくわえ、部屋に来ていた物見高い我われにはなんの注意も向けずに、『こんにちは、ぼくのいとしい人』を演奏した。それは管楽器の一種で、その名手がダーリだった。演奏は実に見事だった」

また表面の背後にある本質に目を凝らしてみよう。ロシア各地の大学から優秀な学生が集められ、学問の完成を目ざしてデルプトに派遣されてきたことを知るや、もったいぶらずにすぐ会いに来て、窓に頭を突っこむほどの「社交性」。そして辞典では「生き生きしていること、無気力や沈滞の不在」と説明されている「活気」。自己紹介もしないうちにもう冗談を思いつき、愉快な楽器を見つけ、放埒な歌を選んだのはその活気ゆえだ。さらにピロゴーフには名手に思えた「音楽性」。これは母親ゆずりで、母親は持ち前のさまざまな長所に加えて、ピアノを見事に演奏し、歌い手としても名高かった。そして最後に、長くピロゴーフの記憶に残った「名人芸」。「我われにはなんの注意も向けず」というのがそれだ。注意を向けていないかのように見せかけて実は、冗談を思いつき、窓に頭を突っこみ、管楽器を吹いたのは注意を向けていたからであり、自分に関心をもってほしかったからだが、すべてがとても洗練されていて優美だったので、炯眼《けいがん》のピロゴーフにさえ「注意を向けなかった」かのように映ったのだ。

ダーリの名人芸についてはピロゴーフの手記にこんな記述もある。「大きな鼻で灰色の賢そうな目をした、いつも落ちついてかすかに微笑んでいるダーリは、他人の声やしぐさや顔つきを真似るという珍しい特技の持ち主だった。落ちつきはらってくそまじめな顔で滑稽きわまりない出来事を伝えてくれ、ハエやカの羽音まで本物そっくりに真似た」。下らないって？　だが、一見下らなさそうなこれらの特徴は、それをそなえていたのが言葉や慣用句を瞬時にとらえて記憶し、その響きを繊細に再現できた人、どの言葉の背後にもたちどころに実感のあるイメージを描けた人だったことを思うと、新たな意味をもってくる。

もうひとつ、ピロゴーフの手記によると、ダーリは学生用のフロックではなく文官の普段用の制服姿だったこともあげておきたい。学生用のフロックは作り話だったのだろうか。ウールのフロックはもちろんあったし、デルプトの大学生に指定された文官の制服（藍色のラシャ地で、黒いベルベットの襟に金糸でブナの葉を縫いとったもの）も整えなくてはならなかった。だがダーリにとって大事なのは正確なディテールではなく、「黄金時代」だったデルプトでの三年間の精神、気分であり、彼の記憶に残ったのは衣服ではなく、自由だったということだ……。

デルプトでダーリが学んだ医学方面の課目に関する資料は乏しいが、ピロゴーフの見解が残っている。偉大な外科医はめったに褒めなかっただけに、この見解は貴重だ。「デルプトでの彼は外科学に没頭し、さまざまな能力とともに機械的な作業で並はずれた器用さを見せて、まもなく腕のいい執刀医にもなった」。

偉大なピロゴーフはモイエルの優秀な教え子にふれたなかで、ダーリを自分と並べている。「非凡で才能豊か」だったモイエルも年とともに学問への情熱が冷め、「特に、むずかしくてリスクの高い手術はしなくなっていた」が、才能豊かな生徒たちのおかげで師に外科学への興味がよみがえった。教授は活気づき、全力投球の時が来たと喜んだ。その生徒のなかにピロゴーフは自分とダーリを含めている。

まもなく、執刀医ダーリの器用さは戦場と傷病兵であふれかえった野戦病院で実証されるが、それはただの器用さではなかった。医者に欠かせない確かな観察力と、注意深くすばやく把握する知力、そして普遍化しようとする力を兼ねそなえていた。外科学に関するダーリの論文が何本か残っている。書かれたのはデルプトではなく数年後のことで、行軍のおりに行った手術や形成外科、眼科の手術についての記述だ。のちにダーリは「目の病気、特に手術は医学の分野でいつも自分が好みかつ得意としたものだった」と述べる。論文はデルプトでの研修が無駄ではなかったこと、ダーリが短期間で守備範囲の広い、腕のいい外科医になったことを裏づけている。だがそれに劣らず貴重なのは、ダーリが論文にこのうえなく興味深い思索や推察や仮定を記していることで、その一部ははるかに時代の先を行っていた。デルプト時代よりずっとあとのものだが、患者からダーリに宛てた手紙やダーリについての患者たちの手紙も数通残っており、患者たちはそのなかでダーリ先生に来ていただくという「希望を与えてください」、ダーリ先生の往診は患者の「宿命を和らげてくれますから」と頼んでいる。デルプト時代のわずかな資料からは、学生ダーリが課題を首尾よくこなしていたことがうかがえる。成績表にあるのは「秀」「優」「良」だ。

……彼はデルプトに腰を据えるつもりだったらしい。勉強ははかどっている。立派な医者になって父の跡を継ごう。課程を修了し実習をして、余暇には詩や昔話を書き、手帳に言葉を集めよう……。

しかしダーリが「黄金時代」を思いだして、デルプトで過ごしたころをほめちぎっているのはなんとも滑稽だ。「みんな、心の赴くままに」生きているとは！　人にできるのは仮定だけ、ということを知らないかのようだ。仮定し計画を立てても、数年後に数千ヴェルスター離れたところでなにが起きるかを予見することはできない……。

ダーリは手術をし、ラテン語を暗誦し、モイエル家で夜を過ごし、昔話を文字にする前に友人に語り、ノートに書きためた言葉やことわざを読み聞かせている。だが、そこから千五百ヴェルスター南ではロシア軍がドナウ河を渡る準備をし、さらに九百ヴェルスターほど南ではカフカース兵団の軍隊が行軍の準備をしていた。一八二八年の春に露土戦争が始まると、ダーリの計画はたちまちご破算になった。デルプトに暮らす運命にはなく、前線に赴かねばならなくなる。医学生を戦場へ派遣せよという指令が出たのだ。軍隊には医者が足りない。

ダーリは規定の年数を満了できないが、学生のなかでも最優秀だったので研修医としてではなく、課程を修了した医師として従軍することが認められる。一八二九年三月十八日、ダーリは期限前に医学博士号取得のための学位論文の試問を受けた。

そして今、仲間たちはおごそかに、学生の流儀に従ってダーリと別れを告げている。中央広場で焚火を燃やし、出立する者の健康を祝してポンス酒を飲み、たいまつで道を照らしながら関所まで送っていく。ここでダーリは幌そりに乗りこむ。いくつもの小さい鈴が、初めのうちはしぶしぶ鳴っているふうだったが、一斉に音高く鳴りだすと威勢のいい歌が響いた。たいまつは遠くに輝く星のように闇に溶けていく……。

どんな未来が待っているのか、ダーリは知らない。計画を立てたのに邪魔が入った。海軍の軍服を脱ぐ日を何年も待ちわびたのに、今度は陸軍の軍服を着せられた。学生時代のウールのフロックは着心地よかったが、つかの間の息抜きにすぎなかった。悲しく、悔しかったに違いない……。しかし私たちにはダーリの未来が分かっているから、邪魔が入ってくれたことがうれしい。ダーリよ、その道を進むがよい。行軍以上に豊かに言葉の集まるところは外にないことをダーリはまだ知らない。自分が言葉へと向かっていることなど知る由もないのだから。

履歴書より

ダーリがロシアを縦断するのはこれで四度目だ。目下のルートは北から南へ、そして南から北へとなっているが、人生の後半には西から東への横断が増えていく。

移動のスピードは速い。同じ年の春、同じ戦争に向けてプーシキンが出立した。もっとも行き先はカフカースのアルズルムで、ちょっとオリョールに寄り道をし、皇帝の寵を失ったエルモーロフ将軍を訪ねはしたが、チフリスに着いたのはモスクワを発ってからあと三日でひと月という日だった。ダーリは十日しかかかっていない。ルートはイズボールスク、シュクロフ、モギリョフ、ベルジーチェフ、スクリャーヌィ、ヤシ、ブライロフ、そして最後が「シリストリヤ（現在のブルガリアのシリストラ）の下流約四ヴェルスターにあるドナウ河畔の村カララーシ」。履歴書には「一八二九年三月二十九日、シリストリヤ要塞付属第二出征軍に到着後ただちに大本営移動病院の分科主任医師を拝命」とある。

のちに書かれたダーリの短編に断片的な軍隊の描写がある。ダーリ自身の言葉で行軍のことを手短に語ってみよう。

カララーシでは、「だだっ広くひっそりとした地下室で雨をよけて夜を過ごす。これは急ごしらえの新しい穀物貯蔵場で、そこではシリストリヤ近郊の砲台から発射される砲弾の音がひとつひとつはっきりと響いた」。地下室で彼は初めて戦争の声を耳にする。どこかで武器が火を吹くたびに、だれかに死がもたらされるのだ。

翌日にはもう、ダーリは要塞の壁近くにいた。一八二九年の戦役において、ドナウ河畔の都市シリストリヤの包囲はロシア軍の重要な軍事行動のひとつだった。

「大本営は要塞から三ヴェルスターほどのところにあった。山岳地帯を半時間行くと、シリストリヤが目と鼻の先に姿を現した」。これは戦場で迎えた最初の日を記した短編の一節だ。「瓦葺《かわらぶき》の屋根、そびえるポプラ。回教の尖塔なのか物見やぐらなのか、二十ほどもあったうちで残っていたのはわずかにふたつ。他はすでに破壊されていた。我われの砲台は切り立った河岸とその向かいの島に置かれていた。稀にある発砲は、我われ側から、島から、砲艇からといった具合に順ぐりにめぐり、その砲艇は発射するとまた要塞の下方にある小高い森の陰に隠れるのだった。町に砲弾が落ちるたびに黒煙があがり、暑い日ざかりに土煙はゆっくり物憂げに町を漂っていった……。我われは放棄された古い砲台によじ登って目を凝らした。下の塹壕に立っていた兵士ふたりが、『俺たちの隊長がこないだ、今あんた方のいるあたりで、砲弾で片腕をもがれたぞ』と警告してくれたとたん、要塞のこちら向きの稜堡に煙が立ち、同時に砲弾、いや、あとで分かったところによると榴弾がこちらめがけて飛んできた。それは黒い月のイメージで記憶に残っている……」。

履歴書は、ダーリ医師がシリストラとシュメンの要塞包囲のときにそこにいたこと、クレフチ近郊とカムチク川の戦いで活躍したこと、ロシア軍とともにバルカン半島を渡って、スリヴェンとアドリアノープル（現在のトルコのエディルネ）の占領でふたたび他に抜きんでたことを裏づけている。

各野戦病院は五十台、八十台、百台の輜重《しちょう》馬車から成り、薬局、鍛治場、用具万端を備えた四十から八十のテント、二、三百人用の寝衣《しんい》、靴下、ガウン、シーツ、藁のマットレス、手術用の折りたたみ式テーブル、数脚の椅子、外科手術の器具、包帯用の靭皮《じんぴ》、包帯、脱脂綿がわりのほぐし糸などを備えていた。しかし、第二出征軍の軍医ダーリは後方をのろのろ進んだのではなく、常に「前線」にいた。スリヴェン占領のとき、ダーリ医師は馬にとび乗って、前線のコサック騎兵中隊とともに戦闘にすっ飛んでいった。そして先陣のひとりとして敵軍が放棄した市街に飛びこみ、街はずれの通りや屋敷で進退きわまっていた敵の最後の部隊を襲い、戦闘の真っ最中に主《あるじ》のトルコ人があたふたと逃げだした家に押しいると、テーブルにあった銅の器にまだ熱いコーヒーが入っていたのに気づいて、いたずら心でコーヒーを飲みほしてから、また先へと急いだのだった。

シリストラからスリヴェンまではブルガリアの道を進んだ。広い平原を行き、徒歩や泳ぎで河を渡り、細い山道を天に届くほど高くまで登った。周囲にあるのは抑圧者の手でずたずたにされた大地だった。ダーリはあるときは輜重馬車で、あるときは騎馬で、またあるときは徒歩で、容易ならぬ戦争の道のりを測っては、炎に包まれた村むらを悲しげに見やる。道の両側で農家が燃え、コウノトリは煙と火のなか静かに巣に座って、死を待っているかのようだった。

『詳解辞典』では「解放する」という語の最初の文例は「人民が他国の支配から、圧政から、迫害から解放される」となっている。

ダーリがスリヴェンの占領を思いだして読者に届けてくれたのは熱いコーヒーの愉快な逸話だけではない。もっと本質的なものもある。「周囲は上を下への大騒ぎを見せたが、それはただの一瞬だった。トルコ人は、見棄てられた若干の負傷者をのぞいてさっさと逃げていった」と、市街に入ったときのことを書いている。「歩兵は火を消しにかかった……。温和な住民は押えがたい喜びに包まれた。住民が目にしたのは言葉の響きが母語に通じる兄弟のような人たちだったのだ。住民と勝者が互いに親近感を抱いたことは出会った瞬間に確信できた」。

戦時とブルガリア解放時のダーリのふたつの回想は、これを裏づけるように釣りあいが取れている。スリヴェンのある小さな農家で彼は負傷したブルガリア人を見つけ、頭と肩の刀傷を洗って包帯をしてやった。別の農家では戦闘で負傷したロシア兵に会った。ブルガリア人が匿《かくま》ったのだ。兵士は救い手たちが「自己犠牲」のせいで高い代償を払うはめになるのを恐れて、自分をトルコ人に引きわたしてくれと頼んだ。「だがブルガリア人はそれに耳を貸そうとはせず」、兄弟を裏切ったりするものかと言って、いつ急襲されるかもしれないので、負傷兵を「手から手へ」渡していった。互いの苦しみに寄せる思いには限りがなかった。これはこの戦争のひとつの特徴だ。

戦功によってダーリには聖アンナ勲章が授けられ、戦役が終わると「ゲオルギイ綬につけたメダル」も授与された。ユーモラスな自伝にはこんな風に書かれている。「軍司令官は、イワーヌィチの名の日《イメニンニク》だと知ると、綬に五十コペイカ銀貨《ポルチンニク》をつけてやった。しっかり勤めよ、びくつくな、この先もっと利口になるぞ」。

『詳解辞典』の「名誉」という語のところにダーリは「名誉は上着《カフタン》の上にはない、下にある」ということわざを載せている。ここでも彼は「相対的で世俗的な名誉、相対的なことの多いつかのまの身分の高さ」と「上着《カフタン》の下にある本物の名誉」、すなわち「人間の精神的、倫理的品格、勇敢さ、誠実さ、魂の気高さ、高潔な良心」を対比させている。

品格、勇敢さ、魂の気高さ、高潔な良心は、戦《いくさ》のときもダーリを導く。勝利に少なからぬ貢献をしたクレフチ近郊の戦闘でも、ダーリは手をこまねいて折りたたみ式の手術台のそばにいたのではなく、戦いのさなかにいた。「そこでは、千、二千という負傷兵が野をおおいつくしていた。母なる大地がその夜の兵の臥所《ふしど》になり、空が毛布になった。わたしも負傷者らとともにいて、切断し、包帯を巻き、弾丸を摘出し、そこここを駆けずりまわったあげく、ついには疲労困憊して手足を伸ばす力すらなく、夜の闇のなか、負傷兵らと並んで寝た……」。

ダーリの行軍

あとになってダーリは、『詳解辞典』にとって豊かな、そして実に貴重なたくわえをもたらした行軍のことを独自の視点で回想する。「休養日になると、いろんな地方出身の兵士たちを回りに集めて、さっそく、これこれのものは何県ではどう言うのか、別の県ではどうか、他の県ではと質問攻めにしたものだ。そして手帳をのぞくと、そこには土地言葉が延々と列をなしていた」。

ダーリとともにその手帳をのぞいてみよう。残念ながら実物は残っていないが、捏造さえしなければ、推量は許されるだろう。「再建造」という言葉はダーリの辞典にはない。その代わりに「再創造」という言葉があって、「過去を創造する」という含蓄のあるすばらしい解釈がなされている。過去を創造してみよう。最終結果である『詳解辞典』からスタートして、ダーリの手帳のせめて一頁でも再創造してみよう。手帳に書きこんでいったプロセスを、書きこむときにあり得た動作を、さらに書きこまれていった状況を、ダーリのために土地言葉が列をなしてくれた休養日の一日を再創造してみよう。

……焚火がパチパチとはぜ、湯気のあがる鍋から、豚の脂身で味つけした薄い粥のいい匂いがする。兵士がびっしり焚火を囲んでいる。行軍用の飯盒《はんごう》から木のさじで粥をすくっている者。外套を地面に敷いて、大きな丸パンを均等に切りわけている者。白くなった燃えがらを器用に焚火からつまみだして火種にし、短いパイプで煙草を吸っている者。

ダーリはというと草の上にじかに座り、トルコ風にあぐらをかいて膝に黒革の手帳を広げている。兵士たちは思い思いの話をする。辛い行軍のこと、加わるはめになった戦闘のこと、遠い故郷の村のこと……。「人と人が出会えば、そこには必ず噂ばなしや会話がある。まず挨拶をして、見たこと、聞いたこと、考えたことを相手に語る。現在、過去、未来を語り、笑いと悲しみを、仕事と無為を語る。それが人間というものだ」とダーリはのちに書く。草の上に腰を下ろし、手帳を広げて耳をすましていると、こちらでは会話が弾み、あちらでは歌がうたわれ、少し離れたところでは連隊一のおどけ者ヴラーソフが仲間に冗談や地口をふるまっている。ダーリはそれを書きとめるのに必死だ。初めて聞く言葉がアマツバメのようにダーリの頭上を飛びかう。

そのとき、ひとりの兵士が足をすべらせて、かっとなって罵った。

「くそっ、水たまり《ルージャ》だ」

すると別の兵士がたちまち「おや、水たまり《カルーガ》だ。こりゃあ、すぐには気づかんな」と、それを認めた。兵士はコストロマー出身だった。

ダーリはそれまでにも、水たまりをカルーガと呼ぶ地方があることは知っていたので、手帳に、「ルージャ、カルーガ」と書きこんだ。

ところがトヴェーリ出身の砲兵は同意しない。カルーガは「沼沢地、沼」のことだというのだ。するとシベリア出身の兵は「カルーガがチョウザメのような魚だってことはだれでも知ってら」と言って笑う。

「カルーガ」をめぐって言いあっていると、北方出身の伝令が不意に、水たまりは「ルイヴァ」だと言う。

「ルイヴァだって？」ダーリは訊きかえす。

「そうだよ。ルイヴァさ」

するとオカ川流域の出身者は驚いて、自分たちは沼地に広がる森を「ルイヴァ」と呼ぶのだと言う。そこへ、アルハンゲリスク出身の農民がけだるそうに口をはさむ。「ルイヴァは森なんぞじゃなくて、引き潮のあとで岸に残っている海草のことさね」

タンボフ出の者は、災難にあっている水たまりに「モチャジーナ」という別の名を与える。アストラハン出の者は「モチャジーナではなく、モチャークだろ」と訂正を入れる。するとペンザ出身の温厚な男がにこにこして言う。「モチャジーナは小さな沼のことだ。沼で刈りとった草をモチャジーンニクと言うんだよ」

ノートには「ルージャ、カルーガ、ルィヴァ、モチャジーナ」が列をなす。

しかしピリオドは打てない。「カルーガ」は成長して次のような大きな言葉になったのだから。

カルーガ——トヴェーリとコストロマーでは沼沢地、沼。トゥーラでは半島。アルハンゲリスクでは生け簀《す》。シベリアではチョウザメ類の魚。

ルイヴァ——同じく、水たまりでも、森でも、水草でもある。

多くの県で湿った場所を表す「モチャジーナ」には、アストラハンの「モチャーク」、ノヴゴロドの「モチェヴィーナ」、クールスクの「モチャールキ」のような兄弟姉妹がくっついた。

そこへまだプスコフの「ルージ」という言葉がひょいと出てきた。

「なんだって？　ルージは、リャザンとウラジーミルでは水たまりではなく弓のことじゃないか」とダーリは驚く。

「リャザンじゃどうか知らんがね」プスコフ出の男が反応する。「俺たちのところじゃ、ルージってのは水たまりの凍ったののことだ」

「氷の張った道のことさ」トヴェーリ出の砲兵が言いたす。

ダーリは書くのにおおわらわだ。手帳は言葉でぎゅうぎゅう詰めになる……。

のちに、『詳解辞典』の序にあたる「旅支度」で、彼はこのころのことにふれる。「熱のこもった会話のあいだに、いったい何度、手帳をつかんで、だれかの口から飛びだした言いまわしや言葉を書きとめたことだろう……。その言葉はどんな辞典にもなかったが、しかもそれは純然たるロシア語だった」。

ちょうど今がダーリのラクダのことにふれる好機だろう。行軍で集めた言葉を書きとめた数かぎりないノートや手帳の入った大きな包みをいくつも運んだラクダのことに。これについて、ダーリはなんと「旅支度」のなかに、真面目な仕事に似つかわしくない数行を加えている。「まだ一八二九年の行軍のときだったが、荷を運んでくれたわたしのラクダが、アドリアノープルに着く二日前に戦時のどさくさのなかで行方不明になったのを昨日のことのように思いだす。同僚はトルコ人のものとおぼしきクラリネットがなくなったと嘆き、わたしは書きためたメモを失って孤児になった気がした。衣類の入ったトランクは、ふたりともさして気にならなかった。広いロシアの津々浦々からやってきた兵士との会話は、言葉を研究するわたしに豊かなたくわえをもたらしてくれたのに、それがすっかりなくなったのだ。だが幸い、コサックたちがどこかでラクダをつかまえ、クラリネットとメモもそのままに、一週間後にアドリアノープルまで連れてきてくれた……」。

「言葉は袋に入れられぬ」というトルコのことわざがある。トルコ人がラクダをつかまえてみると、背の包みに入っていたのは言葉だった。だがトルコ人は言葉には飢えていなかった。ダーリの人生の十年と最も実り多かった行軍の半年は、敵の兵士には無用のものだった。なんという幸運だろう。コサックはダーリだけでなく、彼の同時代人、のちの世代、未来の者たち、我われみんなに、言葉を山と積んだラクダを連れてきてくれたのだ。「小さいタカは手にのせてもらえ、大きいラクダは水をのせていく」というが、皇帝のタカよりコブのあるダーリの水運び屋のほうが貴い……。

カザーク・ルガンスキイの誕生

履歴書によると、医師ダーリはトルコ戦役とポーランド戦役に従軍し、その功績によって勲章をまたひとつ授けられ、今度は、弾丸や榴弾以上に徹底的に人間を滅ぼす敵、ペストとコレラにたち向かう。（カーメネツ・ポドーリスクでコレラが猛威をふるったとき、市の第一行政区を担当。）ダーリは西部各県の都市や町村で恐ろしい病気相手に闘い、ノートに「コレラのときはカエルが鳴かず、ハエとツバメが飛ばない」という俗信を書きとめるが、情に厚く注意深い医師の悲痛な観察がそれに並ぶ。ダーリが働くことになった地区には「湿気と不潔と赤貧と狭苦しさが君臨していた。迷信、不信、食料と資金と世話の不足――それが一緒になって、困窮する人たちの監督を任された者の正気を奪いかねなかった」。「総身を刺されて死んだのは蜂飼い、水に溺れて死んだのは漁師、死んで野末に臥すのは軍人」という暗い地口もある。敵の弾丸と榴弾によって、ペストと熱病によって、従軍医師三百人のうちの二百人以上が野末に臥した。ダーリは二年のあいだ死と隣りあわせでいて、しかも生きのびた。

一八三二年の春にはもう、ダーリは首都サンクト・ペテルブルグの陸軍病院で働いていた。このころすでに医者として栄光の頂点にいたが、病院に長居はしない。六十名でも百名でも収容できる病室のある大病院にはびこっていたものも寒村の粗末な粘土作りの小屋と同じ、湿気と不潔と赤貧と狭苦しさだった。病院の幹部は薬局から薬を、炊事場から食料を、納屋から薪を、倉庫からシーツと寝衣をくすねていた。しかも「白昼堂々とだ」と、ダーリより九年遅れてここに来るピロゴーフはのちに語る。寒くて不潔な病室を支配するのは「敗血症」という病原菌で、死は、ペストやコレラが猛威をふるう土地同様に、人びとを情け容赦なく連れさっていく。毎朝ダーリは、民衆が「死体置き場」と呼ぶ不潔で息苦しくて湿気の多い病室を回診する。「あの人は死んだ。医者なんぞに行ったから」や、「医者が病気を悪くする」などの言い回しはそんな「死体置き場」で生まれたのだろう。しかし、上着《カフタン》の肩に大きな星型勲章が並び、胸に十字勲章がずらりと下がっていても、上着《カフタン》の下には誠意も情もないお歴々相手に一介の医者になにができようか。こんなことわざもある。「病むのは辛いが、病人を看るのはなお辛い」。

ダーリに並んでカザーク・ルガンスキイが登場するのはまさにこのころで、これよりのちダーリは作品の大半にカザーク・ルガンスキイと署名する。「V・ダーリ」「V・D」「V・I・D」という署名も使われはしたが、「V・ルガンスキイ」「K・ルガンスキイ」の方が多く、主に「カザーク・ルガンスキイ」だった。「ルガンスキイ」はもちろん生を受けた地名ルガニから来ている。しかし「カザーク」の方は本人曰く「ほぼ三年のあいだ、コサック（カザーク）の鞍から下りなかった」からだというが、それだけだろうか。「自由コサック」が彼の解釈では「奴隷、農奴ではない」ことを指し、「自由」は「独立不羈《き》の、自立した」を指すからではないのか。さらに「コサックよ、辛抱しろ。やがては頭目だ」ということではないのか……。カザーク・ルガンスキイはダーリと知名度を競って勝ちを手にする。そのことを知った同時代人はひと言そえずにはいられない。ある作家は手紙にダーリの名をあげたとき、「これはカザーク・ルガンスキイのことです」とカッコ付きで書きそえた。

カザーク・ルガンスキイの誕生を告げたのは一八三二年十月に出た二百頁以上ある本で、昔ながらの長い題名がついていた。曰く『カザーク・ルガンスキイの手で民衆の口承から一般の文章に改め、世態風俗にあわせ、流行の言いまわしで飾りたてたロシア昔話　最初の五話』。

ダーリの『五話』をひらいてみよう……。

第一話は「身分の低い勇敢な若き軍曹イワンの話」である。ある王国に皇帝ダドンが君臨していた。（『詳解辞典』によると、ダドンは不細工で支離滅裂で奇怪な人物である。）大臣、元帥、公らがダドンに仕え、巡査、食客、追従者が彼を取りまいていた。その王国で、勇敢なイワン軍曹は真面目に働いて給料は平の兵卒並み、家も粗末だったが、嘆くことなく暮らしていた。卑劣な貴族と高官たちはイワンの正直な働きぶりが気に食わず、皇帝の面前でイワンを中傷するようになった。そして皇帝をそそのかし、イワンに次から次へ前より重い課題を出させた。ところがどっこい、なにを要求してもイワンは必ず期限通りにこなしてしまう。だが「人間は家畜ではありません。濡れ衣を着せられてしばらくは辛抱していても、限界を越えると手がつけられなくなるのです」。豪胆な軍曹は皇帝と側近らの悪意と奸計を確信すると、宮殿の正面に数限りない軍隊を並べて、皇帝ダドン、貴族、刑事、食客、追従者らを皆殺しにした。そして「民衆に乞われてその地の皇帝となり、情け深く公正に国を治めました」。

ダーリはどの話も「扮装している」と言い、「意欲と能力のある者はその正体を当ててみよ、察しがつかねば読みながせ。これなるはさらりと読める昔話、能《あた》うなら裏を察してご覧《ろう》じろ」と笑ってつけ加える。なるほどそのとおりで、イワン軍曹の話を読む限りでは扮装もたいしたことはないのですぐに察しがつくし、裏を読む力もさほど必要ない。

次は不正な裁判官シェミャーカの話で、この裁判官の裁きにはひどい刑罰がつきものだ。ごまかしと悪行のおかげでシェミャーカは軍司令官に任ぜられ、「ロシアの正義の守り手」にされた。シェミャーカは名誉ある地位につき、右手で十字を切りながら左手は他人のポケットに突っこむ。しかし皇帝は全知全能ではないうえ、紙は辛抱づよいしペンは書く。ペンが書いたものは斧では伐れぬ。かくして「災難は災難連れで、災難を追いかけ、災難を生む」。

地獄からこの世へ遣わされた見習い悪魔、シードル・ポリカールポヴィチの話もある。見習い悪魔は手初めに兵士になって「勤めを丸ごと思い通りに変えようとし、とんだへまをやらかした」。なんと最初の閲兵式で新兵はさんざん痛い目にあわされ、勤めも背嚢《はいのう》も武器も、すべて放りだして、脇目もふらず三日三晩逃げつづけた。次にはついふらふらと水兵をやってみたが、これも一難去ってまた一難だった。「頑張っても精出しても、海の勤めにうまくなじめぬ。引き足りぬといっては殴られ、引きすぎるといっては殴られる……。なんたる苦役か」。見習い悪魔は最後にさる役所の文書係に納まって、羽ペンを削りナイフを研ぎ、「角を突きだしたり、足で蹴ったり、悪意もあらわに爪をむきだしたり、軽蔑したように舌を出したり」、公文書に密告を書いたりする。「職を退く気はさらさらなく、飲み食いの悪い癖がつき、もはやなんとしても辞めさせることができない」……。

悪魔についての昔話は、まさに洞察力があって飲み込みの早い人、能力と意欲のある人についての地口で終わっている。能力はなくても意欲のある人とは差しでもっと話をすると著者は請けあうが、「能力はあっても意欲のない者は、口をつぐんで引っこんでろ！」

昔話の〈害〉について

洞察力のある者もいたし、飲み込みが早く、能力も意欲もある者もいた。口をつぐんだり、引っこんだりしたくない人たちだ。

読者が本屋でダーリの『最初の五話』を買って、カザーク・ルガンスキイとはいったいだれのことだろうと思っているころにもう、その著者に、憲兵隊の箱馬車がひそかに差しむけられていた。ある早朝のこと、病院で回診を始めたばかりの著者に、青い制服姿の士官が近寄ってきて言った。「皇帝陛下の命により貴殿を逮捕する……」。この日、患者たちは投薬もなく包帯もしてもらえなかった。カザーク・ルガンスキイの過失の責任を医師ダーリが取ることになったのだ。

原稿を読んだダーリの友人たちは、よくこれが検閲を通ったものだと驚いたが、そのおかげで灰色の表紙の小型本は手から手へ渡りはじめた。

……ダーリは入れられた部屋にひとりでいる。突然ここに連れてこられてから、もうどれくらい経っただろう。一時間か、二時間か。そのうち別の単位で数えることになるかもしれない。一年、二年……。大砲がドンと鳴った。ペトロパーヴロフスク要塞の壁に据えた大砲が正午を知らせる音だ。要塞のことは考えたくない。心に描くのは本屋のことだ。本棚には、濃い色の背表紙に金箔を型押しした本が天井までびっしり並び、客が来ては陳列台から『最初の五話』を買っていく。医師ダーリを要塞に閉じこめることはできるかもしれないが、カザーク・ルガンスキイは世間へ出ていったぞ（この本の没収および廃棄命令が出ており、憲兵が棚にあった分を束ねて本屋から運びだしていることを当人は知らない）。『最初の五話』の各章のカットや書体が心に浮かぶ。なにしろ最初の本なのだから人生の一大事、まるで命の水のようだ。ざらついた頁に指を触れ印刷インクの匂いをかげば、想像の翼は大胆にどこまでも広がっていく。ダーリはしみだらけの白いドアに近よってみた。このしみは、希望がもてなくても、それでも心に促されてドアを開けようとした者たちの手の跡に違いない。ダーリもそっと、だが力をこめてドアを押したが、ドアは閉まっていた……。

事態がまずくなったことにダーリの思いは及ばない。第三部（皇帝直属の秘密警察）主任は、首都を離れている憲兵隊長ベンケンドルフに急ぎ上申する。「検閲を通過し出版され販売された一冊の書物が首都で騒動を引き起こしました。題名は『カザーク・ルガンスキイのロシア昔語』……。書物には政府に対する嘲笑、兵士が置かれている痛ましい状況への訴えなどが含まれています。私が勇をふるってこの書物を陛下にご覧に入れると、陛下は作者を逮捕し書物を審査せよとお命じになりました」。

政府を蔑視したり、別の憲兵の文書にあるように兵士の不満をあおったりするつもりなどダーリにはなかったろう。本に響いているのは民衆が生みだした本物の昔話の余韻だ。そこにはダドン王もいれば、勇敢な兵士も不正な裁判官シェミャーカもいる。もちろん、実体験も作品の印象を強めている。一八二五年十二月に宮殿わきの広場にいた軍隊が忘れられようものか。「引きすぎたといっては殴られ、引き足りぬといっては殴られる」海軍や陸軍の勤めの辛さが忘れられようものか。自分すなわち海軍少尉ダーリを例にとってみても、手続き一点張りの連中は数行のヘボ詩を理由に、起訴状に「懲役あるのみ」と書いたのだ。ダーリは何冊ものノートに昔話の人物と実在の人物を気前よく並べ、饒舌ながらあまり達者とはいえぬ道化ぶりをみせ、ことわざと慣用句で満艦飾にする。初めのうちは自分の書いたものが活字になるとは考えもしなかったようだ。用心して、標題紙に「外国《よそ》にきのこは山ほどあるが、我らの籠には入らない」ということわざを載せたが、あれは無駄だったか。ともあれ世に出たのは地味な表紙で字の詰まった小型本で、印刷インクのいい匂いがした。はるかな旅路と知らない土地を思わせる海かステップのような匂い。新しいすばらしい旅路が、広大な空間へ広がっていくまもなく、要塞の白黒縞《しま》の門にぶつかるなど思いの外だった。

　のちにダーリはうす笑いを浮かべて「腹を立てたのは五文や三文の連中、侮辱を感じたのもせいぜい十文どまりの奴らだった」と語るが、今はうす笑いどころではない。廊下に重い靴音が聞こえ、錠前がガチャガチャ鳴る。ダーリは期待をこめてドアの方へ少し踏みだす。入ってきたのは口ひげにも頬ひげにも白いものが目立つ老兵だった。老兵は机に薄汚いナプキンを敷き、持ち手にボロ布を巻いた小さな銅のティーポットと陶器のカップを置くと、黙って外に出て鍵をかけた。紅茶は出がらしで冷めていて、味つけに加えたらしい薄荷《はっか》の匂いがした。窓の外が藍色だ。夜になったのだ。

思いがけないことに、今この瞬間、あの小さな本はなんと皇帝の書斎にあって、緑色のラシャをかけた大きな机に置かれていた。皇帝は、手入れのいき届いた白いぽっちゃりした指で本をぱらぱらとめくり、心持ちどんぐりまなこの澄んだ灰色の目で、第三部主任が皇帝のためにわざわざ空欄に鉛筆で書きこんだ文言を無関心にながめている。そこへ音もなく下僕が現れ、机に置かれた青銅の高い枝燭台のロウソクに火を灯していく。下僕は金の縫いとりのある紺色の上着にゆったりした赤いズボン、白いターバンというでたちだ。机の端には制服姿のさまざまな連隊の兵隊人形がずらりと並ぶ。皇帝はダーリの本をぞんざいに脇へほうり投げた。ここにある昔話はもちろん腹立たしいものであり、見せしめに著者を罰せねばなるまいが、同じラシャの上には陸軍病院分科主任医師ウラジーミル・ダーリの履歴書もある。この軍医は過去のいくつもの戦役で勇敢に戦って、つい先ごろ勲功を讃える十字勲章を受けたばかりで、皇帝はそれを覚えていた。有能な人間がこんな下らんことに手を染めているのはけしからんが、皇帝はもう一度注意深く履歴書を読み、今回はダーリを赦すことにする。

外はもう真っ暗だ。老兵の置きわすれた赤銅のティーポットに、燃えのこったロウソクが映っている。部屋の四隅が闇に溶けているせいでダーリは不安に襲われる。背を丸めて長椅子に浅く腰かけていると、頭をよぎるのは自分の奇妙な運命のことだ。海か陸で単調な仕事に甘んじていたら、高い官位を手に入れていたら、こんな苦しみは知らずにすんだろうに。しかしダーリの人生には言葉が住みついているのだから、今さらどうしようもないし逃がれようもない。

連隊のおどけ者ヴラーソフの十八番《おはこ》、キツツキの寓話が思いだされる。頭の赤いキツツキは日がな一日、くちばしでコツコツと木を叩く。すると夕方には頭は割れるように痛いし、額はたがをはめたようになるし、とても我慢できなくなる。そして「ええい、もうたくさんだ。二度とくちばしで木なんか叩かないぞ。家でおとなしくのんびりするんだ」と言うのだが、あくる朝にはもう、夜も明けやらぬうちから、小鳥が森でさえずりだしたかと思うとコツコツしにいくので、森にはその音ばかりが四方に響くという寓話だ。宿命からは逃れられないのだから、二度としないなどとは言わないことだ。ダーリがどれだけ生きようが、どんな制服を着ようが、その宿命が言葉であることはだれの目にもはっきりしている。

錠前がガチャガチャ鳴ったことにダーリは気がつかない。真っ黒な巨大な影が壁を這いのぼり、「出てください」という声がした。ダーリは長椅子から立ちあがったものの、その場を動けずにいた。入ってきたのは朝と同じあの憲兵将校だ。

「釈放です」

ダーリはそっと息を整え、長患いのあとの病人のようなおぼつかない足取りでドアへ向かう。医師ダーリ健在、カザーク・ルガンスキイ健在。カザークよ、いざ、頭目も夢ではないぞ！

水車の寓話

ダーリは自分の物語に正直な題名を考えた。「……一般の文章に改め、世態風俗にあわせ、流行の言いまわしで飾りたてた」……。「改め」「あわせ」「飾りたて」――これらの語は昔話とはいえ民衆のものではないこと、当時の言い方を使えば〈民衆風〉であることを意味する。〈風〉は常に本物に劣る。

数年後にベリンスキイがこのことにふれ、作家ダーリの創作を高く評価しながらも「昔話を自己流に改作する悪い癖」を非難するが、ダーリに罪はないし悪い癖でもない。ベリンスキイの炯《けい》眼が皆に備わっているわけではないからだ。ロシアの読者が「改めたもの」や「飾りたてた」ものでなく、ロシア各地で民衆が語っている本物の昔話を求めるようになるまでには時間がかかる。それにダーリ自身、言葉やことわざと同時に昔話も集めることで、本物の昔話を護るのに役立っているではないか。

数年後にダーリは、処女作『最初の五話』をめぐる騒動を思いだして、その意味を新たな目で説明する。自分にとって大事なのは昔話そのものではなく、そこにある言葉だった。昔話にのびやかに表れている民衆の言葉や語り口の「たくわえの一端」を示して、皆に知らせたかったのだと。

ダーリの言い方にはちょっとひねりがある。『最初の五話』のあとも書きつづけるのだから、本を書いたのは「たくわえの一端」を示すためだけでないが、たしかにそういう狙いもあった。ダーリの昔話には民衆の言葉があふれかえり、ことわざがひしめきあっていたから、文体の特異なことはすぐに読者に分かった。プーシキンの友人で大学教授でもあった詩人のプレトニョーフは、講義でこの本からことわざを引用する。一方、第三部主任は本についてベンケンドルフに報告する際、それが「このうえなく単純な文体で書かれており」、兵士や女中のような「下層民ども」でも読めるのは由由《ゆゆ》しきことですと特記している。

ダーリが「たくわえの一端」を読者に示したかったのは確かだが、重要な課題の解決に向けて機が熟しつつあった。課題とは、広く利用できるようにこれらのたくわえをどこに、どんな形で永久保存すべきか、数百や数千の教養ある読者にではなく、ロシアの民衆すべてに、それを預かった人たちでありそれが本来属すべき人たちに、どのような形で返せばいいのかということだ。ダーリは、自分が集めたかぎりない富を収めて永久に保存でき、しかもだれでもいつでも取りだせる魔法の長持ちになってくれるものが辞典だという思いにはまだ至っていない。辞典のアイデアは目前まで来ているが、今はまだその一歩手前だ。

……ここにもうひとつ、例のヴラーソフの語る寓話がある。ダーリが好んで繰りかえすこんな話だ。

昔ひとりの百姓がいて、製粉機を作ろうと考えた。百姓には妻の親戚や名づけ親などおおぜいいたので、ひと通り訪ねまわってそれぞれに頼んだ。あんたはシャフトを作ってくれ、あんたは羽を一枚、あんたも羽を一枚、あんたはギヤ用の主軸《スピンドル》を、あんたは車輪を、あんたはカムと歯を十個、あんたも十個というふうに。みなから糸を一本ずつもらってシャツの布を織ろうとしたようなものだ。頼まれた人たちは約束通りに、ある者は車輪を、ある者はカムを、ある者は主軸を作ってくだんの百姓のところへもってきた。当然、製粉機はできると思ったが、そうはいかなかった。だれもが自己流に作ってきたので、カムは軸受けに合わず、ギヤは主軸に合わず、車輪と車輪は合わず、羽はシャフトに合わない。ええい、くそっ。そこへ年とった粉屋が来て、それぞれの部品を削ったり加工したりして、はまるようにした。するとすべてがうまく収まり、製粉機は粉を挽きはじめた。

寓話に出てくる年とった粉屋のように、ダーリはメモを見てじっくり考え、ばらばらだった部品の寸法をひとつずつ合わせていく。しかし、製粉機の羽がくるくる回って、穀物が金色の川のように挽き臼に向かって流れだすのはまだ先のことだ。

第四章　プーシキンの強い求めで

この豊かさ、この意味の深さ、まさに黄金だ！

同じ一八三二年のことだ。十二月に入ったある日、ダーリは例の『ロシア昔話』を手にプーシキンの家に向かった。

プーシキンは十月半ばにモスクワからペテルブルグに戻ってきた。フルシュタ一ツカヤ通りに住まいを借りていた詩人は、十二月一日にゴロホヴァヤ通りとボリシャヤ・モルスカヤ通りの角にある、著名な商人ジャヂミロフスキイの屋敷に引越した。

ダーリは三階に上がる。召使いが玄関で外套を受けとり、主《あるじ》に取り次ぎにいく。家具はどの部屋のものもとりあえず置かれたような印象で、しばしば動かされているようだし、この先も動かされそうな気配がある。整理だんす、小机、つい立ての位置が定まらないせいか、まとまりがなかった。

結婚して一年と少しのあいだにプーシキンはもう四回住まいを変えたが、それでもナターリヤ夫人には気に入らない。プーシキンはプーシキンで、家のなかがぐちゃぐちゃで、手をつけずに済んだはずの金を家庭のことに使わなくてはならないので苛立っている。

がらんとしてろくに明かりもついていない部屋を、ダーリはどきどきしながら歩いていく。日が暮れてきた。次の部屋かその向こうかでプーシキンが、あのプーシキンが、肘掛椅子から立ちあがり、ダーリを迎えるべくドアの方へ踏みだした……。

この最初の出会いをうわべだけでも再現してみよう。

プーシキンは身ごなしが軽快ですばやいが、片足を引きずって杖に寄りかかっている。この秋は片足にひどい痛みがあり、知人たちに「リューマチで苦しんでいる。リューマチに片足をやられた」とこぼしていた。詩人はダーリを肘掛椅子に座らせ、自分は忌々しいリューマチを罵りながらソファに腰かける。脇の下へクッションを突っこんで左足を曲げ、痛い方の右足はいたわって伸ばしたままだ。座るとき、プーシキンがなんとも軽快で優雅な身ごなしで燕尾服の尾をはねたのにダーリは気づいた。普段用の灰青色の燕尾服に清潔なシャツという恰好で、幅広の襟を開け、ネクタイはしていない。髪は思ったより明るめで、目は大きく明るい色、顔はうっすら埃をかぶったような黄土色だ。ダーリはプーシキンを一目見たときから、アフリカ人ではなく生粋のロシア人だと思った。それはダーリが人びとを目だけでなく耳からも判断したからかもしれない。プーシキンは見事なモスクワ訛《なま》りで話した。そして言葉は、ひとつひとつが的確で重みがあって必要かつ力強いものであり、過不足がなかった。ダーリはすぐには気づかなかったが、プーシキンの物言いは流暢ではなく、自分が言おうとすることをまずよく考えてそれにもっともふさわしい言葉を選ぶので、そのせいなのだろう、話し方がとぎれとぎれだった。

プーシキンが会話の口火を切ったと見るべきだろう。不安と怯《おび》えを抱えたダーリにそれがすぐにできたとは思えない。会話は『最初の五話』から始まったことだろう。文壇に足を踏みいれたばかりの人間が、評判の高いその道の先輩の意見を聴きにきたのだ。会話のきっかけとしてもそれ以上のものは見あたりにくい。

「昔話は昔話として」プーシキンは本をぱらぱらとめくりながら言う。「我われの言葉そのものですね……」

『最初の五話』に対してプーシキンが指摘したのはまさにダーリが示したかったこと、民衆の宝の実例だった。

「この豊かさ、この意味の深さ、この見事な言いまわし。まさに黄金だ！」

手当たり次第に前から後ろから本を開いては、楽しげに笑いながら、ダーリがすばらしい言葉とことわざに糸を通して作った首飾りを、プーシキンは声に出してつまぐっている。笑いながら「実にいい！」と言ったり、尖った丈夫な爪先で下線を引いたりしていたかと思うと、ぱたんと本を閉じ、椅子の肘かけに本を置いて不意に口をつぐむ。そして片手は肘かけの上、もう片方の手は背もたれにそえてソファにもたれかかり、じっとダーリを見る。

「しかし、我われは昔話以外のところでもロシア語で話せるようにしなくては……」

自分が話す番だ、そう思ったダーリはプーシキンの言葉を受けて、自分にとって大事なことを話す。言葉のこと、今はまだどうすべきか分かっていない無尽蔵の宝のこと、民衆はものにしているのに、いわゆる上流社会ではほとんど知られていない、かぎりなく豊かで的確で精彩に富むロシア語のこと……。

このとき、ダーリは『ボリス・ゴドゥノーフ』と『ベールキン物語』を思いだしていたかもしれない。これらの作品でロシア文学の言葉が新たな道へ踏みだしたことに彼は気づいていただろう。『ゴリューヒノ村史話』のことはまだなにも知らないし、プーシキンの仕事机に『ドゥブローフスキイ』の原稿が載っていることも知らないが、老御者のアントンと鍛冶屋のアルヒープ（ともに『ドゥブローフスキイ』の登場人物）はすでに生まれており、独特な言葉遣いで話しはじめていた。

プーシキンはごくまれにダーリをさえぎって、すばやいコメントをはさむ。ダーリはその都度驚いてしまう。そう、自分もまさにそのことを思っていたのに、それを的確に表す言葉が出てこなかったのだ、と。

プーシキンは言った。

「あなたが集めたものは単なる思いつきでも熱中の産物でもない。わが国では、これはまだまったく新しい仕事です。うらやましいなあ、あなたには目的がある。何年もかけて宝をたくわえ、目を丸くしている同時代や後世の人たちに、宝の入った長持ちをひょいと開けてやれるなんて！」

……雪がしんしんと降っている。ぼんやり灯ったまばらな街灯がまっすぐな大通りに並び、ぼたん雪がゆっくり舞っている。ダーリは襟を立て、風に向かってボリシャヤ・モルスカヤ通りを走らんばかりの勢いで歩いていく。「うらやましいなあ、あなたには目的がある」と言われるとはなあ！　手袋をベルトにはさんでその手袋を探していた、馬に乗ってその馬を探していた、というわけだ。ダーリは違う方向に半区画も歩いていたことに気がつかない。なんとまあ、わらじを失くして屋敷じゅう探したら、五足だったわらじは十足になっていたではないか……。

火花

プーシキンの死後、ダーリは同時代の人たちに、詩人についての記憶をすべて「もち寄ろう」と呼びかける。「プーシキンのダイヤモンドのような火花が暗がりのあちこちにたくさん散った。もう消えてしまったものもある、おそらく永久に」。記憶や口伝えで残っている大切なものはひとつも散逸しないようにとダーリは心を砕く。

ダーリ自身も後世の人たちに語り得たであろうことのごく一部を「もち寄る」。しかし、じっくり読んでよく考えると、語られたそのわずかなことのなかにも、きらめく火花をいくつも見出すことができる……。

詩人との初めての出会いについてはこう書いている。「プーシキンは例によってわたしに数かずの断片的なコメントを浴びせたが、それはすべて本質につながるもので、真理の深い感覚を示しており、我われだれもの頭のなかにあって今にも口から飛びだしそうなことを表わしていた。昔話は昔話として、と詩人は言った。使われているのは我われの言葉そのものだ。その言葉にロシアののびやかさを与えることが、昔話のなかでしかできていない。これをどうすべきか。昔話以外の場でもロシア語で話せるようにしなくてはならないのだが……。無理だ、むずかしい、まだできない！　しかしこの豊かさ、この意味の深さ、この見事な言いまわしはどうだ。まさに黄金だ。いや、兜《かぶと》は脱がないぞ、脱ぐものか、と」。

多くのことが語られている。それでいて言葉のこの少なさ。もっとディテールがほしい。どんな貴重な火花があったのか知りたくてたまらない……。

ダーリその人から他にどんな情報が得られるだろう。バルチェーネフ（一八二九－一九一二）という歴史家が三十年後にダーリの言葉を元に次のように記した。「プーシキンは民衆の言葉を学ぶことに強い関心を示し、このことがふたりを近づけた。ダーリがあの辞典に取りかかったのはプーシキンの強い求め《ナスタヤーニエ》による」。文は短いがこれも実に重要だ、とりわけ重要なことだ。

ダーリの辞典によれば「ナスタヤーニエ」という名詞の基になる動詞「ナスタヤーチ」は「あることをたって頼む、懇願する／粘り強く要求する／指図しその実行を見まもる」となっている。

ダーリは「プーシキンの強い求め」で辞典に取りかかったのだ。おそらくふたりの会話のなかで、言葉と慣用表現の最も便利で有効な保存方法として〈辞典〉という考えが生まれ、プーシキンはそれをたって頼み、懇願し、ダーリが辞典の仕事をすることを求め、できるかぎりその実行を見まもったのだろう。『現用大ロシア語詳解辞典』はゴーゴリの『検察官』や『死せる魂』と肩を並べる作品になる。

「古謡、昔話などの研究はロシア語の特徴をきちんと知るために欠かせない」と言ったのは、ダーリよりプーシキンが先だった。ダーリと知りあったころ、プーシキンは『イーゴリ軍記』を研究し、古代の叙事詩には本物ならではの力があると力説していた。「敬意をこめて精一杯、吟唱詩人の詩や、昔話や、陽気な旅芸人の歌を復活させたいものだ。創造精神が初めて発揮されたこれらの娯楽のなかに民衆の歴史を見るのは愉しかろうから」。プーシキンの天才的な思想はなんと遠くまで飛翔していることか。

「昔話は昔話として」――これはもう屈辱的だといってもいい。「こんな昔話などどうでもよい」と言われたようなものだ。実際、すでに「下男バルダの話」と「サルタン王の話」を世に出し、未完だが「メス熊の話」を書いているプーシキンにとって、「一般の文章に改め」「世態風俗にあわせ」「昔話風」にしたダーリの昔話など無意味だった。ダーリが近づいたときにはすでに大詩人で散文家で劇作家であるばかりか、昔話の語り手でもあったのだ。プーシキンの手にかかると昔話が驚くほど民族性に貫かれた文学になっている。プーシキンはダーリよりも先に昔話を書きとめ、改めたり飾りたてたりせず、そのままの形で「どの昔話も物語詩だ」と夢中になっていた。

「我われの言葉そのもの」。『最初の五話』の言葉でも、ダーリの言葉でもなく、「我われの」言葉そのもの……。

プーシキンは重要なもの、つまり根であり土台であったものを鋭敏にとらえ、同時に、ダーリが集めたものの遠い先にある目的も見通していた。「昔話以外の場でもロシア語で話せるようにすること……」。

ダーリがあの辞典に取りかかったのはプーシキンの強い求めによる……。

プーシキンはダーリが夢中になって集めたものに意義と意味を与えた。機が熟するまでそのことを十分認識していたわけではなかったダーリに、目的の偉大さを丸ごと示したのだ。人生の黄昏にダーリは語る。

「わたしは一日も無駄にせず、会話や単語や言い回しを書きとめてたくわえを豊かにすることに努めた。プーシキンは、わたしが目ざしたこの方向を熱く支持してくれた」

プガチョーフの通った道を

ダーリとプーシキンの新たな出会いを見届けるためには一八三二年の冬から翌年の秋へ、そして首都の大通りから、はるかオレンブルグ県へひとまたぎしなくてはならない。一八三三年五月にダーリはオレンブルグ総督嘱託官吏に任命される。（公文書では「医師ダーリの八等官への改称に関する件」となっている。）オレンブルグというのもだれかの助言があったのかも知れないし、それどころかプーシキンの助力もあったのかも知れない。ダーリが医師から八等官に「改称」になる三週間前にオレンブルグ総督に任命されたのは、ペテルブルグの社交界ではよく知られたペローフスキイ（一七九五－一八五七、侍従武官長）という人物で、この人はジュコーフスキイの友人だった。プーシキンもこの人とは親しい間柄だったから、ダーリのためにひと言あったとしても不思議はない。

首都を離れ、当時「土着のロシア」と呼ばれていた辺境へ向かう前にダーリは結婚する。相手は「ユリヤ・アンドレという娘で、ペトロパーヴロフスク校の教師ハウプトフォーゲリの孫娘」だと当人は説明するが、アンドレもハウプトフォーゲリも、ペトロパーヴロフスク校さえも、なんの説明にもなっていない。ダーリはただ単に言葉を「並べた」わけではなく、どの語もなにかの点で彼にとって重要だったのだろうに。例えば、花嫁の両親のことにはなぜかひと言もふれていないのに、祖父のことにはふれるべきだと考えたその理由を知る「糸口」はあったはずだが、失われてしまった。一世紀半という期間は決して短いものではない。

ダーリの妻のことはあまり知られていない。同時代を生きたある女性の日記には「ダーリ夫人は小柄な、このうえなく愛らしい方で、声はか細いがよく通った。ちょうどハチドリのようだった……」とある。小柄なダーリ夫人はよく通る声で夫とともにロシアの歌をうたい、息子と娘を生み、結婚からわずか五年で世を去る。

夫妻は長男をレフ（ライオンの意）と名づけ、ダーリは息子を、チュルク語でライオンを意味するアルスランと呼ぶようになる。知人の多くは、少年の名前を「エルスラン」「ルスラン」と思いこみ、よくまあそんな昔話のような珍しい名で呼ぶものだと驚く。ダーリはわが子に見とれ、オレンブルグから友人に宛てて「幼子は日一日どころか刻一刻と育っている。口には歯がすきまなく生え、走ったらとても追いつけず、大盗賊さながら手当たり次第破壊している」と書くが、心配無用、レフ・ダーリの未来は破壊ではなく建設にある。レフは建築家になるのだから。

先走ってしまうが、妻の死後、オレンブルグでダーリが退役少佐ソコロフの片腕を切断するはめになる。「改称」したとはいえ医師ではないかと言われたが、ダーリは、今はもう官吏であり、切断は責任の重い仕事で医師にもたゆまぬ訓練が必要なのだからと、一度は手術を断った。しかし人の生死に関わる以上、助けなくてはならないし、どれほど固辞しようと、当時のオレンブルグでダーリ以上の外科医が見つかるはずもなかった。患者もつわ者で「私はボロジノの戦役でも戦ったが、卑怯な真似は一度もしなかった」と言った。そしてダーリが執刀しようとすると、「賭けをしましょう。少しでもうめき声をあげたら私の負けです」と提案し、わずかに二度喉が鳴ったようではあるが、うめき声はあげなかった。まだ麻酔が発明されていない時代のことだ……。ソコロフ少佐の娘はダーリの後《のち》ぞいになり、夫妻は三人の娘に恵まれる……。

しかし先を急ぎすぎた。今述べたことをダーリはまだなにひとつ知らない……。それより任地へ向かう主人公のあとを急いで追いかけよう。

ダーリがオレンブルグに到着したのは一八三三年七月の半ばだ。総督はただちにダーリをこの一帯に差しむけ、ダーリはいつものように地域のことすべてをすばやく呑みこんで、得た知識を定着させる。まもなく、この地域の状況、つまりまだほとんど知られていないが関心と驚嘆に値するウラルの部隊の生活や風俗についての報告書がペテルブルグに送られる。二か月後にはふたたび旅の途上にあり、このときはプーシキンといっしょだ。

……ダーリの表現を借りると、プーシキンはオレンブルグに「忽然と」現れた。ちなみに詩人はまだ夏のうちに、東部諸県への旅の許可を申請した。さっそく「皇帝陛下は、なにが貴殿をしてオレンブルグおよびカザンへの旅に赴《おもむ》かしむるのかを知りたいと宣われた」と問われる。「それは事件の大半がオレンブルグとカザンで起きる長編小説のためです……」とプーシキンは素直に答える。そして許可が下りるやいなや出立した、というわけだ。ニジニ・ノヴゴロドとカザンとシムビルスクで、詩人はもう古老たち、蜂起の目撃者を探しだしては質問攻めにしている。新作の主人公プガチョーフ（一七四二？-一七五、この地域で蜂起した反乱軍の指導者）が、そして自由が、詩人を手招きしている。皇帝は鷹揚に四か月もの自由をプーシキンに与え、そのあいだ詩人に「割りあてた」仕事はしなくてよいとした。プーシキンがはるかな旅で出会おうとするのはプガチョーフだけではない。詩人は自由に向かって疾走している。

旅の勢いはすさまじい。ペテルブルグを八月十七日に発ち、二十日にトルジョーク、翌日にはパーヴロフスク、二十三日にヤロポーレツ、二十五日にモスクワ（ここに数日滞在）、九月二日にニジニ・ノヴゴロド、五日から八日までカザン、十日にはシムビルスクに移る。そこから、市とは六十五ヴェルスターの距離にあるヤズィコフ兄弟の領地に向かうが、詩人のニコライは不在だったので、プーシキンは伝言の代わりに窓ガラスにダイヤの指輪で自分の名を刻む。そしてついに九月十八日、オレンブルグに到着した。

プーシキンの到着次第これこれを行うべしという秘密指令が行く先ざきの土地に出ていたが、詩人は指令書を追い越して疾駆する。（詩人がオレンブルグを発ってから一か月後に「秘密指令書第七八号」がオレンブルグに到着。これは「オレンブルグに一時滞在予定の」プーシキンに対する秘密警察の監視の件だった。）もっとも、プーシキンに追いついた指令書も一通ある。それはニジニ・ノヴゴロドの総督からオレンブルグ総督に宛てた秘密警告書で、そこには文学上の取材というのは口実にすぎず、九等文官プーシキンは秘かに県の役人たちの行状を査察する命を帯びているとあった。のちにプーシキンからゴーゴリに贈られた逸話へ通じるもう一本の道である。

ああ、指令や公文書などどうだってかまわない。大事なのはプガチョーフと自由だ。そしてからっとして肌寒い秋と、帰りにこっそりボルジノに寄ろうという願い。プーシキンは生き生きして陽気で口数も多い。長旅が、秋が、詩人を高揚させている。機が熟したという感覚。胸の鼓動は激しく、軽いめまいがし指先がしびれる。感覚は研ぎ澄まされ、地面に耳をつけたら草ののびる音まで聞こえそうだ。「書くために出立したのだから、長編を叙事詩を次つぎに書きまくるぞ。もうすでに、たわごとが浮かんでくるのを感じる。馬車のなかでも書いている。ベッドではどうだろうね……」。これは一八三三年九月十九日にプーシキンが妻に宛てた手紙だ。

その日、ダーリとプーシキンはオレンブルグを出て、かつてプガチョーフの本営があったビョールダ村、『大尉の娘』では「不穏な村」と呼ばれる大きな村落へ向かった。

のちにダーリは、「地域のこととプガチョーフによるオレンブルグ包囲の状況について、聞き知っているかぎりのことをプーシキンに説明した」と語る。「プガチョーフが市街に放つための大砲を据えようとした町はずれのゲオルギエフスク鐘楼を見せ、プガチョーフが行《おこな》ったとされるオルスク門とサクマルスク門のあいだの土木工事の遺構を見せ、ウラル山脈の東側の小さな林を示してみせた。逆賊は氷った水面を渡って、林の側から、無防備だった要塞に押し入ろうとしたのだ。最近この地で死んだ坊さんのことも話した。坊さんが少年だったころ、プガチョーフが五コペイカ貨幣を散弾代わりにして市内めがけて何発か撃ちこんだので、少年は往来を走りまわって貨幣を集め、そのせいでプガチョーフに反感をもっていた父親に鞭打たれたという話を。それから当時はまだ存命だったいわゆるプガチョーフの秘書、スイチュゴフの話をし、プガチョーフの黄金の館、すなわち真鍮を貼りつけた百姓小屋をまだ覚えていたビョールダ村の老婆たちの話をした」。ビョールダ村までは七ヴェルスター、たいした距離ではない。軽快に馬車は走っていく。

ステップの新鮮な空気が泉の水のように歯にしみる。プーシキンはその空気に息がつまりそうになりながら、ダーリを揺さぶって言う。

「ぼくがあなただったら、今すぐにでも長編を書きますよ。長編が書きたくてたまらない。書きはじめたものがもう三編あるんです！」

詩人は高揚し、その目は深みを帯びて輝いている。

「ああ、今に分かる、ぼくはまだまだ多くを成しとげますよ！」

プーシキンはボルジノに六週間滞在して『プガチョーフ叛乱史』を仕上げ、『青銅の騎士』『スペードの女王』を書き、新たな昔話を何作も仕上げた。第二のボルジノの秋である。ダーリはプーシキンのこの言葉「ぼくはまだまだ多くを成しとげますよ！」をよく覚えている。

一八三三年九月十九日、プーシキンに残されているのはあと三年四か月と十日だ。

「どうです、昔話をしましょうか、聞いたそのままに」

プーシキンは不意にそう言ったかと思うと、タタールの言葉をこれ見よがしに散りばめて、楽しそうに語りだした。たしかにこの話を仕入れたのは最近のことだろう。プガチョーフの叛乱の跡をたどっていたときに、タタールやカルムイク、バシキールやカザンの民謡と昔話を耳にしたのだ。それから三年後、『大尉の娘』を読んでいたダーリは、ビョールダ村を出てベロゴールスク要塞へと向かう道すがら、プガチョーフがグリニョフに、カルムイクの老婆から聞いたというワシとカラスの昔話をする一節に出くわす。

プーシキンがダーリに語るのは勇士ゲオルギイとオオカミの話だ。それは為政者のすることに腹をたてたオオカミが、食糧と自由を要求して叛乱を起し、盗賊になるという内容だった。ダーリはその昔話を書きとめて、プーシキンの存命中に活字にし、詩人の死後は次の註をそえる。「この昔話は、A・S・プーシキンがオレンブルグに滞在し、ふたりで、オレンブルグ包囲のときにプガチョーフの居所であったビョールダ村へ向かったおり、詩人が語ってくれたものである」。

グリニョフがプガチョーフのもとへ行くのに通ったのと同じ道を通って、六十年後にダーリとプーシキンがオレンブルグからビョールダ村へ向かっている。

ビョールダ村はサクマラ川のほとりにあって壕に囲まれ、〈砦〉と称する板塀をめぐらせてあった。プガチョーフのころには砦の隅ずみに砲台が据えられた。サクマラ川は水量豊かな急流で、村ぎりぎりまで迫っている。河向こうの未開の森は猛獣の棲みかだ。村の前の谷には緑と灰色、橙と茶色の端切れをつないだように菜園が広がり、井戸の上では木製の鶴がもの思わしげに揺れていた。

……コサックの老婆の姓は意味深長だ。ブントワ（謀反）という。コサック部隊の騎兵中尉の家にプガチョーフのことを覚えている爺さん婆さんが何人か集められたが、この老婆はイメージ豊かな生き生きとした語り口と確かな記憶力とで、たちまちプーシキンの気に入った。

プーシキンはくたびれたフェルト帽を作りつけのベンチにほうり投げ、ラシャの外套を脱ぎ、ボタンを全部留めた黒いフロック姿になると、ポケットから手帳と鉛筆を取りだし、きれいに鉋をかけた広いテーブルに向かって坐る。

ブントワは進んで、多くを物語る。

「知ってましたさ、旦那さん、知ってました。隠すことはひとつもありゃしない。今でも見えるようだ。たいした男だった。がっしりして丈夫で肩幅が広くて、びっしり生えたあごひげは亜麻色で、背はべらぼうに高くもないが、かといって低くもなし。そうですとも。よおく知ってましたし、宣誓したもんだ。座っているあの人の膝にプラトークをのせ、その上に片手を置いてね。両脇にはショーグンがずらっと並んでました。私らの気に障ることはしなかったんで、私らも好いてましたよ……」

「プガチョーフが六か月いたビョールダ村でぼくはついていた。七十五歳のコサックの老婆が見つかって、ぼくたちが一八三〇年（十一月から翌年九月にわたるポーランドの叛乱）を覚えているように、その老婆はあの時代を覚えていたんだ。ぼくは彼女のそばを離れなかった。ごめんよ、君のことは念頭にもなくて……」と、プーシキンは冗談めかして妻に報告している。ダーリはプーシキンとともに、コサックの老婆が語るニジネ・オジョールナヤ要塞の占拠や、プガチョーフへの宣誓や、敗北を喫してからヤイーク川の懐かしい村むらのそばを流れていった謀反人たちの遺体の話を聴いている。のちに『プガチョーフ叛乱史』と『大尉の娘』で読むことになる話だ。ダーリはプーシキンの書斎を見る幸運にも恵まれる。つまり、この件の始まりと終わりを目にすることになる。

詩人は午前中ずっとビョールダ村に留まり、帰り際に老人たちみなに心付けを渡して、ブントワには金貨を一枚贈った。老婆は落ちついておじぎをし、満足そうに微笑む。つい今しがた盗賊の悲しい歌をうたったとき、その目はうるんで、したたり落ちた涙が浅いしわを伝って頬を流れていたのに、もう微笑んでいるではないか。口元からは、殻を取ったクルミのように白いきれいな歯がのぞいている。

……帰り道のプーシキンは口数が少なく、疲れてぼんやりしているふうにみえた。道は迂回路になっていて谷を回らなくてはならない。プガチョーフの時代には、村を急襲から守るのに一役買ってくれた谷だ。プーシキンは遠ざかっていく村の方をあごで示して言う。

「あの人たちのことを、あなたは小説にしなくては……」

ダーリは、オレンブルク防御線を作っている要塞や村むらなど、ウラル・コサックのいる土地を、つい最近回った話をした。珍しい暮らしぶり、奇異に思えることもある習俗、新しい言葉、独特の話し方。印象が頭のなかでぶつかりあい、ざわめいていた。そこへ不意に「あの人たちのことをお書きなさい……」と言われたのだ。

九月二十日の朝、プーシキンはオレンブルグを離れた。そして、ウラル河の右岸に沿った道を選び、いくつかの要塞、チェルノレチェンスカヤ村、タチシチェヴァ村、ニジネ・オジョールナヤ村、ラスィプナヤ村、イレーツキイ・ゴロドークを通っていく。「あの地域に作られた要塞は、垣根か板塀で囲まれた村に他ならなかった」と『プガチョーフ叛乱史』に書かれ、のちの『大尉の娘』では、グリニョフがベロゴールスク要塞の近くまで来たとき、次のように語る。「わたしはあたりを見まわした。ものものしい稜堡だの櫓《やぐら》だの堡塁だのが、見えることと思ったのである。ところが丸太囲いのしてある貧弱な村のほかには、何一つ見えなかった。一方には、乾草の堆《やま》が三つ四つ、なかば雪にうずもれている。もう一方には、軒の傾いた水車小屋が、菩提樹皮の翼をだらりと下げている」（神西清訳）。詩人はウラリスク、古称ではヤイーツキイ・ゴロドークへと向かう。謀反の炎はここで燃えあがったのだ……。

「あの人たちのことをお書きなさい……」。ダーリは小説こそ書かないが、プーシキンの言葉は心に留める……。

行こう、もっと高く……

ウラルで、プーシキンは「丈夫《ますらお》がそぞろ歩きを楽しんだ」というもの悲しい歌を書きとめた。

山から吹雪　吹きつけてやまず
山から真昼の吹雪　吹きつけてやまず
丈夫《ますらお》を小径から　はじき出した……

「猛烈な吹雪が丈夫《ますらお》を町に釘づけにした」――丈夫《ますらお》は身動きがとれない。……一八三七年一月二十七日、この呪われた日には、なんと強い風が地面に吹きつけていたことか。「山から吹雪　吹きつけてやまず……」。

この寒さでは零下十五度はあるな、とダンザスは思う。それとも寒いのはそりが飛ぶように走っているからか。そんなに飛ばして、どこへ急ぐというのだ。しかし御者は馬に向かって陽気に声を張りあげ、プーシキンは熊皮の外套にくるまってダンザスのとなりに座っている。いつものとおりだが、浅黒い顔は風にあたって普段より赤味が濃い。プーシキンはまったく平静で、ありふれた言葉を口にし、そりがネヴァ河の方へ曲がったときなど、ダンザスに「ぼくを要塞に連れていこうっていうんじゃないだろうな」と軽口を叩いたほどだ。

そりは浮かれ歩いた場所を通りすぎる。しきりに知りあいに出くわし会釈をするが、行き先を訊ねる者はひとりもなく、疾走するそりを止めようとする者もいない。風がある……。そりが進むにつれて顔見知りが、〈上流社会〉が遠ざかっていく。プーシキンはまっすぐチョールナヤ・レーチカへ向かう。詩人にして年少侍従のプーシキンと、陸軍中佐ダンザスがどこかへ向かって飛ぶようにそりを走らせ、そりにはピストルが何挺か入った大きな箱が積まれているというのに、知人たちはうなずいて手をふり、足は止めずに帽子に手をかけて挨拶をするだけだ。

赤ら顔の御者は馬に向かって陽気に声を張りあげ、頭上高く手綱をあやつる。寒いくせにこれ見よがしに背筋を伸ばし、向かい風に悠然と胸を張るダンザスのとなりで、プーシキンは外套の襟を立て、風にさらされた顔を襟にうずめている。御者が手綱を控えた。チョールナヤ・レーチカに着いたのだ。近づく日暮れは真っ白な雪だまりにかすかにその手を触れた。急がなくては。

ダンテス（一八一二－九五、フランス人士官でオランダ公使ヘッケルンの養子）と介添人が、決闘に必要な分だけ雪を踏みかためる。

「まだかい?」プーシキンがダンザスを急かせる。介添人たちは歩数を計って外套を指定線にし、両者をそれぞれの位置に立たせた。ダンザスが三角帽をふって合図を送る。暮れかかった雪のなかに外套が黒い。プーシキンの前にあるのは指定線までの五歩、ダンテスに撃たれるまでの時間、それからさらに四十六時間……。

「一八三七年一月二十八日の午後一時すぎ、わたしがバシューツキイ（一八〇三－七六、作家）の家の敷居をまたぐやいなや、出迎えてくれた彼が悲痛な声で『聞きましたか』と問うた。『いえ』と答えると、プーシキンが前夜致命傷を負った話をしてくれた」で始まる「A・S・プーシキンの死」という文章で、ダーリは詩人との最後の出会いを回想する。

ダーリはこんなふうに、事件の翌日、ほぼ一昼夜を経てから、プーシキンに親しく、詩人もそれを認めていた人たちからではなく、プーシキンとはほとんど関係のなかった作家バシューツキイからこの一件を聞く。詩人の枕元、書斎のソファのそばには、ジュコーフスキイ、プレトニョーフ（一七九二－一八六五、作家・詩人）、オドーエフスキイ（一八〇四－六九、作家・評論家）が集まっていたが、だれひとり、ダーリを呼びにいこうとも、ダーリに知らせにいこうともしなかった。ダーリは好人物の知人にすぎず、プーシキンの親友とはみられていなかったのだ。オレンブルグ総督のペローフスキイ将軍も、決闘の前夜、ビャーゼムスカヤ公爵夫人のところで決闘が迫っていることを知るが、片腕のダーリにそのことをすぐに伝えてはいない。将軍も、自分はプーシキンと親しい間柄だから、ダーリよりはるかにプーシキンに近いと思っていたのだろう。もっとも首都に来た将軍は詩人の友人を訪ねるだけでなく、ダンテスの仲間が飛んでいくような家庭でも歓迎され、打ちとけて過ごすのだったが。

オレンブルク総督と嘱託官吏ダーリが、用向きがあってペテルブルグに到着したのは一八三六年十二月前半だった。ダーリは、詩人が最後を迎えるまでのひと月半ほどを詩人の近くで暮らした。このひと月半のあいだにふたりはもちろん一度ならず会っている。プーシキンは、ダーリがオレンブルグ時代にかなり充実させた〈たくわえ〉にむさぼるように目を通す。この最後の日々に繰りかえされた出会いの印象が情感のこもった文章でとても濃密に表されているのは、辞典の序文にあたる「旅支度」だろう。「わが国の民衆の言葉をプーシキンがどれほど高く評価していたことか、どれほどの熱意と悦びをもってそれに耳を傾けたことか、そして同時に、気が急くあまり、称賛したり鋭いコメントを浴びせたり比較したりで、自らの観照を何度騒々しくとぎれさせたことか――わたしは一度ならずそのような場を目にした」。

歴史家のバルチェーネフはダーリに聞いた言葉を書きとめている。「亡くなる数日前にプーシキンはダーリを訪ね、仕立て上がりのフロックを指さして『この脱けがらを、まだすぐには脱がないよ』と言った。プーシキンはこのフロックをずっと着るつもりだと言いたかったのだ。たしかに彼はこれを脱がなかった。しかし傷によるひどい苦しみを和らげるために、一八三七年一月二十七日にフロックは縫い目をほどいて脱がされた」。

ここで重要かつ貴重なのはふたりが会ったということだけではない。プーシキンのほうからダーリを訪ねたということ、これこそもっと貴重で重要なことだ。

プーシキンの言葉はもうひとつの証言にもあたるとすっかり明らかになる。作家のメーリニコフ＝ペチェールスキイはこの出会いの枠を押し広げ、もちろんダーリからの聞き書きとして、それに先立つこんな出会いを記している。「死の少し前にプーシキンはダーリから、毎年ヘビが脱皮したその脱けがらをロシア語でヴィポルジナと呼ぶと聞いた。この言葉はとてもプーシキンの気に入り、我らの偉大な詩人は冗談のあいまに悲しみをこめてダーリに言った。『我われはこうしてものを書き、作家とも呼ばれているが、ロシア語の半分も知らないんだ……』と。なんとそのあくる日に、プーシキンは新しいフロックを着てダーリを訪ねた。そして『どうだい、この脱けがらは』と、あのよく響く心底からのほがらかな笑い声をたてて言った。『この脱けがらを、まだすぐには脱がないよ。これをまとって傑作を書くんだ……』」

しかしすべてはもう決まっていた。一月は終わろうとしている。

……すべてはもう決まっていたが、ダーリはなにも知らない。二十八日の午後一時過ぎにバシューツキイを訪ねてみる気になってよかった。

「聞きましたか」

「いえ」

「プーシキンが致命傷を負いました」

ダーリの回想には続いて「プーシキン宅ではもう玄関にも広間にも人が群れていた」とある。これは見事だ。「わたしは考えた……」とか、「わたしは可能だと思った……」はおろか、「わたしは向かった……」とさえ言わないとは見事なものだ。恐ろしい知らせを耳にするや、ダーリはもうプーシキンのそばにいた。

我われに許されるのは考えぬくことだけだ……。ダーリはバシューツキイになにひとつ訊ねることなく、数分後にはもうネフスキイ大通りからモイカ運河通りへ曲がっていた。十二番館にプーシキンの住まいがある、最後になった住まいが。契約ではモイカに二年以上住む予定だったが、実際には四か月に満たなかった。ダーリは運河通りを進む。花崗岩の両岸のあいだで雪が風に舞っている。雪は煙のように視界を曇らせ次々に風に流されていく。プーシキンが夏まで生きのびていたら、暗い水面を漂っていく緑色の小舟が窓から見えただろうに。

観音開きの重い門扉が半分開いていた。黙りこくった人たちが階段に立っている。人の群れはまだびっしりではなかったものの、階段はすでに上がりづらい。玄関のドアは閉まっていた。ダーリが狭い通用口から食器室へ滑りこむと、ここにも暗色の長外套や毛皮のコートを着た人たちがいて、押し黙ったままじっと動かない。食器室の壁の黄色が不愉快なほど鮮やかだ。ダーリはうす暗い部屋を次々に足早に進んでいく。タオルを手にその脇を駆けぬける人、部屋の隅の窓のそばでささやいている人、口にハンカチを押しあてて肘掛椅子に座っている人。ダーリはひたすらプーシキンのもとへと急ぐ。自分は正しくふるまっていると、これほど強く思ったのは初めてだった。

プーシキンは本棚のそばのソファに横になっていた。落ちついた顔つきで目は閉じている。離れたところからじっと見ていると、プーシキンが目を開け、なにか言葉を発した。その目は輝いている。ダーリはまだ望みを持ってソファに近寄る。プーシキンは手を差しのべ、悲しげに微笑んだ。

「だめだよ、兄弟……」

その手のぬくもりはかすかだが、握る力は強い。ダーリがつい脈を取ると、脈拍ははっきりしていて頻脈ではなかった。ダーリの顔つきにプーシキンは希望を読みとる。他の医者たちは怪我人の様子を見て肩をすくめ、率直な問いに対して率直に、終わりが近いこと、避けられないことを告げていた。

死の宣告を聞いたプーシキンの雄々しさはよく知られているが、医者のひとりで詩人の最後の病状を長く研究した人が、のちに、ダーリは医師としてまた心理の深い洞察者として首都のどの名医よりも賢明にふるまったと述べる。「病床のプーシキンのそばにいた医師は、病人をなぐさめ、励まし、『望みがある』という心に沁みる考えを病人に吹きこむことがなによりも大切だと分かっていた」と。心理の深い洞察者、心理学者を意味する「プシホローク」という語に『ダーリ』では「ドゥシェスロフ」(魂＋言葉)というすぐれた同義語が出ている……。

「プーシキンはわたしがいっそう優しくなったことに気づいて、わたしの手を取って言った。『ねえ、ダーリ、正直に言っておくれ、ぼくはもうすぐ死ぬのかい』『まだ、きみに望みを持っているよ。ほんとに望みを持っている』。彼はわたしの手を握って『そうか、ありがとう』と言った」。ダーリはソファのそばに腰かけて、もう臨終までそこから離れない。

ダーリは自分からやって来て、突然不可欠な存在になった。プーシキンはすぐダーリに友達口調で話しかけ、ダーリも同じように友達口調で答えた。これまで敬語を使っていたことなどなかったみたいに、いとも軽々とあたりまえに。

「初めて彼はわたしに『きみ』と呼びかけてくれ、わたしも同じように返し、わたしたちはもはやこの世ならぬ世のために兄弟の契りを交わした」。「だめだよ、兄弟」。兄弟ダーリ……。

なにかがくるりと転回したみたいだ。この「きみ」から、この兄弟の契りから光が放射しているみたいだ。昨日は伝えることも忘れられ呼びにくる者もなかったダーリが、不意に鮮やかに壁を突きぬけた。プーシキンととても親しく、詩人の遺骸をスヴャトゥイエ・ゴールィに運んだトゥルゲーネフ（一七八四－一八四六、歴史家）は、そのとき隣室で「友にして医師のダーリが彼の最後の瞬間を和らげてくれた」と記している。ソフィヤ・カラムジナー（一八〇二－五六、カラムジーンの娘）はダーリを「守護天使」と呼び、ジュコーフスキイは最も親しい人たち、詩人の死についての文章に信頼が置ける人たちの名を列挙したなかにダーリも含めた……。友ダーリ……。

　医師たちが来ては帰っていく。宮廷医のアレントはヒルをつけて瀉《しゃ》血するよう指示し、薬を処方しては、またそそくさと宮廷へ戻る。ダーリはそこにいてヒルをつけてやり、プーシキンに薬を飲ませる。一家の家庭医スパスキイは安心して怪我人の世話を医師ダーリに委ねている……。

　友人たちが書斎に入ってきて、そっとソファに近寄っては、音もなく部屋を出て隣の部屋でひと息入れる。ダーリは枕元に坐っている。プーシキンは最後の夜をダーリとふたりで過ごす。詩人はダーリの手を握っている。ダーリは詩人に小さじで冷たい水を飲ませ、氷の入った深皿を差しだす。詩人はむさぼるように氷のかけらをつかんで、さっとこめかみにあてながら言う。「ああ、いい気持ちだ。とてもいい気持ちだ」。そしてまた、濡れた指でダーリの手を取り、力なく握る。熱があり、一分に百二十という頻脈になっている。

　プーシキンはまじまじとダーリを見て、静かに言う。

「このもの憂さ、心がへとへとだ」

　ダーリは温湿布を交換する。もうなんの希望も持っていない。野戦病院で毎日何千という負傷者を見てきたのだ。枕を直しプーシキンの体位を変えて、少しでも居心地よくしてやる。プーシキンの軽いこと。

「ああ、いい気持ちだ。とてもいい。申し分ない。とても楽になった」とプーシキンがつぶやく。

ダーリは枕元に坐り、その手をプーシキンが握っている。

ロウが流れてロウソクを覆い、本棚の本の背が炎につれて揺れる。暖炉の白い柔らかな灰の下では、わずかな炭火が赤く燃えている。

一月は明けるのが遅い。

最後の朝は群れつどう人の静かなざわめきで始まった。何百という面識のない友人が車寄せや入口の間《ま》を埋め、暗い運河通りがざわつき、警笛が鳴りつづけている。

プーシキンはだれが来たのかと何度も訊ねる。

「親切な人が大ぜい、きみを心にかけている。広間も玄関の間も、朝から夜中まで人でいっぱいだよ」とダーリが答える。

暖炉の時計が二時を打った。プーシキンに残されたのはあと四十五分。

脈はほとんど消えた。

プーシキンが不意に、シロップ漬けのホロムイイチゴ（キイチゴ科の実）が食べたいから妻を呼んでほしいと言う。

ナターリヤ夫人がソファのわきにひざまずいて、小さじにすくった果実を詩人の口に運ぶ。ひと粒、ふた粒。

プーシキンは妻の頭をやさしくなでる。

「ほうらね、大丈夫だ。おかげで、すっかりいいよ」

夫人は書斎を走りでて言う。

「うちの人は持ちなおすわ！　ええ、持ちなおすわ！」

プーシキンはダーリの手を探して意外な強さでそれを握る。

「さあ、ぼくの体を起こしておくれ。行こう、もっともっと高く！」

そしてうっすら目を開ける。まぶたが重い。

「夢を見かけたんだ、この本や本棚に沿ってきみと高く這いのぼっていく夢を。そしたら目が回りだした」

そう言ってダーリの顔をじっと見つめる。

「だれだい、きみかい？」

「ぼくだよ」

「どうしたんだろう、きみが分からなかったなんて」

そしてまた、ダーリの手を握る。

「行こう！」

なんという幸せだろう。怖ろしく、つらい幸せではあるけれど、それでもやはり幸せだ。プーシキンの最後の夢のなかにともにいるのだから。

「さあ、行こうじゃないか、いっしょに！」

プーシキンの手は雪のように白く冷たい。

「体を起こしておくれ」と詩人は頼む。

ダーリはプーシキンの脇に手を入れて、体を少し起こしてやる。

プーシキンは目覚めたときのように目を見開いて、はっきり、明瞭に言葉を発する。

「人生《いのち》は終わった」

不意をつかれたダーリは聞きかえす。

「なにが終わったって」

「人生が終わったのだよ」

……右鼠蹊部に弾の貫通による小さな穴のある黒いフロックが、形見として届けられた。例のあの「脱けがら」だ。緑色のエメラルドがはまった指輪も届いた。ダーリは言う、「これをさするとわたしのなかに火花が散って、書きたくなるのです……」。

ウラルの長編小説

……広げた手のひらに暖かく重みのあるプーシキンの指輪がのっている。指先でつまんで緑色にかがやく長方形の宝石を目に近づけると、書きたくなる……。

「あの人たちのことを長編にお書きなさい」というプーシキンの求めがダーリの頭を離れない。「もう長いことウラルの長編小説を考えているんだ。この民族、コサックの風習と生活は多彩で派手やかで、なじみのない光景や自然にそうなった暮らしぶりでいっぱいだ。あの土地は秘境だよ……」と、ダーリは友人たちに語る。

彼のノートには、自然発生したかのような珍しい生活習慣がある。「コサックはきっぱりと勢いよく、切るように話す。子音はどれも際だたせ、舌を使ってrとsとtの音に力を入れる。逆に母音は目立たなくする。aもoもuも純粋な形で耳にすることはない」というように、新しい言葉とこの地方ならではの話し方もあれば、サラファン、袖が絹のシャツ、真紅や赤紫色の古風な裾長上衣、長い室内着と綿入れ胴衣、手織りの帯など、コサックの衣装もある。ウラル・コサックは古儀式派（モスクワ総主教ニコンの典礼改革に従わなかった人たち。分離派《ラスコーリニキ》で、昔ながらの信心を常日ごろから大事にしていたので、あの世でもこの手織りの帯を見れば、コサックの若者を不信心の異教徒から区別できると「お袋さんら（ここでは母親も妻も姉妹もこう総称される）」は言っていた。またノートには、馬の毛色やコサックの武器もあるし、古《いにしえ》の香りがするコサックの名、マルキアン、エリセイ、エフプル、ハリチナ、グリケリヤもある。記念帳のように分厚いこれらのノートに〈ウラルの長編小説〉が住みついたのは昨日今日のことではない。「わたしはウラル軍のなかにいてこそ書けるような中編か長編用にたっぷり仕込みをした。生活や風俗はまったく独特で類を見ない。その暮らしぶりと人づきあいはほとんど知られていないがたいしたもので、関心を寄せるに値する……」。

ウラル・コサックは漁を生業《なりわい》にしている。コサックはだれでも木をくり抜いて作った、軽くて足の速い丸木舟を持っている。短い櫂一本であやつる舟だ。チョウザメ類の魚用には特別な魚網がある。ヤルイガといって長さは六サージェン（約十三メートル）で、この辺りでは「壁」と呼ばれる幅は四サージェン（約八・五メートル）。じっくり考えてうまい具合にヤルイガを投げるとチョウザメがかかる。大物になると丸木舟のへりにズシンとぶつかって舟を揺らすほどだ。するとコサックはなぜか、「りっぱな魚だ」とは言わず「りっぱな獣《けもの》だ」と言いながら、頭部を叩いて失神させる。

磯辺では、チョウザメ類の魚を獲るために、アハンと呼ばれる建て網をする。これは網の目が一ヴェルショーク（約四センチ）の目の細かい漁網と、一チェトヴェルチ（約十八センチ）の目の粗い漁網が二重になった袋状の網だ。魚は粗い方の網目に突っこんで「壁」にぶつかり、尾を動かして体の向きをくるくる変えているうちに網から出られなくなってしまう。アハンは冬と夏、特に魚が産卵のために河口に向かうときに、杭にかけて岸に対して直角に何列か建てる。オオチョウザメ用は他のものより糸を太くし、漁網の目はさらに粗くする。カスピ海ではアザラシの群れにもアハンを用いる。

冬の川でまず探すのはチョウザメ類の魚が越冬をする淵「ヤトーヴィ」だ。魚は樽のなかのように列になってびっしり並んでいる。コサックは鋼鉄の金梃子《かなてこ》をえい、えい、えいっと三度振りおろして厚さ十二ヴェルショーク（約五十三センチ）の氷を割り、長い鉤竿で川底を探り、魚を釣りあげる。ひとりではとても引きあげられないようなオオチョウザメがかかることもある。すると獲物を引っぱっているあいだに、足の下の氷が一度、二度とひっくり返るが、肌をつき刺すほど冷たい水に落ちても、コサックは寒さなどものともせず、濡れたシャツ一枚で汗までかいて引っぱりつづける。そこへ厚手の毛皮外套を着た商人たちがやって来て岸辺を行ったり来たりし、六プード（約九八キロ）とか八プード（約一三一キロ）もある大魚をそりに乗せてサラトフへ、モスクワへ、首都ペテルブルグへと運んでいく。コサックは受けとったわずかな金を繰りかえし数えて小ぎれに包む。近ごろは穀物も高くなって、一プードが一ルーブリ七十コペイカもするからなあ……。

普通のコサックは魚も庶民用のありふれたものを食べる。チョウザメ類の魚なんか「分不相応」だ。コサックの食卓は、半年は肉なしのキャベツスープと精進用の粥《かゆ》で、この土地で精進が厳格に守られているのも好都合、「復活祭でも貧者は精進」というわけだ。行軍に出るときは、固ゆで卵を丸ごとなかに入れて焼いた「コクルカ」というパンを持っていく。

ウラル・コサックは行軍慣れしていて準備が手早い。銃を担ぎ、サーベルを腰に下げ、槍を手に馬に乗る。遠征の指令が出されることもあるが、それよりもカヤとワラを巻きつけた竿がウラル川の岸沿いに赤々と燃えだすのを目にしてコサックが騒然となり、立ちあがることの方が多かった。

……手のひらにプーシキンの指輪がのっている。エメラルドの緑が光を放ち、重みとぬくもりのある金属部分が手を暖めてくれる……。「中編か長編用の仕込み」はあり余るほどできたが、中編も長編も書かれていない。プーシキンはオレンブルグ地方で五日過ごしただけなのに、そのペンからは『大尉の娘』の血の通った魅惑的な人物が生みだされた。ダーリは何年もかけて、当時はまだ秘境だった土地で育《はぐく》まれた人物像やその気性、言葉、しきたり、風習を研究しているが、小説にはならない。知ったことのすべては『ウラルのコサック』という二十頁の精緻な文章にまとめられた。ベリンスキイはたちどころに「これは中編小説でも論文でもない、ルポルタージュ、しかも名人級のルポである」と見抜いた。

約束した長編はものにならなかったが、ふたりといない興味深い新進作家が誕生した。ダーリの短編には「彼がいた土地に滞在したとしても、その作品を読まなかったら知らずに終わったような知識で読者を豊かにしてくれるものが多い」とベリンスキイは評価する。また作品には「見事な才能」と「飽くなき観察力」、および「見聞が広く、ロシアのほとんど全域における生活を知りつくした著者の多岐にわたる実体験」が共存している。

作家ダーリ（カザーク・ルガンスキイ）はオレンブルグ時代にも、首都に暮らすようになってからも、ルポルタージュばかりではなく、長編こそ書かなかったものの、短編と中編は数多く執筆した。厳密には全集とはいえないが、それでもダーリ全集は十巻におよぶ。作家はおもしろい筋や、思いがけない設定や、意表をつく性格を侮ることなく、『実話《あったこと》と作り話《なかったこと》』と名づけた作品集さえある。もっとも、筋書きには破綻《たん》が多く、話にしまりがない。そのせいかどうか、主人公は味わい深く的確に描かれ読者を惹きつけたのに、なぜか読者の記憶に残らず、ソバケーヴィチ（ゴーゴリ『死せる魂』の登場人物、冷酷粗野な肥大漢）のような一般名詞にもならなかった。ダーリの作品の力と意義、そして成功（成功はしたのだ、しかもかなりの）の理由は、筋書きのおもしろさでも語り口のうまさでも人物造形の深さでもなく、見解が的確なことと詳しく描かれた情景の魅力、そして観察が信頼に足るものであることによる。ダーリの筆になる最も手の込んだ「なかったこと」のなかで一番おもしろいのはあったことの部分だ。「あったことは草のごとく、なかったことは水のごとし」とはよく言ったものである。

人間関係と状況

オレンブルグにあるコサックの要塞村の境界線は、ふたこぶラクダのこぶのように曲がっている。地図では黄色に塗られた平坦なステップが境界線から南と東にとりとめなく広がり、見はるかすステップの広い空の下に、まだ語られたことのない民族が暮らしている。

この民族に詳しかったダーリは中編小説を書いて、十九世紀最初の三十年ほどのカザフスタンをロシアの読者に伝えた。小説には自由に考え深く感じ、ゆるぎない不屈の愛に生きるすばらしい若者が、こと細かな描写（ここがダーリのダーリたるゆえんだ）に彩られて暮らし、行動している。その名をビケイとマウリャナという。

旧友ジュコーフスキイが、「東洋的な」物語詩かバラードのために、自分向きの筋書きを選んでくれないかとダーリに頼んできた。ダーリの返事は立派だ。なにしろ相手はこれから指導してやるだれかではなく、指導者とされていたジュコーフスキイなのだから。ダーリは依頼を「断る」が、立派なのは断ったことそのものではなく、断りの文章のなかに創作に対するダーリの見解の本質があり、そこに新しいロシア文学の萌芽が読みとれるからだ。

「あなたに当地の地方色のある民謡詩やバラードのための素材をお約束しましたが……約束を違《たが》えてしまいました。その理由はご自身で判断してください。物語に地方色を出すには民衆の生活や習慣、人間関係や状況の細かなことに通じなくてはなりません……。さもないと作品は半ばうまくいかないでしょう。物語詩をバシキールなりカイサクなりウラルなりのバラードと名づけたところで、当然それはいずれにもならないでしょうから」。これがダーリの返事だった。(ベリンスキイはジュコーフスキイの『ワジム』について、「このバラードの舞台はキエフとノヴゴロドだが、地方色も民族色も全くない」と評した。)

……ダーリはラクダのこぶのような境界線にそって進んでいき、線から北や西に行ったところ、南や東に行ったところで見たものを読者に語る。その道は直線ではなく、くねくねしているが、彼は未来の文学に向かって、そして自身の未来に向かって正しく進んでいる。

カザフの物語に登場する人たちの方へ向かう道すがら目ざとくとらえていくのは、「地方色」や習慣や人間関係や状況など、良心に照らせばこれらなしに作家の仕事は空しく、半分どころか全部無意味になってしまうと当人が言うものすべてだ。

……焚火に投げこまれた乾糞《キジャーク》が、灼熱した金塊のように炎をあげずに燃えている。煤《すす》で黒くなった鍋からは乾燥チーズの入ったスープが湯気を立て、馬の皮を縫いあわせた革袋には馬乳酒がたっぷり入って泡だっている。飲むと体が軽くなり、気分が明るくなって熟睡できるので、つい杯を重ねてしまう酒だ。

天幕の周囲にはいつも獣皮の匂いが漂っている。仔馬の皮を発酵乳に浸けて風にさらし、羊の脂を塗ってから燻《いぶ》してなめしたものは、縫いあわせるとエルガークという長外套になる。ヤギの皮からは薄くて柔らかいモロッコ革を作る。そしてトゲのある茎に黄緑色の花をつける茜《あかね》という植物を集める。欲しいのは根だけで、これが素晴らしい赤色の染料になる。根は砕いても千切りにしてもよいが、噛んでつぶしたものが最良とされるので、人を招いて噛んでもらうこともあった。染めあがったモロッコ革は、焚火のなかで灼熱した乾糞のように色鮮やかだ。

夜になると、平坦な草原では焚火の火がはるか遠くまで見通せるため、ついだまされてしまう。すぐそこと思った火を目当てに行っても一向にたどりつけないのだ。するとカザフ人は「火ではなく、犬の鳴き声を目指して行け」と教えてくれる。夜に村落を出るときはその逆で、犬の鳴き声はすぐに聞こえなくなるが、焚火の火は馬で行く旅人の背後にいつまでも見えている。しかし、やがてそれも夜の闇に溶ける。馬は闇を押しのけるかのように緩めのだく足で進み、地平には野焼きの火が赤茶色の帯になって周囲にぐるっと広がっていく。だがそれも、ステップらしいおおらかな夜明けが空を染めだすとまたたくまに色あせる。照りつける日中の光のなかでは野焼きの炎は透きとおって見えない。

ふしぎなことに、どこをどう歩こうと歩いたところが道になる果てしないステップで道が交差し、隊商が通りすぎる。ラクダは歩調を合わせて体を揺すりながら軽やかに歩いていく。それぞれの鼻に通した輪縄が、その前を行くラクダの尾に結ばれ、まるで鎖でつながれているみたいだ。ラクダの持ち主は、数ヴェルスターにわたって延びている隊商の列にそって、荒馬に乗って前に後ろにと駆けずりまわる。荷主たちは大きなターバンを巻き上等の長衣を着て、ラクダの両脇に振りわけになった籠のなかで揺れ、先頭のラクダにはキャラバン・バシーと呼ばれる隊商の長が乗っている。ラクダは急がないので、通りすぎるのを待つくらいなら隊商を迂回して追い越した方がいい。

時おり、磁石に引かれでもするように、あらゆる方向から人が馬を駆って一点に集まってくる。どこかの金持ちがお祝いか追善供養に客を呼んだのだ。褐色の革袋から楽しげに泡だってほとばしる馬乳酒。鋭いナイフのひと突きで声もなく息絶える羊。赤くて汁気《け》たっぷりの新鮮な羊肉を刻んでゆでたベシュバルマク。人びとのてかてかした顔は赤黒くなり、融けた脂身が黒い指先に光っている。ベシュバルマクはカザフ語で「五本の指」という意味だ。腹がくちくなってワイワイやっていると、不意に重い鞭がピシッと空気をひき裂いた。とたちまち奔馬が宙を飛んで一直線に伸びた。まるで引きしぼった弓から放った矢のようだ。見物は熱くなり、つい声も大きくなる。声はまもなく溶けあい、波のように高く低くざわめきだした。

今度はベルトをした闘士が肩と肩を合わせて押しあう。どちらも力をみなぎらせるあまり、初めはほとんど動かない。巨大な力は素早い機敏な動きをとらず緊張を増していき、闘士たちの内部でどんどん密度を高めていく。今やふたりはゆっくりと体を沈め、地面にめり込まんばかりだ。そのとき、稲妻の一撃のようにすべてが放電し、群衆がどっとどよめいた。勝者は仁王立ちになって、土ぼこりや草をはらい落とすのに余念がない。

祭りに捧げる花冠、それは歌。吟唱詩人はドンブラ（弦楽器）を爪弾きながら、疾駆する馬の乗り手や負け知らずの力持ちを讃え、豪勢な宴に称賛の辞を贈る。ドンブラの響きはひそやかで柔らかい。ぴんと張った二本の弦は爪弾きに合わせて活気づき、そっと悲しげに呻くかと思えば、狡猾な笑みを浮かべたり、テンポの速い鳥のさえずりさながらだったりする。激しく喘ぐこともある。高い声がいくつも凪に乗ってステップの上空を漂い、焚火の煙のように空に溶けていく。

娘と若者は向いあって座り、滑稽な対句を作って相手を歌い負かそうとする。「娘の気晴らし」といわれる歌あそびだ。娘たちの方が声に張りがあり言葉にも切れがある。若者らは汗をかいているとみえ、手で後頭部をぬぐっている。言葉がぴたりと決まると観衆は喝采し、娘の笑い声が高らかに響きわたる。

ステップの住人はイヌワシのように遠目がきくが、訪れた宵闇のなかで、いちばん大胆な娘が、たった今やっつけて皆の慰みものにしたへまな若者に、心から愛しているというしるしに、帽子の羽飾りからフクロウの羽を一本すばやく抜いて渡したのに気づいたのはダーリだけだった。ダーリは目を離すことができない。なんと美しい娘だろう。黒い、少し斜視の目にはステップの井戸のような深さと謎めいたところがある。黒い眉は、細い鋭い羽を広げた鳥のようだ。

ダーリは近づいていき、娘にカザフ語で訊ねる。

「名はなんというの」

「マウレン」

ダーリはまだ目を離さない。この野育ちの美女に、このステップの歌い手に、きらめくような鋭い知性と繊細な音楽性と高度な詩的才能がどうやってそなわったのだろう。家庭教師がいたわけでなし、寄宿学校にいたわけでなし、第一、本というものを知っているかどうかさえあやしい。七歳までは炎暑でも酷寒でもはだしで村のなかを駆けまわり、冬の大吹雪はチクチクする暑苦しい羊毛か熱い灰のなかにもぐり込んでしのいだ。八つにもなれば暴れ馬を乗りこなし、吹きさらしのなかで灰色の天幕を張り、馬勒《ばろく》を編み、茜の根を嚙んだ。果てしないステップ、果てしない空、夜空低く張りついたような星と、遠くにまたたく遊牧の灯りが、娘の心に言葉と音楽を生みだしたのだ。歌が美しいかどうかなど知らずに、鳥のように軽やかにのびのびと、娘はただ歌ってきた。歌わずにいられなかったから。

少ししぼんだ馬乳酒の革袋が手から手へゆっくり回っている。会話に静かな間合いが増えてきた。もう体が重くなってうとうとしている者もいる。焚火の黄色い光に当たって、その顔は褐色の古木から彫りだした像のように輪郭が際だち、黒くて穏やかだ。ダーリは目を凝らし耳をすます。そして焚火を囲んで座っている人びとの顔をながめて、「もうひとりのスヴォーロフが、カントが、フンボルトが、この地で死んでいなくなったかもしれないな。束縛された精神《こころ》は伸びやかな空間を求めて、どんなにあがいたことだろう」と感じていた。

ここでは「馬鹿は何を飲み食いしたかを話し、利口は何を見たかを話す」という。向こう見ずなほど情熱的だったり、もの思わしげに黙りこんだりするこの人たちのなかに、偉大な学者や司令官や詩人がどれほど隠れていることだろう。いつになったら、その天分を発揮できるときが来るのだろう。そしてこの人たちのことを、ステップの道のことを、煙の立ちのぼる遊牧民の村のことを、鳥のように歌い帽子に鳥の羽を飾ったマウレンのことを、だれが物語るのだろう……。

嘱　託

オレンブルグは言葉を集めるのには適した位置にある。ヨーロッパ・ロシア、シベリア、ウラル、そしてカザフのステップ――すべてがこの地域で集まり、ひとつになっていた。ロシア各地から移住してきたロシア人がいる一方で（ひとつの郡に二十の県の出身者がいた）、三ヴェルスターも離れると生粋のウラルの言葉が使われているコサックの村があった。

オレンブルグ総督が嘱託官吏のダーリにオレンブルグ国境の各要塞を回らせるのは、言葉を集めるためではない。ウラル・コサックの「不満」と「騒動」に精通すべしという、特別に託された任務があった。情勢不安定な土地柄で、六十年が過ぎた今も、この地域の民はプガチョーフの乱のときの流民の記憶を心に燃やし続けているのだ。

……コサック一等大尉の家の、サルヤナギの細枝で作った日よけの下、カラフルなフェルトのじゅうたんを敷いた表階段の床にダーリはじかに座って、濃厚なクリームを入れた紅茶をゆっくり味わっている。目の前の広場の周りには、屋根の平らな粘土作りの白い家が並び、高い板張り屋根の木造の百姓家も目につく。防寒用に家のまわりにめぐらせた盛り土や塀ぞいの日陰に、もの憂げに陣取った人たち。男の子だけは日焼けも気にせず、ここでは「アリチ」と呼ばれる小骨投げに夢中だ。高い塀の向こうから静かな歌が聞こえてきた。「たいしたもんだ　この村は」と歌っているのは若いコサックだが、楽しげどころか投げやりな感じがする。

たいしたもんだ　この村は　ただ往来は泥だらけ
たいしたもんだ　村の子は　ただ評判はよろしくない

そこへ「まったくだ　まったくだ　いつもそうだった」という合いの手が入り、高い塀の向こうで別の若者たちの声がした。楽しい歌に聞こえるのか、ダーリは微笑んでいる。

ただ評判はよろしくない　どこへも行かせてもらえない
盗人よ盗賊よと　結構な呼び名をちょうだいする
まったくだ　まったくだ　いつもそうだった

実情はこうだ。コサック特有の生活と勤務のスタイルを根絶やしにしよう、志願者を集めて行軍させることを廃止しよう、皆に同じ制服を着せてしまおうという当局の三十年ごしの試みが続いていた。それに対してウラル・コサックは、「志願制」をやめて「同じ制服」を着せるということは「皆兵制」であってそれは正規軍に等しいが、自分たちは兵士ではないコサックなのだという点にこだわっていた。大きな村では古儀式派の礼拝堂と隠遁所が閉鎖され、当局はロシア正教会の儀式をきちんと行うことをコサックに要求する。だが古儀式派には「苦しめる信仰より苦しめられる信仰のほうが正しい」ということわざがあるように、受難者の立場は昔からの信仰に特別な力を与えるもので、彼らは子どもに秘かに洗礼をほどこし、自分たちのやり方で若者を結婚させ、当局が指名した司祭の指図には従わず両親が祝福していた。コサック社会にくすぶり続けている「不満」は「騒動」に変わる恐れがあり、どんな口実がその火種になるやもしれなかった。

総督の嘱託官吏はコサックの気に入った。分別があって親切で、物ごとを決めるときは公正な偏りのない態度を取るからだ。

ダーリがコサックの要塞と村を初めて巡視しようとしたとき、この地のある役人が、ウラルの奴らは十人のうち七人には鞭を振るわなきゃならん、さもないと埒《らち》が明かんぞ、と教えてくれたが、ダーリは憮然として首を横にふった。こんな助言者の言うことを聞いていた日には、ほんのささいなことでも謀叛になりかねない。

ダーリは柔らかいフェルトのじゅうたんに坐ってクリーム入りの紅茶を飲み、若者の血気盛んな歌をぼんやり聞いている。

われらは盗人にあらず　盗人にも盗賊にもあらず
われらはウラルのコサックなり　漁《すなどり》なり

危うく火事になりそうなところで、ダーリはまたもすべてを和らげ丸く収めた。「悪い沈黙はよいつぶやきに勝る」というわけだ。

甘い紅茶をすすりながら、ダーリはがらんとした広場を、ひさしや塀の陰に体を伸ばしてくつろいでいる眠そうな人たちを、表通りで小骨投げに興じる男の子たちを見やる。表通りは埃っぽく、通りの両脇は家のまぎわまで低い草がまばらに生えている。広場の情景を眺めながら、この胸苦しさ、不安はどこから来るのだろうといぶかしく感じていたが、陽気な歌のなかに嘲りと威嚇が潜んでいることに気づいてはっとした。すると「長く沈黙していたが、ついによく通る声で語りだした」という別なことわざが記憶のなかをよじ登ってくるのだった。

ダーリは知人に茶化した絵を送る。紙を水平に二分割する線を引き、上に「空」、下に「大地」の文字、そして「これが当地の自然です」と書く。何通もの手紙にうれしそうに「この夏をステップで過ごし、馬で千五百ヴェルスターを乗りまわしました」と書き、「再び遊牧地で暮らしています。実にいい。実によくて去りたくないほどです……」とも書く。広大な空間……。

しかしステップは、地平線で分けられた大地と空では終らない。広大な空の下の広大な大地には人が暮らしている。村落はたえず移動し、馬は跳びはね、疲れ知らずの乗り手や、鞍にまたがったら男にひけをとらない浅黒い女たちを背に乗せて運んでいく。人は明日の吉凶を占って長いこと星を見つめ、仲間はすぐに両手を差しだしあう。「乗馬の名人はジギト《ジギト》の兄弟」だといい、「ご馳走がなければ、すばらしい会話で客をもてなせ」とも、「客はわずかな滞在で多くを目に留める」ともいう。

空腹のときでさえ、ダーリには、鍋のなかの脂ののった肉片よりすばらしい会話のほうがありがたい。ステップでもノートを手放さず、耳をすまし目に留めては書きとっている。彼にはこれこそが大事なことだから。カザフ人は「道の母はひづめ、会話の母は耳」といい、コストロマーやリャザンのおどけ者に負けないくらいことわざを重んじる。「会話の美はことわざに、顔の美はあごひげに」あるというわけだ。

ここではまた「幸せをもたらすのは角のある白へビ」だといわれる。ただ怯えてはならず、へビの行く手に新しいプラトークを敷かなくてはならない。白へビはプラトークの上を這っていき角を落とす。それを拾って隠しておくと、ラクダや馬や羊がたくさん飼えるようになるし、革や羊毛や肉や、馬乳酒でふくらんだ革袋を持つようになるというのだが、白へビは貧乏人のところへはめったに這ってこない。

ダーリは、一万二千頭の馬と何千頭ものラクダと数えきれないほどの羊を持つイシャンギルジ・ヤンムルジンを知っているが、財産といえばヤギ一頭しかなく、その乳を糧にする一家も目にしている。ステップを移動するとき、一家はわずかばかりの家財をそのヤギの背に乗せる。

冬に大雪が降ったり、牧草地一面に氷が張ったりして食糧が手に入らなくなると、ぼろをまとった痩せたカザフ人が要塞や大きな村との境界にやってきて、子どもを労働者として売る。少年ひとりだと二十ルーブリだが、四人まとまると値引きされて七十五ルーブリだった。

物乞いになった遊牧民はバイグシと呼ばれ、乳をしぼるヤギも売ることのできる子どもも持っていない。ダーリは赤貧のバイグシのことを短編(『マイナ』)に書く。気の毒な人は「夏も冬も縞の綿入れの室内着一枚で歩きまわっている。それは色も種類も種々雑多なつぎ当てだらけで、絹、厚手の木綿、更紗、ラシャ、あげくの果ては革や毛皮のつぎもある。この服のましな部分は、背中の肩胛骨《けんこうこつ》のあいだにある手の平ほどの真っ赤なラシャだった。そこには救いの祈りが縫いこまれていたのに、まさにこの部分にたびたび太い鞭が振るわれるのを防いではくれなかった」とまあ、描かれた肖像はすさまじい。

ここでは「ラクダを屠《ほふ》った者がヤギを屠った者に肉を乞う」というように、イシャンギルジ・ヤンムルジンは所有するラクダを引きつれてロシアの要塞近くで遊牧しようとする。皇帝の兵士と大砲や銃を持ったコサック、そして法律と裁判を思い通りにできる皇帝の役人が、最後のヤギを屠った者から自分を守ってくれるのを当てにしてのことだ。

また「人となりが知られぬうちは毛皮外套が敬われる」ともいう。なるほど、持ち主の人となりが知られるまでは上等の毛皮外套に敬意が払われるかもしれないが、ここでは役人の外套は初対面に適さない。こんな話がある。都会の役人が何かの件を調べるためにカザフ人の遊牧地にやってきた。男たちは役人を会話でもてなし郷土料理を作り、女と子どもは役人を一目見ようと天幕から走りでてきた。その周辺を羊の群れがうろつき、馬の群れがいなないていた。ところが翌朝、役人一行が目を覚ますと、広いステップには自分たちしかいなかった。丸い天幕も炭火も煤《すす》だらけの鍋もなければ、おとなしい男も好奇心旺盛な子どもも謎めいた女も、だれひとり、なにひとつ、そこにはなかった。夜のあいだに遊牧地は音もなく場所を移し、灰色の空間に溶けてしまったとみえ、踏みならした地面には糞の山と昨夜の焚火の丸い跡が四つ残っているだけだった。

　役人の外套を着た人は恐れられるが、嘱託官吏ダーリはどんな外套を着てこようが敬ってもらえる。ダーリから逃げだす者はなく、初めて行く先々でも歓迎される。郵便も伝令もないステップなのに、知らせは街道を走る至急広報よりも速く伝わり、今まで行ったこともない遠くの遊牧地でも「やあ、正直《プラウジー》者《ヴィ》のダーリさん」と喜んで迎えられる。彼に「正直者」という呼び名を授けたのはステップだった。しかし「正直者ダーリ」は事情通にはなっても貧しい「アジア人」にとっての正義《プラウダ》を見つけだせていない。ラクダのコブのように曲がった境界線の北と西ではロシア人の役人が貧民に対して裁判と刑の執行を行い、南と東には元来のステップの支配者がいる。最後のヤギを屠《と》った貧民にとっては、境界線から遠かろうが近かろうが、いたるところ楔《くさび》ばかりだ。この辺りでは「奪った者は一度の罪、奪《と》られた者は千度の罪」といわれる。

　カザフ人がステップの為政者である汗《ハン》やスルタンらの行った不正義と圧迫に抗って立ちあがったとき、彼らは、民衆の惨状に通じていると思える「正直者の」官吏を望むと総督に直訴した。「我われの請願書がダーリ殿によって調査されることを特に望む」と。しかし総督は総督なりのやり方で謀叛人の望みに応えた。それはステップに出現した千人以上の砲兵隊員と数百のコサックからなる懲罰隊だった……。

ダーリが託された地方は広大だ。今いるのは人気《ひとけ》のないカザフのステップからさらに北に五百ヴェルスターのところで、ダーリは幅の広いフェルト地の上で寝そべっている。「突風に何度も悲鳴をあげ、今日、バシキールの小さな斧をくり返し打ちこまれて最後の悲鳴をあげた末に、焚火のなかでめらめらと燃えている松の巨木」のそばだ。知人のバシキール人は真っ赤なラシャの古風な長い上着のうえに軽い鎖かたびらを着て並んで寝そべり、「嚙みタバコの代わりに鉛のかけらを頬っぺたに突っこんで、予備の弾丸《たま》を歯で丸くし」ながら、持ち馬の群れに見とれている。葦笛が物悲しく響き、炎の向こう側にいて姿の見えない語り手は「過去を、豪傑たちの時代を、あったことやなかったことを思いだしている」。

ある晩、松の古木が燃えつきて灰になるころ、そして火花が舞いあがってはたちまち藍色の闇に消えるころ、ダーリは若い素晴らしい汗《ハン》、ザヤ゠トゥリャクと、その誠実な恋人にまつわる古《いにしえ》の物語（『バシキールのルサールカ』）を耳にした。恋人はルサールカ（スラヴの民間伝説に出てくる水の精）で、アチュールイ（アスリクーリ）湖の水底の王の娘だった。ダーリは物語を書きとめてそれを読者に伝えた。しかも恋物語に入る前に、バシキールのこと、この国の森や湖やそこに住む人たち、そしてこの国に伝わる昔話、伝説、歌謡が手際よく語られている。

もっとも、ダーリがバシキールの地に来たのは、焚火のそばに寝そべって古の話を聞くためではない。「多数のバシキール人の窮乏化」に関するダーリの報告によれば、工場主たちは「砂糖の塊三つに一フントのお茶、そして口約束で、土地を持つバシキール人と清算をすませ、世界一豊かな何十万デシャチーナという土地を強奪した」。また、「私欲と、おざなりの怠けた働きぶりと、お定まりの嘘の薄汚い重なり」、そして「負うべき義務に対する自覚のなさ」が骨の髄までしみ込んでいるこの地の役人は、容赦なく税金を「ふんだくり」、「鉄拳」と空疎なお役所言葉で民を支配している。

トロイカが猛スピードで、布の上でもすべるように走っていく。先の尖ったフェルト帽をかぶったバシキール人の御者はふいごでも使うように息を体内に送りこみ、ひと呼吸置いてから、哀れを誘う高い声で歌いだした。風に乗って遠くから届いたうめき声のようなその歌声がすうっと消えると、今度は単調な調べが続いた。「食うものはなし、長官は殴るし」という歌詞はこの地の民衆がこしらえたものだ。だれもが歌う詠み人知らずのこの民謡は愉快な気分にはしてくれなかったなと思いつつ、嘱託官吏ダーリは出張から戻った。

自然の産物

一八三八年、科学アカデミーは「貢献に敬意を表して」ダーリを準会員に選出した。自然科学における功績が認められ、この部門で選ばれたのだ。ダーリは「贈りものはお返しが好きだ」と冗談を言って、まもなく「キルギスのステップ産の羊の剥製《はく》」をアカデミーに送る。

アカデミーが敬意を表した貢献というのは、ダーリが基礎を築いて大いに名声を博した「オレンブルグ地域博物館」(ダーリは「郷土博物館」と呼ぶのを好んだ)ばかりではない。もちろん博物館そのものがダーリの地域研究の目に見える成果であるが、文学作品や論文にも、彼自身が八年暮らしかつ勤めている地方の豊かな自然についての膨大な情報が散りばめられている。しかもカスピ海沿岸からウラル山脈のふもとまで、そしてバシキールの森から水のないカザフのステップまでたえず旅をしているのだから、この情報をすべてまとめたら、広範なオレンブルグ便覧ができたに違いない。

ダーリは便覧は編まなかった（もっとも「オレンブルグ郷土博物館」は事物そのもので示された便覧といえる）が、カザン大学教授のエヴェルスマンが『オレンブルグ地方の自然史』を編んだとき、教授がドイツ語で書いたものの翻訳を進んで引きうけた。訳すにあたっては若干の注釈をほどこす権利を認めてもらうことを条件にした。「訳者より」という前書きには「原書の意義と真意を可能な限り尊重しつつ、訳者はロシア人が用いない表現や言い回しを避け、事物のロシア語名を伝えるように努め、さらに教授の許可と希望を受けて、あえて若干の注釈を加えた。もとより博物学者ではない訳者がこの権利を求めたのはすべて、研究や有益な情報の普及において、訳者にできる範囲で、より学識のある事情に明るい人たちの役に立つ場合に限られる」とある。実に正確で誠実で控え目な一文だが、学者でも専門家でもない何某が本格的な労作に対して注釈を加えることを、著名な地理学者にして動物学者かつ土壌学者である教授が「望んだ」ことは特筆したい。エヴェルスマンの『オレンブルグ地方の自然史』全九十九頁に訳者ダーリは長短さまざまな三十二の注釈を「あえて加えた」。これは補足や、実体験を含む実例、説明図のこともあれば、修正、外国語と対になるロシア語、ロシア語と対になる土地言葉のこともあった……。

ややあって、今度はダーリ自身の編集による教科書が出現する。まずは『植物学』、次いで『動物学』。同時代人によれば、「それらは博物学者にも教育者にも高く評価された」。しかしダーリは教科書のなかでさえ豊かな実体験に触れずにはいられなかったとみえ、『動物学』には精緻な記述のあいだに小さな活字で、漁労やクジラ漁、馬の飼育場、毛皮貿易についての小文がはさまれている。のちの辞典の語釈に見られるように、これらの注釈にもダーリの人生の一場面がある。

教科書以外に、ダーリは『動物園』という本を編もうとし、そのための説明文を準備する。これは、クマ、キツネ、オオカミ、ラクダについての話、そして動物の習性と気性および動物の「会話」についてのもので、説明文は独創的であり興味深い見解にあふれている。

例えば「キツネとカラスの寓話は実話であり、これに疑いの余地はない。もちろん、キツネは予言者を讃える詩を謳《うた》いあげたわけではないが、うまく工夫して、カラスが日頃なにか大事なものを見つけたことを伝えるときの声でカアカア鳴くように仕向けたのだ」とある。観察眼の鋭いダーリは動物の「会話」における多様な「信号」に注目し、カラスやニワトリの鳴き声には種類があって「ひよこを呼び集めるときと、上空をハヤブサが舞っていると警告するときでは、ニワトリは違う鳴き方をする」と記す。

動物についての説明文には学術的な情報のとなりに、民間伝承や前兆やことわざ、そして土地特有の呼び方が並ぶ。『動物園』という短編集はおもしろい話の宝庫だが、その多くは見た人から実際に聞いたか、あるいはダーリ自身が見たものだった。「人間が仰向けに寝ころんで両手を頭の上に乗せ、落ちついてそのまま動かなかったら、一番獰猛《どうもう》な犬の群れもその人には手を出さない。わたしにはこの方法を試してみる機会があった……。群れは一アルシン（約七十一センチ）を超えない距離でわたしを囲み、吠えたり唸ったりしたが、どの犬も紐でつながれてでもいるかのように、ある線を踏み越えてくることはなかった。まったく同じ方法でオオカミから逃れることができるといわれるが、オオカミの気性と特性を知っているわたしには、正直なところそれは信じがたいし、試してみる決心はもっとしづらい」。

それにもちろん、なにを書こうとダーリは常に言葉のことを考えている。「キツネが俗にいうように鶏を〈しめ殺す〉、つまり一気に喉首を締めつけて、鳴かせる間もなく鶏の首をかみ切り、オオカミが民衆の的確な言葉どおり、家畜を〈きり殺す〉、つまり、ぐいと喉首をつかんで肉屋のごとく頸動脈をかみ切るとすれば、クマは逆に〈砕いて〉〈ひき裂く〉ので、家畜を〈裂き殺す〉と言われる」――この説明もダーリの『動物園』にある。

何に取りかかろうとダーリは常にダーリだ。同じダーリが『動物園』の説明文を書き、『詳解辞典』を編纂する。

「袋型の魚網アハン」から「チョウザメの越冬する淵ヤトーヴィ」まで

「昔ながらのロシアの暮らしがある最果ての地」とダーリがいうオレンブルグで過ごした八年間は、すべて『詳解辞典』に跡をとどめている。「嘱託」や「自然の産物」などの節で紹介した出来事はどれも辞典のなかにある。ダーリの人生は言葉を通して辞典のなかに引っ越すことになるのだ。あの『ウラルのコサック』が言葉を通して丸ごと辞典のなかに引っ越すように。

このルポルタージュはアルファベットのA《アー》からЯ《ヤー》まで、「アハン」から「ヤトーヴィ」まで丸ごと、辞典のなかで追跡調査することができる。言葉を一語ずつ追っても、あるいはその言葉が語られる土地を示すウラル、オレンブルグ、カスピ海などの表記をていねいに見てもそれは可能だ。

「A」は「アハン（袋型の漁網）」。アハンによる漁は冬は特に危険だった。コサックは装備万端整えて氷の張ったカスピ海上をそりで漁場に向かうが、もしカスピ海からの風が氷を割って持ちあげ、その後で追い風が吹きだしたら、漁師は巨大な氷塊に乗ったまま海上はるかに連れていかれるからだ。アハンを用いた漁は、大きくて目の細かい魚網（ネーヴォド）による漁と区別すべきであり（ダーリは辞典のなかでネーヴォドを使った漁の仕方を詳しく述べ、設営法を説明し、ネーヴォドの種類を数えあげる）、延縄《はえなわ》漁とも区別すべきだ。「餌をつけた釣針」を使う餌釣りとも区別すべきだし、越冬している淵《ヤトーヴィ》からじかに、鉤竿を使ってチョウザメ類の魚を獲る鉤竿漁とも区別すべきである。「鉤竿漁は定められた日時に大砲の音とともにウラルスクから始まる（年に二回、小規模なものが十二月に、大規模なものが一月にある）。コサックの漁労部隊は全員、一斉に氷に乗って、くる日もくる日も所有地の境界沿いに河を下る」。

ダーリは『詳解辞典』の仕事について、「これを書いたのは教師でもなければ指導者でもなく、他の人より知識の多い人間でもない。このことに他の大勢の人以上の力を注いだ者、その生涯にわたって、自らの師である〈生きたロシア語〉から聞いたことを地道に集めつづけた生徒である」と述べている。「ネーヴォド」の語群に「他人の池に網を入れるな」ということわざがある。練達のダーリは魚釣りには情熱を燃やさなかったが、生涯にわたって他人の池に網を入れつづけ、漁師や網つくり、農夫や大工、蜂飼いや鍛冶屋、庭師や行商人の会話に耳をすました。暮らしのなかから次々に生まれる生きた言葉だけに耳をすまし、毎日が豊漁だった。

第六章　焚火はひとりで組める

ウラジーミル・イワーノヴィチとオーシプ・イワーノヴィチ

毎朝八時半に、オーシプ・イワーノヴィチはネフスキイ大通りをアニーチコフ橋からポリツェイスキイ橋へ足早に歩いていく。夕方六時にはポリツェイスキイ橋からアニーチコフ橋へゆっくりと、必ずまた大通りの右側を通って帰ってくる。生まれてこのかたネフスキイ大通りを横切ったことはなく、別な道を探してみたこともない。ネヴァ河すら見ずに終わる。市内の別な地区のことは、一番近い地区でさえ人づてにしか知らなかった。一度だけ、ほろ酔いの同僚たちに騙されてネフスキイ大通りから脇道へ連れていかれたが、そのときは怯えきって死にそうになった。それからはもう二度と、一歩たりとも脇道へはそれなかった。朝八時半にアニーチコフ橋からポリツェイスキイ橋へ、夕方六時にはポリツェイスキイ橋からアニーチコフ橋へ。九時から六時までは事務室でトルヒン＝ソロームキン公爵のために書類を書き写す。「彼は机の上に山積みになった書類をすべて、一語一語、一字一字書き写して、決して間違うことはなかった……」。自分が書いているものの内容は理解すらしていない。椅子に坐って鵞ペンの先をけずり、用紙に罫線を引き、文字が丸みを帯びてしっかりしたものになることだけに専念して、ひたすら手を動かす。「たとえ彼自身に対する流刑と懲役の宣告文を清書させたとしても、その明瞭な書体でいつものように落ちついて一文字一文字、活字のように書きとり、帰宅すれば、身に危険が迫っていることなど疑いもせず床について安眠することだろう」。家では内職に丸薬用の小箱を糊づけして隣の薬屋に納めている。実はオーシプ・イワーノヴィチも日記をつけているが、心の秘密を打ちあけるはずのノートに貧しい書写係が書いているのは、緑色の丸薬の製法と、全紙大の紙から丸薬用の小箱を少しでも多く取る方法だった……。ダーリが書いた小役人オーシプ・イワーノヴィチの話は『人の一生、あるいはネフスキイ大通りの散歩』という。

貧しい勤労者の一生、「人」の一生は、大通りの片側しか通らない、橋から橋までの毎日の「散歩」になってしまった。滑稽さ、悲しさはたとえようもない。書写に追われ、汗が吹きだしても鼻の頭を拭くひまもない「勤労者」、そして「散歩」。しかし一番の不幸は、朝と夕方の「散歩」のあいだに実は「何もない」ことだ。「仕事」が山のようにあって鼻の汗をふくひまもない一生は、罫線を引くこと、「記号」と化した文字からなる意味不明の言葉を「清書」することのように無為で無目的であり、一生は過ぎていくけれど実は存在せず、ネフスキイ大通りを朝と夕方、小走りで通ることでしかない。ダーリが語っているのは、生きているうちに何も起こらない人間の一生、存在していないかのような人間の一生である。オーシプ・イワーノヴィチの存在が感じられ知覚できるのは、アニーチコフ橋とポリツェイスキイ橋の往復、しかも個人としてではなく、群衆にまぎれての往復の動きのなかだけだ。

ウラジーミル・ダーリは一八四一年から再び、ペテルブルグのアニーチコフ橋とポリツェイスキイ橋のあいだに暮らしている。今や内務大臣特別官房長で「内務大臣の右腕」と呼ばれる要人だ。履歴書によればダーリは首都でも「特別に委嘱された」任務にあたっているため、管理する官房にも「特別」の名がつく。こういった特殊性がダーリにいっそうの重みを添える。このころ請願者らはダーリ宛に「お持ちの官位と数々の勲章を考えても、あなたの職務は云々」と書いている。なるほど彼は将軍まであと一歩の五等官で、ウラジーミル勲章三等、スタニスラフスキイ勲章二等冠つき、聖アンナ勲章、他にもいくつかの勲功章の保持者だ。ダーリはこんな楽しい警句を知っている。「トゥリチンの褒美に官位《チン》を、ブレストの褒美に十字勲章《クレスト》を、長年の辛抱《チェルペーニエ》の褒美《ナグラジュジェーニエ》には百人の農奴を」（トゥリチンもブレストもポーランド分割によってロシア領となった都市）。ダーリにはすべてである。官位も十字勲章も、農奴こそいないが千デシャチーナというオレンブルグの土地も（下賜されたこの土地を利用はしないが）。

今は内務省の建物に住んでいる。ネフスキイ大通りを曲がって公共図書館のかたわらを過ぎ、アレクサンドリンスキイ劇場広場を渡って車寄せから入ったら、九十段上がった四階がダーリの住まいだ。同じ建物の二階は丸ごと、大臣その人が使っている。

九十段の階段を、請願者が年配なら息を切らしてのろのろとよじ登り、若者なら希望にあふれ呼吸も軽やかに翔けあがる。回想記の作者はこの人たちのことを「地位と褒章を探しもとめる者」と呼び、ダーリは「彼らにとって一向に姿を見せない人だった」とつけ加える。ダーリは「引きたて」を好まない。元になる動詞には「引きたてる／庇護する／ひいきにする」などの意味があり、「功績によらない」のがミソだ。「やりきれないほど実直で正直な」ダーリであることよ。

九十段の急傾斜をダーリ自身は気にもとめない。内務大臣特別官房長閣下は哀れなオーシプ・イワーノヴィチをゆえあって自分のそばに住まわせたのだ。アレクサンドリンスキイ劇場があり、公共図書館があるそのかたわらを、朝八時半と夕方六時に走りすぎる書写係。彼はネフスキイ大通りの大気に溶けて特別官房へ立ち寄る。そしてどうだろう、しがないオーシプ・イワーノヴィチと大臣の右腕ウラジーミル・イワーノヴィチは机を並べているではないか。煎じつめれば、どちらもアニーチコフ橋とポリツェイスキイ橋のあいだに閉じこめられ、日がな一日背を丸めて机にかじりつき、何年もの勤めのあいだに膨大な数の言葉を書きながら、その背後にある本当の仕事は見ていない。「やれやれ、毎日毎日、びっしり書かれ保管庫へ入っていく紙束のなんと分厚いことか。まるで保管庫へ入れるためにだけ書かれているみたいだ……。仕事はすべて書面でなされるのみ。実際は万事が逆で、スムーズなのは紙の上だけだ……」。これはもはや小説ではない、ダーリが友人に宛てた手紙の一節だ。

官吏には振りかえるひまどころか、鼻の汗をふくひまもない。内務省では農民の生活向上計画が立案され、貧乏貴族の身のふり方に関する方策が提案され、県の行政法規が作成され、「異民族」の生活と異教の特徴が研究されている。警察、国事犯罪に関する裁判、国民への食糧供給、統計、貴族選挙、公開講座や展覧会や大会の許認可、記念碑の設立なども内務省の管轄だ。とてもすべてを数えあげることはできない……（ある時期から世間には、ロシアにおける農奴制廃止についての覚書を準備することが特別官房に委任されたという噂が流れだす）。

ダーリが大臣のもとで遂行している最重要委任事項の長い長い一覧表を作成することはできるが、計画して提案し、見通しを立てたところで何になろう。作成された文書は実情とかけ離れ、民衆の福祉に心を砕いてもだれの益にもならず、審理にあたる警察署長は文書の一字一句にこだわって潔白な者に濡れ衣を着せるうえ、福利がよくなるよう心を砕いている当の相手が、安息香から逃げだす悪魔よろしく、せっかくの提案や見通しから逃げだし、相変わらず機をみては警官なり役人なりのぶ厚い手に然るべき額の札束をつかませようとするのであれば。

ダーリの別の小説（『ヴァクフ・シードロフ・チャイキン』）の主人公（もちろん作者と重なる）はやり場のない憂いをかかえて言う。「人生も勤めも耐えられないほど辛くなることがあって、なかなかそれに慣れることができなかった。不公正はすべて白昼強盗のように思えたので、人の喉首を絞めて殺そうとしている者に抗うような心持ちで断固反対した。助けてくれと叫ぶ声がすると押っ取り刀で駈けつけた。だが、たいていは馬鹿を見ただけ、〈人騒がせな奴〉というあだ名を頂戴しただけで、悲しみを軽くしてやれたことはめったになかった」。

『詳解辞典』には「人騒がせな人――正直だが気性が激しく、不正に抗う人、不正を擁護する者を不安にする人のことも指す」という思いがけない独自の定義が見られる。

あらゆる官位官等のオーシプたちは書きに書く。毎年内務省に登録される公文書は受信が十万通、発信がほぼ八万通あるのだ。「上司は文書を初めから終わりまで声に出して注意深く読んでから、その都度、この文書は発信かね、受信かねと秘書官に訊ねる」という役所のジョークをダーリはノートに記す。次はもうジョークではない。「文書を書くことを我われは仕事と称している。しかし肝心の仕事は紙のあいだを跳ねて通りすぎ、我われが目にすることはない……」。

……ダーリはネフスキイ大通りを曲がって、アレクサンドリンスキイ劇場広場を渡り、もの思いにふけりながら内務省の建物へ向かう。公共図書館の上部、列柱のあいだの壁面に古代の偉人像がある。詩人のホメーロスとヴェルギリウス、歴史家のヘロドトス、医師ヒポクラテス、数学者ユークリッドだ。

立身出世、官位官等の階段をどれだけ上がっても彼らの高みにはたどりつけない。その高みへ押しあげてくれるのは偉大な仕事である。

特別官房

いや、ダーリの仕事は紙のあいだを跳ねて通りすぎはしないし、彼は自分の仕事を目にしている。ごらん、特別官房でロシアの津々浦々から送られてくる小包の封蠟をもどかしげに剝《は》がしているではないか。報告に次ぐ報告。同じような筆跡でつづられ、実生活とは底なしの深淵で隔てられた空疎な言葉の並ぶ似たり寄ったりの数かぎりない報告書を、ほんとうに読み通せるのだろうか。ところがダーリはむさぼるように紙面をめくる。あったぞ！

「ご存じかどうか、ヴォログダ県では蜜蜂のことをメドゥニーツァといいます」。

書類の山のなかに探すのは真珠の一粒だ。各県の役人はダーリの依頼で報告書とともにその土地の話し方の実例、ことわざ、昔話を送ってくる。道という道を三頭立ての郵便馬車が鈴を鳴らして疾走し、せっかちな配達夫はひもを何本もかけ役所の判をべたべた押した八キロほどの小包を首都へ届けるのに大わらわだが、報告書の山のなかになによりも貴重なもの、ヴォログダやヴォローネジやタンボフの言葉を記した紙片がひそんでいることなど何も知らない。

「ご存じかどうか、プスコフではイラクサのことをストレカーヴァといいます」。

ダーリは真っ黒になるほど書きこまれたノートを手に、書記係のいる部屋に行く。

「三百ほどの言葉と歌とことわざを書き写さなくてはならないんだが」。

たちまちあちこちの机から手が伸びる。どうして閣下のお役に立たずにいられよう。それに仕事自体が実におもしろいのだ。言葉は意外で活きがよくて触《さわ》れそうなほど実感があるし、ことわざは深い智恵にみちているし、昔話は書きはじめたらペンを置けない。うんざりするような「弊信に同封致します」だの「幸甚に存じます」だのとはわけが違う。

内務省特別官房は、ダーリの在任中は文字通り「特別」だった。消息通の同時代人の回想によれば「彼は立場を利用してロシアじゅうの官吏に通達をバラまき、各地の住民気質の特徴や歌謡、慣用句などを集めて送ってくれるように依頼した」。前者に劣らぬ別の事情通は「彼は土地言葉や、その土地の話し方の実例などを記した大きな小包をいくつも受けとった。これらはすべて官房でアルファベット順に帯状のものに書き写され、その帯は糸に通して、県ごと、話し方ごとの箱に入れられた。書記全員がこれにかかりきった時間があり、さらに各地から届いた昔話、ことわざ、民間信仰などの書き写しにかかりきった時間もあった」と重ねる。ダーリと「机を並べて」勤めたというその人は、官房では手がすくと主としてロシア語に関する論議が始まったと証言している。「官房の空気そのものがロシア語研究の気に満ちていた」という驚嘆すべき、すばらしい言葉がそこにはある。

知人たちはダーリのもとへ、僻地出身で話しぶりの独特な御者、昔話を語る屋敷勤めのばあや、市《いち》の愉快な道化などを差しむける。

金モールを縫いとった上着《カフタン》に勲章をいくつもぶら下げた偉そうな玄関番は、「特別官房長閣下はまたもや、かけがえない友人とおっしゃるよれよれの外套を着た片目の老兵と、二時間もふたりきりでお過ごしになった」と、不審げに肩をすくめる。その客が帰ってからダーリは、「わたしの語り手、兵士のサフォーノフは今日、昔話をひと抱えもしてくれた。書き写さないと……」と、うれしそうに言うのだった。

お茶の時間の会話

「退屈とは、沈滞した、無為な、不活発な心の状態から生じる辛い気分、無為ゆえの疲労をいう」とダーリは辞典で定義し、「することがなければ一日じゅうずっと退屈だ」とつけ足す。

ダーリは退屈を知らない。一日は朝から晩まで仕事で埋まっている。出勤前に仕事をし、勤めから戻っても仕事をするのがダーリの毎日だ。帰宅すると制服はタンスにしまい、茶色のラシャのガウンか、やはり茶色のゆったりしたカーディガンを羽織る。各県の役所の新しい規則や警察機構の再編計画は脇へ押しやって、言葉とことわざを類別し、クールスクの農民やウクライナの地主やペテルブルグの小店主についての実話を書くこの時間の幸せなこと!

ダーリは旧友のピロゴーフがうらやましい。

「おまえはいいなあ。おまえにとっては勤めがすなわち仕事だ。病人の手術は仕事だよ。解剖教室でプレパラートの準備をするのもやっぱり仕事だ」

ピロゴーフはその言葉をさえぎって語気を強める。

「ぼくは学術論文を書くたびに担当将官に提出して検閲を受けなくてはいけないんだ。ぼくの手術についても同じ人物が評価するのだが、この将官ときたら、控え目に言っても豚飼いが関の山という奴なのさ」

ダーリはため息をついて話題を変える。

「しかし、デルプトはおまえの話し方を変えなかったな。びっくりするほどきれいなモスクワの話し方だ。プーシキンは、モスクワの聖餅焼きの女たちの会話に耳をすまして言葉や話し方を学ぶように助言してくれた。このペテルブルグじゃあ決してそんな風には話さない」

「わが旅芸人殿は楽器の話ばかりだな」とピロゴーフは笑う。

ダーリはすかさずそれに応じる。

「楽器はわが思い、歌はわが心、なんでね」

ピロゴーフはダーリと同じ年に首都に移ってきた。医科大学の教授にという申し出があったのだ。忙しいのでふたりはめったに会わない。ダーリが学会に顔を出し、友の発表を聴いて談話や論争をし、それどころか当人も別件について発表するときは別だが。医者たちはダーリを尊敬し身内とみなしているが、ピロゴーフはこれほど時間がたってもまだ、ダーリが外科医から物書きに「鞍替えした」といって腹を立てている。もっともピロゴーフも病院から解剖教室へ向かう途中でとつぜん、今日は木曜日だったなと思いだし、急ぎの案件をあきらめてダーリの住まいへ向かうこともある。毎週木曜にダーリの家に知人が集まっていたのだ。

この集まりのことでちょっと意外な証言が残っている。「もてなしは客次第」ということわざがあるが、あらゆることわざの例にもれずこれにも二重の意味がある。どの客もその人に応じたもてなしを受けるという意味と、同じもてなしを客は必ず自分の好みにそって評価するという意味だ。

というわけで、あるとき、ふりの客がダーリの「木曜会」に立ちよった。仲間うちのパーティか文学的な会あたりだろうと思っていそいそと来てみると、それは学会に近かった。無駄口もなければ噂ばなしもない。客たちはのっけから折目のすり切れた巨大な地図をテーブルに広げ、そこへ赤鉛筆で印をつけていた。年配のふたりの船乗りは、ひとりはあごひげを生やし、もうひとりはまれに見るほどの口ひげともみあげを生やしていたが、北の海域の青白いところにかわるがわる線を引き、潮の流れや水温の説明をしていた。次に青色の地図に黄色の地図が重ねられ、日に焼けて浅黒い顔をした文官服の紳士が、最近カザフの大草原を学術探検した話を始めた。主《あるじ》はときどき発言許可を求めて客の話に自分の観察したことをつけ加え、その都度、藍色の表紙の分厚いノートを開いて長いこと読むのだった。お茶の時間になると一同は活気づいて、話題がやっと文学に向いた。ダーリは見聞きした興味ぶかい話をいくつか語り、たちまち論争が始まった。論点は、実際に起きたことに手を入れて小説の形にし、想像の羽を広げる必要があるのか、それともディテールはすべてありのままにしておくべきか否かで、ダーリはすべて事実であるべきだと述べた。すると、秀でた額と注意深いまなざしに恵まれた、見るからに思索者という人が穏やかに異を唱えて、想像力には威力があると主張し、もう若いとはいえないその人の顔は青年のように紅潮した。

「もっとも、どんな風に書こうと、どのみちまずいことになるでしょうよ。なんでもつい最近、文部大臣が言ったそうじゃありませんか。このロシア文学というものがさっさと失くなればいいのに、そうすれば安眠できる……とね」。レモンの輪切りを浮かべた琥珀色の紅茶をかきまぜながら、その人は穏やかな話しぶりのまま論争にピリオドを打った。

そこへ、新たな客が走りこむように入ってきた。小柄で表情豊かなその客は出迎えに立った主を抱擁して、あの人この人に会釈し、そそくさと席に着くや焼き菓子をポリポリかじりだした。その物腰は無作法なくらいぶっきらぼうで、フロックはよれよれな上に染みだらけだった。彼はお茶を飲みざま、大きなよく通る声で遺体を標本にする新しい方法を述べた。解剖する前に遺体を凍らせて木のように硬くしてから、然るべき方向に特製ののこぎりを入れて切るというのだ……。

十一時を知らせる時計の最後の音とともに主が、明日も勤務なので、とかたわらのロウソクを吹き消して肘掛椅子から立ちあがり、客たちにおやすみなさいを言うのが常だが、ふりの客はそれを待たずに我が家に向かい、早速、友人宛に楽しくなかった今晩のことを一筆した。ダーリ家の客は仕事に夢中なとてもおもしろい人ばかりでもっぱら仕事の話をするのだが、それが客には退屈だった……。

航海士のヴランゲリとリトケ、地理学者のハヌイコフ、作家で哲学者のオドエーフスキイ、外科医のピロゴーフと知りあっていたのに退屈だったのだ。この客はひと晩のひまつぶしにダーリ家を訪ねたが、そこにいた人たちにはひまつぶしなど思いもよらなかった。したい仕事で時間はいくらあっても足りないほどだった。

この客が十一時までいたら、帰るときに、ダーリが響きのいいラテン語で、ローマ時代の学者にして詩人、ルクレティウスの詩を朗誦するのが聞けたろうに。

その精神の力を以てこれほどの宝を手に入れ　我らに遺してくれた
かの人の功績を讃え得るだけの言葉を

吾がものにしているのは　一体誰であろう

言葉を吾がものにしているのは誰だろう……。

（『物の本質について』）

それぞれに応分の感謝

一八四五年九月のある夜、ダーリの家に航海士、旅行家、地理学者、天文学者、統計学者が顔をそろえた。仲間同士の楽しい会話で時間をつぶすためではない。もちろん仲間同士だったし、話題には事欠かなかったが、この記念すべき夜に行われたのは、つい最近設立されたばかりのロシア地理学協会の一回目の会議だった。二週間後の第二回会議で、ダーリは理事会メンバーに選ばれ、設立者という名誉称号を与えられる。

ダーリの時代にロシア地理学協会はウラル、シベリア、テンシャン、中央アジアなどへの大規模な学術探検をいくつも組織した。ダーリはそのいずれにも参加しなかった。会議の報告書や議事録を見ると、ここでもダーリは独自の行動を取り、己の道を貫き、ロシア語の世界へ旅して、そこに未知の土地を発見していたことがわかる。

彼は会議のたびに、たくわえた言葉やことわざや慣用句を参加者に示す。聞き手に紹介される言葉の大半は、報告書によると「民衆が毎日使う日常語で……。それらの言葉は民間のさまざまな慣習や伝承や迷信などに関係し、慣習、伝承、迷信の意味を説明してくれることがきわめて多かった」。「民衆が毎日使う日常語」を「紹介する」とは実におもしろいではないか。民衆が毎日使う言葉を聞き手が知らなかったことがはっきりするからおもしろいのではない。おもしろさの眼目は、それらの言葉がダーリの話を通して再発見されるところに、そして紹介された言葉、とりわけ同じテーマで結びついた言葉やことわざのおかげで民衆の暮らしの情景が聞き手の目の前に広がるところにある。

「ダーリが読みあげた一例は夫と妻に関することだった。この短い断片からでもロシアの民衆の家庭生活についてすばらしい結論が下せるし、数多くの習慣と決まりごとを指摘できる……」という報告書もある。

これは特に重要なことで、ダーリにとって肝心なのは（何千と集めてはいたが）集めた言葉や慣用句の数ではなく、その解釈ですらなかった。ダーリは日頃から、それらを集める意義について「言葉の勉強のために劣らず、民衆の暮らしを勉強するため」だと言っていた。このことはのちにダーリの辞典の内容の濃さ、イメージの豊かさ、それにもまして大いなる独創性として実を結ぶ。

一八四七年の「祖国雑記」第三号にダーリの求めで掲載された読者への呼びかけは、「近年我が国では、祖国のもの、民衆のものに寄せる格別な愛情が顕著になってきました……」という文章で始まる。編集部は、ロシアの民衆の暮らしを精魂込めて研究している人としてダーリの名を挙げる。ダーリは「共同の仕事に力を貸してください」と読者に訴え、「祖国雑記」の編集部もしくは内務省官邸気付で自分宛に以下のものを書き送ってほしいと依頼する。土地の儀式、生活様式、一般家庭の風習、習慣、遊び、祭礼、農民の副業や仕事の特色、農事暦、ことわざ、慣用句、洒落、昔話の前口上、地口、小話、一口話、寓話、昔話、実話、伝説、なぞなぞ、早口言葉、泣き歌、歌謡、民謡、音節も表記もそのままでの俗語、……これでもピリオドは打てない。ダーリが提案した収集課題は広範で、この詳細きわまりない列挙でさえ「などなど」というおおまかな言葉で終わっている。大事なのは「民衆の言葉からじかに、より忠実に聞き書きされるほど、記録はいっそう貴重なものになります」という点だ。

ロシア地理学協会もただちに、「ダーリ氏の計画が確かな成功を収めるのは、ロシア各地で相当数の協力者が得られた場合に限られる」という「通達」を全国各地に送る。雑誌「同時代人」もダーリの仕事を伝え、記事を彼の次の言葉で結ぶ。「できる形で協力下さるよう切にお願いします。ひとりでは何もできません。ひとりだと家があっても貧乏暮らしだが、七人いれば野にいても戦えるといいます。粥のそばにいても、ひとりでは仕事は捗《はかど》らないのです」。すると他の雑誌も国語に関する記事と、辞典のための言葉探しにページを割き、この分野に関して編集部に届くものはすべてダーリに転送するようになるし、ロシアのほぼ全域で出ていた「県報知」（一八三八年発刊）という新聞も勢いづいて、それぞれが「当地」の言葉とその解釈一覧を掲載する。

質や量にかかわらず、知っていることを進んで惜しみなくダーリと分かちあった人のなかには高名な作家や学者もいれば、田舎の名もない中学教師、役人、士官、新聞記者、大学生もいた。ダーリはそのだれもを平等に「自発的な贈り主」と呼ぶ。民衆の言葉を集め研究するという計画全体でダーリとつながっている者もいれば、たまたま耳にした言葉を急いで送ってくれるだけの者もいるが、「自発的な贈り主」のだれもが思いをひとつにする仲間として動いていることが大事だった。

初めのうちダーリは「祖国雑記」に多くの名を挙げて謝意を表していたが、『詳解辞典』の「旅支度」

では一括して触れる。「どなたから何を受けとったか、当時メモをしそびれたので、名前を挙げることのできる人はわずかでしょう。何百という名前のうち思い出せるものは十もないでしょう……。この手抜かりのせいで、為しとげられた善き事業について残念がる方がいないことを望みます」。親しい人にはもっと率直だ。「あなたが辞典においてしてくださった仕事に感謝する権利すらわたしにはありません。あなたもわたしも同じことのために働いたのであって、それぞれが応分の感謝にふさわしいのですから」。これは驚いた、「感謝する権利すらない」とは！

ダーリが表明した考え方は実に貴重で魅力的である。「どれほどの財宝を積んでも足りない宝」の収集と保存、これは共同作業であり善きことであるというのだ。

この信念を、ダーリはやがて別の共同かつ善き事業において証明する。損得抜きで集めた者は、ほかの人が「館」を建てるとき、集めたものを損得抜きで提供する無名のひとりになれることを身をもって示す。三百にのぼる民謡の記録をキレーエフスキイ（一八〇八－五六）に贈り、数多く集めた樹皮版画は公共図書館へ送ることで。

一八五六年にはロシアの昔話を集めていたアファナーシエフ（一八二六－七二）がダーリに願いでる。地理学協会にあった昔話は底を尽きかけていたが、ダーリの手許に昔話の聞き書きがほぼ千話あることはよく知られていた。地理学協会全体が集めたより多い昔話をひとりで書きとったとは、驚くべき人だ。そこでアファナーシエフはおずおずと願いでたのだった。『辞典』はまだ作業中だし、『俚諺集』も世に出ていないところへ、若い「幸運児」が「さあ、長持ちを開けてください」と言ってきたとき、ダーリはアファナーシエフと面識がなかったばかりか名前すら知らなかった。普通の人なら、なぜ「ダーリの出版した昔話」ではなく「アファナーシエフの出版した昔話」になるのかと言いそうなものだが、ダーリは無欲恬淡《てんたん》だ。栄光も利益も考えず、昔話のためにそれを喜び、明日にはその昔話を友とするであろうすべての人のためにそれを喜ぶ。

そして早速アファナーシエフの願いに応える。「あなたのご提案を喜んでお受けします。集めた昔話は手許に幾山もあります……。出版の予定はありません。他の仕事（辞典）がどっさりあるからです。類別し次第お送りしましょう……。謝辞の必要はまったくありません……。というわけで、わたしの集めたものを一切の束縛なしにあなたに譲ります……」。

『ロシア民間昔話集』全八分冊のうち、二分冊はまるごとダーリから送られた宝で編まれ、それによってアファナーシエフは二百二十八話を世に出す。

未来の辞典のために「たくわえ」を共同のものにしてくれたすべての人に、ダーリとともに感謝しよう。感謝しつつ「自発的な贈り主」を数えあげるのはよして、各語のあとについているカッコのなかをのぞいてみると、そこには言葉がどこから届いたかを示す都市名、県名、郡名が出ている。これを見るとダーリの評判はずいぶん遠くまで届いていたことがよく分かる。実際、カザン、トヴェーリ、クールスク、ノヴゴロド、サラトフの各県、ウファー、イルクーツク、スタヴローポリ、ペルミ、トボリスクの各都市はおろか、アルザマスやシェンクルスク、はては聞いたこともないような小さな村にまでダーリの仕事は知られていた。

この辞典がひとりの人間の仕事だとは、どれほど大胆な想像力の持ち主でもすぐには思い描けないだろう。ダーリは辞典の仕事に取りくんだ当初から、それを「自分の」仕事、本来の事業ととらえていたので、援助を頼みはしても要求はしなかった。協力者のことは「自発的な贈り主」と呼んだ。彼らから言葉や熟語の包みが届くと、すでに知っているものの方が多かったとしても、贈りもの以上に「仲間が増えたこと」、また一人だれかが仲間になってくれたことを喜んだ。ダーリに尋ねる者はなかったが、当人は口頭でも書面でもたえず進捗状況を報告する責任があると感じていた。一番重視したのは、事業に示された実際の手助けではなく、この事業が共同のものだという認識だった。だからこそ「野にひとりいても戦えない。広野に燃えさしひとつでは消えてしまう。だが焚火を組めば暖がとれる。ひとりで何ができようか」とダーリは訴える。ひとりで焚火が組めるというのに。

貴重なのは小包ではない。それらは全部合わせても数百で、辞典に収録された言葉の十分の一にも満たないが、ダーリは人びとの心に火をつけた——これこそが何より貴重だった……。

どの一行も私を教え、得心させてくれる

地下深くから金《きん》を掘りだすことと、その金から優美な品を作りあげることは別物である——作家ダーリはロシア文学における自分の位置をこう見ていた。民衆の生活と言葉の深部から手に入れた貴重な原鉱を世間の目に触れるようにすることと、その原鉱から詩的な作品を生みだすことは別物だと。「これにふさわしい人はわたし以外にいるだろう。だれにも自分の役回りがある……」とダーリは言う。

もちろんだれにも自分の役回りはあるし、ダーリの能力が発揮されるのは、以前は読者の知らなかった、そして見聞の広いダーリが世間に見せてくれた「原鉱」においてであることはたしかだ。それにし

てもあまりに謙虚な自己評価といえよう。

同じ内容のようだが響きのまるで違うこんな反応もある。「彼は詩人ではない。話を創作する術を持たないし、創作する気もない……。書くものはすべて実際に現実から得たものそのままだ。小説家がおおいに頭を悩ませる発端や結末に頼ることなく、ロシアの地で起きたことや、目にしたことを取りあげるだけで、それがもう最高におもしろい物語になっている……」。これは他ならぬゴーゴリの言葉だ。

しかもこの先はまったく素晴らしい。「私に言わせれば、彼は物語作家を全部合わせたより力がある……。彼の書くどの一行もロシアの生活習慣と民衆の暮らしをよりよく理解させてくれ、私を教え、得心させてくれる」。

ゴーゴリが親しい知人に「ダーリに会ったら必ず、ロシア各県での農民の暮らしぶりについて話してもらうこと」を約束させたのはこのためだった。

『検察官』が出て『外套』と『死せる魂』が出た以上、これまでのようには書けない――このことは多くの作家が理解し感じていた。たとえそのなかに「もうひとりのゴーゴリ」はいなくとも（いるはずもないが）、作家たちはゴーゴリのあとに続こうとし、同時代人がダーリについて語った言葉を使えば「ロシア人にロシアを紹介」しようとし、しかもそれを「自然にあるがままに」行おうとした。これはロシア文学を代表する良質の人たちの要求であり、同時に、祖国を知りたい、曇りのない、率直で的確な、理にかなった眼で自国民を知りたいと願う多くの読者に応えるものだった。

新しい思潮は「自然派」と名づけられた。この名称には大きな意味が込められている、旧来の「不自然な」流派、つまり人工的ないわば「偽の」流派とは違うということでこう名付けられたのだとベリンスキイは指摘する。こうして、それまでは小説の主人公になることなど考えられもしなかった人物、それまでは描くことが必要だとも可能だとも見られていなかった人生を生きている人物が、急に作家の興味を引くようになり、読者も、かつては上品な文学の対象外だったものを知ることに関心を持つようになった。

ダーリはグリゴーリイという百姓のことを書く（『ペテルブルグの屋敷番』）。この百姓は都会へ出稼ぎに来て、屋敷番に雇われた。赤貧で土地もなく、村にいては現金収入が得られないが、それでも年貢を払い、自分と父親、祖父、それに生死関わりなく子どもたちの人頭税を払わなくてはならないからだ。グリゴーリイは毎晩門を開けるときに住人がつかませてくれる小銭を集め、屋敷番でもらうわずかな給料とあわせて地主に送る。

ダーリはまるで、ペテルブルグの屋敷番グリゴーリイのことなら何でも知っているみたいだ。犬小屋みたいな部屋には気の滅入るようなペチカがひとつと、片側は小さな樽を脚代わりにした長いすがひとつ。ペチカのそばには短い棚が三つあって、その上に木の椀がふたつと陶器の碗がひとつ、さじが何本か、ヴォトカのびん、小さな水差し、すりガラスの空びんと王冠模様のついた金メッキの磁器のカップがひとつずつ載っている。長いすの下には緑青の浮いた三脚のサモワールと割れたびんが二本、ペチカのなかにはキャベツスープとお粥用にふたつの鍋がある。ダーリは、グリゴーリイがエンドウ豆とすぐりを好み、クルミはかじらないことを知っている。それは小娘のすることだと。また相手に応じて、二階のもったいぶったお役人か、屋根裏部屋の住人か、いつも糊の匂いのぷんぷんする製本職人か、往来のコソ泥か、区の警察署長かで話し方を変えること、そして御者と殴りあったり、台所女中を手伝って四階まで薪を運んでやったり、ほろ酔いの住人に「酒手」をねだったりすることも知っている。
それやこれやをすべて知るにはダーリ閣下、すなわち作家カザーク・ルガンスキイは、上の階から門の通路まで九十段を下り、そこからさらに六段下りた屋敷番の部屋まで行かなくてはならない。彼のなかではいつも作家が「閣下」に勝ちを制し、九十六段を下りていく。

ペテルブルグの屋敷番と並んで、従卒や退役軍人、いろんな階層いろんな職種の職人、俗に「ソーセージ野郎」と呼ばれるドイツ商人や「ひげ親爺」と呼ばれる抜け目ないロシアの女商人が、ダーリの筆にかかって精彩を帯びる。ベリンスキイによれば、ダーリは「ウラジーミルやヤロスラーヴリ、トヴェーリの農民がなにを副業にし、どこへ行っていくら稼ぐか知っているし、ウラジーミルとトヴェーリの農民では気質や生活手段や副業がどう違うかを知っている」。

ダーリの作中人物は行動範囲も見聞も広く、経験が豊かだ。そして著者と同じように、人と知りあうことは誰の邪魔にもならず大いに役に立つという理にかなった考え方をしている。著者は工夫を凝らした筋ではなく、一見単調でつまらないと思われがちな庶民の日常生活のありふれた話で読者の関心を引きたいと予防線を張る。

量的にはかなり長い『ヴァクフ・シードロフ・チャイキン』という中編の予防線は次のようになっている。「これはありのままの情景を並べたものだが、そのなかのある情景とそれに続く数々の情景との関係が〈山と山は出会わない〉ということわざ通りのものはわずかである」。自作を評してくれたゴーゴリの言葉をダーリはまだ知らないが、自作のおもしろさと意義は発端や結末にはないこと、そして、豊かな筆力で描かれたロシア人の典型やロシアの生活習慣、つまり「ありのままの情景」こそが、出会わないはずの山を出会わせていることを確信している。

五ページおき十ページおきにその作品をめくってみても、それだけでもう、ロシアで起きている多くのことが理解でき、祖国の複雑な運命を思って著者とともにため息をつくはずだ。

……孤児は不法に農奴に登録され、農奴になった少年は悪事を働いた地主のせがれの身代わりに「合法的に」笞打たれる。青年になると不法に徴兵されて都市部へ連れていかれ、逃亡しないよう足に重い木片を結ばれる。兵隊は「法に則って」お前呼ばわりされ、直立不動で三言目ごとに「閣下殿」をはさまなくてはならない。法は「情けぶかい」ので、兵籍簿に誤記入があったという理由で除隊になるまで、書類が四年も関係各庁をたらい回しにされる。その後、青年は地主の家庭教師に雇われるが、一家は揃いも揃って「乗馬好き」で、地主の息子は御者の、娘は屋敷番の娘の背に乗ってハイドウドウとやっている。主人公はひどい困窮に耐え、ついに医科大学を卒業して郡医になる。「私は大いに人類に貢献しようと夢見ていたが、それどころか、今や種々さまざまの緊急報告をしては嘘八百で辻褄をあわせ、型どおりに書類を書き、非難や指摘や叱責には食ってかかる始末だ。ただちに実務的な措置を講ずべき焦眉の諸問題に関して私の行った重要な報告には音沙汰がなく、用紙半分にも値しない空疎なことには膨大な書類が作られ、文書が延々とやり取りされ……」(『ヴァクフ・シードロフ・チャイキン』より)

人の役に立とうとする者がどんな邪魔をされるのかについての章には「ひどい精神状態からよい精神状態まで」という皮肉な題がついている。主人公が「よい」精神状態になるのは、ひどいのは自分だけではない、わずかな例外をのぞいて、どこもかしこもひどいと思い至るときだ。

ダーリの「ありのままの情景」は山と山ではない。それらは情景を熟視する主人公と、作者の考えお

よび感情によって統一が取れている。どの「ありのままの情景」も実生活と一致し、互いに出会ってい
る……。

十五台の荷馬車で村々をまわり、通りがかりに穀粉やひき割りや燕麦を取り立てて荷ぞりに積みこむ郡の測量士の話――「酔っぱらった測量士は測量の杭をでたらめに打ち込んで、ある村では製粉所ばかりか半数の農家の土地を切り分けてしまった。だが測量士の杭は不可侵なので……またぞろ訴訟が始まり、訴訟は代々引きつがれた」。

郡の種痘医の話――この医者は村の女と子どもを集め、テーブルにナイフと包帯をずらっと並べて「メスで切開される定めの」幼い子どもたちの運命を語って深いため息をつき、一軒につき十コペイカ出すならそのまま立ち去ってもよいと言った。

将軍が軍病院を視察する話――医師は直立不動、病人はシーツにしわが寄らないように前日は一昼夜ベッドに寝かせてもらえず、「病気に関係なく身長順に」ベッドの脇に整列させられ、整列できない乳児は目障りにならぬよう宿屋なり風呂場なりに連れていかれた。

待機中の者を八千ルーブリで三年続けて兵役免除にした話――周旋屋は「機会さえあればいたるところで鼻薬をかがせ、衛生局の監督官には賄賂をじかに手渡した。検事には、この件の窓口になっていたある陪審員を通じて渡した。兵事担当官にはその部下を通じて渡し、いずれもうまくいっているようだ」。

「直近の人口調査時には生存していた死亡農奴を二百人まで買い占めた」地主の話――その先は言わずと知れたもの。研究者はこの題材がゴーゴリのものかダーリのものかで論争をしたのだった……。

「ありのままの情景」で一八三〇年代、四〇年代のロシアをロシア人に紹介したダーリは見聞の広い人

だった……。

「ダーリはロシアの人間を知り尽くしている」と書いたのは若い同時代人イワン・トゥルゲーネフだ。ゴーゴリはダーリより八歳若いが、元祖はゴーゴリで、ダーリとトゥルゲーネフがあとに続く。トゥルゲーネフは、ダーリの中短編に見られる民衆への共感、著者の観察力、確かで素早い記憶力に惹かれる。ダーリの体には「この国の民衆の特質と言葉、生活習慣がしみ込んでいる」と……。

ところでお前さん、ロストフの出じゃないのかい

ある言葉が土地によって違った意味を持つことや、ある概念が土地によって違った言葉で表されることはすでに見たが、まったく同じ言葉が土地によって異なる発音をされることもある。先に触れた「土地には土地の気風あり」ということわざには「屋敷には屋敷の話しぶりあり」という後半があり、民衆は「おれの言葉にゃおれの言い方あり」というふざけたことわざまで作りだした。

ダーリならロシアの地図を色分けできただろう、標高でも県や郡でもなく、話し方の違いで。

彼はまさにこの「話し方」を、正しくはロシア語の「土地言葉《ゴーヴォル》」を研究する。そのためには格別鋭い耳がいる。それがなければ、やっと判るかどうかの発音の違いをとらえて聞きわけ、心に留められるはずがない。

……ヴォログダ州のチェレポヴェツでは銅貨のことを「メードヌィエ・ヂェーニギ」と言わず「メーンヌィエ・ゼーニギ」と言い、「シトー（何）」は「ショー」と言う。また「イェ」は「イ」に変わるの

で、「ハチュー・イェスチ（食べたい）」は「ハチュー・イスチ」になる。「この郡はシェクスナー川でふたつに分かれる。丘陵地側の住民のほうが勢いがあって目立ち、話し方も明瞭だ。森と沼の側の住民は生気がなくて目立たず、言葉を歪めている度合いが大きい」と、ダーリはつけ加える。

ヴォロチョクでは、「ムィ　ズナーエム（私たちは知っている）」は「ムイ　ズナーエマ」、「ムイ　ヂェーラエム（私たちは行う）」は「ムイ　ヂェーラエマ」になるし、「プリネシー（持ってこい）」は「プリネサイ」、「ウネシー（持っていけ）」は「ウネサイ」になる。

「ロシア語の土地言葉《ナレーチエ》について」という詳細この上ないダーリの論文がある。（現在ではナレーチエは、土地言葉を意味するゴーヴォルと違って、広い範囲にわたるものとされるが、ダーリによればゴーヴォルは「地域で語られる土地言葉《ナレーチエ》」でもあり、おおむね「発音」のことでもあった。）

ダーリは「高位の」話し方と「低位の」話し方をもとにして土地言葉を分類する。砕いて言えば、「アーカニエ（アクセントのないｏをａと発音すること）」と「オーカニエ（アクセントのないｏもｏと発音すること）」だ。

モスクワでは「アーカニエ」つまりａの音を好むが、モスクワから東へ行くと「オーカニエ」が始まる。そこで「良い」を意味する副詞は、モスクワでは「ハラショー」だが、東へ行くと「ホロショー」になり、「話す」を意味する動詞はモスクワでは「ガヴァリーチ」だが、東へ行くと「ゴヴォリーチ」になる。さらに、東へ行くと言葉に余計なｏも差しはさまれるので、「ヴラジーミル」は「ヴォロジーミル」になる。

モスクワから西へ行くと「アーカニエ」が強まり、「ポベグー（走る）」は「パビャグー」、「ペトゥフ

（オンドリ）」は「ピャトゥフ」になる。

北へ行くとノヴゴロドの話し方が定着しており、東部のものに近いが独自の特徴があるし、南へ行くとリャザンの話し方が広まっていて、西部のように「アーカニエ」が見られる。

これはひとつの分類にすぎない。「高位」と「低位」で分けるのはもっとも一般的でシンプルな分け方だ。観察力のある人は、まだまだロシア人の発音の膨大な特色、くせ、調子などを聴きわける。あるところでは「ツェ」の音が勝ち、「チャイ（茶）」は「ツァイ」になる。別のところでは逆に「チェー」の音が勝ち、「クーリッツァ（雌鶏）」は「クーリッチャ」になる。

こういった違いは何十、何百とある。オリョールとスモレンスクではどのように話し、ヴャトカとノヴゴロドではどのように話すか、ボロフスクとヴァルイキ、ボグチャールとエラーチマではどうか、ダーリは知っている。この大ロシア全域のどこにどんな言葉があって、どんなふうに発音されるかを知っているのだ。本物の音楽家がオーケストラのなかにそれぞれの楽器の音色を聴きわけ、演奏の微細なニュアンスをとらえるように、ダーリは生きたロシア語を聴いている。

各地の出身者の言葉を聴きわけるダーリの能力について、当時の証言がある。

あるときダーリが友人たちと公園を散策していると、大工がそこであずまやを建てていた。板を肩に担いだ男が、ダーリたちのそばを通ったとき足をすべらせて転びそうになった。ダーリはとっさにその男を支え、「大丈夫ですか」と声をかけた。

「大丈夫……」。相手は、なにやらつぶやきながら答えた。

ダーリはその男の後ろ姿を目で追いながら「ノヴゴロド出身だ」ときっぱり言った。

「どうして判ったんだい」

「言葉だよ」

友人たちはあっけに取られた。

「そんな、あり得ないよ。二言しか口にしなかったのに……」

「なにを賭けてもいい」とダーリ。「もっと言えばノヴゴロド県の北部出身だ」

「しかし、あの男が口にできたのは『大丈夫。すべるなあ《スコーリスコ》』だけだったぜ」

「それは違う。あの人は『大丈夫。すべるなあ《スクレースコ》』と言ったんだ」。ダーリは相手の言葉を訂正し、大工に向かって叫んだ。

「おおい、兄さんはどこの出かね」

返ってきた答えは「ノヴゴロドでさあ」だった。

ダーリ自身が語ったこんな話もある。

「坊さんがふたり、教会建立の寄付集めにきたので、ふたりを座らせてあれこれ尋ねだしたんだが、若い方がヴォログダの者だと言ったその第一声から驚いてね。もう一度『で、あなたはそこに長いんですか』と訊くと、『長いですとも、ずうっとあすこです』『ご出身はいったいどこなんです』『あすこ《タモーヂイ》の生れですよ』。相手は身をかがめ、蚊の鳴くような声でもごもご言った。この男が「タモーシニイ」と言わずに「タモーヂイ」と言ったとたん、こっちは笑って男に訊いたんだ。『お坊さん、ヤロスラヴリ州じゃあないんですか』。相手は赤くなり青くなり、度を失って仲間と目を見交わすと、『いえ、あなた』とへどもどして答えた。この発音はまぎれもなくロストフのものだったから、大笑いして『おお、しかもロストフだ』と言うと、こっちが発音の特徴を真似る前にもう、ヴォログダの男は『警察に突きださんでくれ』と哀願する始末。袈裟の下に隠れていたのは、それらしい顔をしたふたりの浮浪者だったというわけさ……」

あと九十年勤めることになるニジニ・ノヴゴロドで、ダーリは役人たちに、県内に出張するときには新しい言葉を書きとめ、その発音の特徴を書き記してもらいたいと頼む。あるとき、ルコヤーノフ郡からもたらされたいくつかのメモに目を通していたダーリは、「おや、これはベロロシア人の話し方じゃないか。文書保管庫を探してみてくれたまえ」と役人たちに言った。

驚いたことに、探してみるとあったのだ。アレクセイ・ミハーイロヴィチ帝の時代にまさにこの土地にベロロシア人が移住していた。

「ヴォールスマとパーヴロヴォ村では話し方が違うから、耳を研ぎすませば、それぞれの土地の出身者は容易に見分けがつく」とダーリは書いている。

「ロシア語の土地言葉について」という論文をダーリは『詳解辞典』の最初の巻に置く。もちろん必然性があってのことだ。彼にすれば、読者が単に言葉を知るだけでは不足だし、言葉を映像のようにイメージできてもまだ足りない。耳を研ぎすまして、発音された土地に即して言葉を聴くための手助けもしたかったのである。

散文の〈害〉について

ダーリほど多くの言葉を集めた者は他にいない。科学アカデミーが総力を挙げて編纂し、一八四七年に刊行された『教会スラヴ語・ロシア語辞典』でも収録語数は十一万四七四九語で、のちに編纂されるダーリの『詳解辞典』の半分である。

文部大臣はダーリに対して、集めた言葉をアカデミーに売却しないかと持ちかける。アカデミーの辞典に収録されなかった言葉一語につき十五コペイカ、そして語釈の補足と訂正に対しては一件につき七コペイカ半でどうだと。

ダーリは「集めた言葉をすべて、このわたしを含めて提供いたします。微禄でみなさんとともに辞典の仕事をいたしましょう」と答えたが、先方は同意しない。一語につき十五コペイカで取引する方がよいと考えたのだ。

腹を立てたダーリは未収録の言葉を千と補足を千、科学アカデミーに送りつけ、封筒に「最初の千」と書いた。するとアカデミーからあわてて、このような追加はたくさんあるのかと問いあわせてきた。数えてみると、「А《アー》」が五百語、「Б《ベー》」が二千語、「В《ヴェー》」が四千五百、「Д《デー》」が三千三百、「З《ゼー》」が七千二百三十、「Н《エヌ》」が九千二百八十、これだけでも何万かになった。

「商談は最初の千で流れた」と、ダーリは冷笑まじりに語る。じつに恥ずかしい領収書が文書館に残っている。アカデミーからダーリに銀貨で一五七ルーブリが支払われているが、「以後送付を控えるよう」という文言が添えられていた。

ちょうどこのころ、一語が十五コペイカよりはるかに高いものにつくことを痛感させられる出来事があった。

一八四八年の秋、ある雑誌にダーリの短編『女占い師』が掲載された。さすらいの女占い師が信じやすい百姓娘からまんまと巻きあげる話で、他愛ない話のようだが、そのなかの一語が、出版を徹底的に監視する委員会の疑惑を招いたのだ。先ごろ皇帝の指図で設置されたその委員会の監視の度合いは、もともと厳しかった検閲さえゆるいと思わせるほどだった。

問題にされたのは「上層部に届け出があり、当然、それにて本件は落着した」という一文だった。

この「当然」はどういう意味なんだ！

あちら側、上層部の委員会にも言葉の解釈に関する大家がいる。

「当然」とは「もちろん、明らかに、自明のこととして」という意味だ。「上層部に届け出があり、当然、それにて本件は落着した……」。これではまるで、上層部がなにもしないことが常態だと言わんばかりの当てこすりではないか。上層部に届け出ても、当然、どんな方策も講じないだと！

こうしてまた『最初の五話』にまつわる「裁判」が持ちあがった十五年前と同じように、ダーリの危険思想を記した文書が皇帝の机に置かれる。ダーリはもう、あのころの無名の医者風情ではなく、官位も相当で肩書もあり、作家としても名が売れている。いや、そのほうがまずい。皇帝は報告書に腹を立て、「ダーリを厳重戒告処分にすべし。かかることは誰に限らず許すべからざることなれど、地位も肩書もある人物にはなおのこと許しがたし」と決裁する。

内務大臣はあわててダーリを呼びつけ、「職務上の文書以外に君がなにかしら書きたがること」を長々と非難したあげく、「書くなら辞職する、勤めるなら書かない」の二者択一をダーリに迫ったと、友人たちは証言している。

選択は端《はな》から決まっていた。文筆で生きるとはどういうことか、わずか八ページの短編に出てきた「当然」の一語をめぐる本件が十分すぎるほどそれを裏づけているではないか。手元不如意になると原稿料を催促して「我家では食卓につく者が十一人いるのです」と書くほどだから勤めないわけにはいかない。年金をもらえる日まで宮仕えに耐えるべく、勤務地を首都から少し離して頂けないかと願いでる。ちょうどそのころ、ニジニ・ノヴゴロドで帝室御料地の管理局長のポストに空きができた。

「不確かな時代だ、制帽《つとめぐち》を大事にしろ」とは、このころのダーリの口ぐせだった。一八四八年という年、ヨーロッパ諸国は革命の炎に包まれ、皇帝陛下は「自国に対して一分の隙もない注意」を払うよう呼びかけていた。

……がらんとなった部屋の窓に風が吹きこんでは、床に落ちた紙くずやひもを舞いあげる。荷づくりは終わり、階下には馬そりが待っている。荷運び人夫らはひいひい言いながら、重い包みや箱を九十段の高さから下ろしていく。

ピロゴーフが、部屋のなかほどの簡素な床几に腰かけて安ものの葉巻を吸っている。コーカサスの戦場から戻ると取るものも取りあえず、戦地で初めて麻酔を試したことを大臣に報告したが、感謝どころか、報告の際に着るべき制服ではなかったというので大目玉を食らったらしい。

その顔は不健康そうな土気色《つちけいろ》で、額にも目のまわりにも深いしわが刻まれていた。疲労の色が濃い。仕事疲れならよかったろうに、偉大な外科医は、なにをするにも赦しがたいまでの無関心と横領、そして厚顔無恥を相手に闘わねばならず、その援助を求めている病人から遠ざけられ、当局の処分に苦しめられ、金次第の新聞で毒づかれていた。

ダーリは友を抱きしめる。

「この国でよいことをするには豪勇がいる。これはゴーゴリの言葉だ。我慢ならなくなったら来いよ、待っているから」

ピロゴーフは急に立ちあがり、最後まで吸わずに消してしまった葉巻をポケットに突っこんだ。

「ひまがないよ、ひまが。コレラなんだ。死体が何百もある。またとない観察がどっさりできる。寿命があったら、コレラについての本を仕上げて送るよ」

恐ろしい病気は収まりかけたり、また勢いを増したりして、ロシアに長く居すわっていた。

道中、ダーリをのせた馬車は黒い葬式馬車を何度も追いこした。最初の宿駅では幌馬車に出会った。憲兵が囚人を流刑地へ引きたてていくところだった。興味をそそられて理由を訊くと、憲兵は威勢よく答えた。

「正確なことは申し上げられませんが、どうもコレラの件でまずいことを言ったようです……」

「不確かな時代だ、制帽を大事にしろ……。もう、状況が変わるまで書いたものを発表したりするものか」とダーリは友人宛に書く。一、二年経つと気がゆるんでまた発表するようになるが、目下は「手元に短い話が百はあるが朽ちるにまかせるさ。安眠したいから、そそのかさないでくれ……。不確かな時代だ、勤め口を手放すなということだ」

これに先立つこと八年、ペテルブルグに着いてまもないころ、ダーリは首都に息苦しさを感じて、ここから少し離れたところ、ヴォルガ地方かウクライナか、それともせめてモスクワに暮らしたいものだと夢想していた。ウクライナに生まれた彼は最後の日をモスクワで迎える。

一八四九年の夏、ダーリはヴォルガ地方へ出発した。

第七章　ことわざは言い得て妙

定期市

ヴォルガの波とオカの波とが合わさる処
我らの忠義なミーニン*が産湯を使いし処
ニジニ・ノヴゴロドが花開き　来る年も来る年も
津々浦々より集まりくる客待つ処
生活が沸きかえり　商売繁盛する処……

＊クジマー・ミーニン（一五七〇？－一六一六）ポーランドの支配下にあったモスクワを解放し、英雄と讃えられる。

そう、我われはダーリとともにかの有名なニジニ・ノヴゴロドの定期市に、立錐《りっすい》の余地もない群衆の熱気のさなかにいる。ここではだれもが自分の用向きの方へ動き、ぶつかりあったり、追いこしたり、引きとめたり、だれかの前を横切ったり、ぐるぐる回っておかしなところへ出たり、元のところへ戻ってきたりしている。農民の分厚い外套、男物の半外套、軍服、粗《あら》ラシャの上着《カフタン》、サラファン、マント、派手なショール、プラトーク、制帽、山高帽、上部の丸い船曳帽、へりをぐいと折りまげた扁平な御者帽、そして道化師の赤いとんがり帽子が、回転木馬のように混じりあい、せわしなく動きまわっている。胸に弾薬筒の並んだチェルケス人の黒い袖なしの上着、コーカサス人の高い帽子、カザンのタタール人のゆったりした絹の長衣と金色の民族帽、ロマの黄色いシャツ、巨大なネギ坊主のような東洋の商人のターバンが行きかう。いろんな言語の叫び声が混じりあうなかで商いがなされ、助言が請われ、喧嘩があり、論争があり、それが同時なのだ。商人は売り物をほめちぎる。抜け目のない手代は、歯の浮くようなお世辞を口にしながら、棚にそって駆けずりまわる。腫れぼったい目をした店主の息子たちがそれを手伝い、店の入り口で控えめに客引きをしている。威勢のいい売り子は「蜜湯だよっ！　熱々だよっ！」と声を張りあげる。そのとなりではピローグの売り子が「さあさ、寄ってらっしゃい。お味はなんとフランス並み、ガチョウの肉は舶来で羊の肉はすそもので、粉は上等博覧会」と怪しげな口上で通行人の足を止めている。「刈って剃《あた》って、ちょいとヒゲを整えりゃ、男前の一丁上がり！」と言いながら、流しの床屋が三コペイカで手早くひげを剃り散髪してくれる。ロマの女たちが通行人の腕をつかんで「占ってやるよ」とドスの効いた声で言う。広場を見おろすように張りだした荒削りのバルコニーには、派手なつぎ当てのある刺繍のシャツを着た覗きからくり師がいるし、黄色地に黒い格子縞のメリヤスを着た曲芸師や、ピンクのチュチュ姿の踊り子がいる。大きな音で延々と金色のトランペットを吹く者、鳴子をガチャガチャいわせる者、胴に赤と黄色の三角形を描きなぐった太鼓を打つ者、キラキラ光る銅のシンバルを叩く者がいて、「さあさあ、急いだ、急いだ！　こいつを見逃す手はないよ！」という呼びこみの声がする……。

交易所の石造りの建物のなかでは二千五百の小店が商いをしており、その周囲には急ごしらえの木造の建物がさらに何千もひしめきあっている。小店、屋台、倉庫、納屋。「鉄市場」では、四百万プード（約六万五千トン）ものウラル産の鉄が売られ、「穀物波止場」では六十万チェトヴェルチ（約一・二五億リットル）の穀物が荷降ろしされ、砂洲からは艀に積んだ魚の匂いがぷんぷんし、「シベリア波止場」の近くでは積みあげた茶箱が壁のように軒下にそびえている。お茶は高級品で、はるかキャフタからペルミまで馬車で運ばれ、ペルミからは船でカマ河、ヴォルガ河を運ばれてくる。売り手はいろんな等級の沸かしたてのお茶をテーブルに並べ、買い手の方はテーブル沿いに味見をしては、その都度、風味が分かるように冷水で口をすすぐ。ペルシア人とブハラ人は物静かで目ざとく、コーカサス人は血の気が多くて騒々しい。東部から定期市に届くのは上等の巻毛羊皮にシェマハの絹服、コーヒーにシナモン、インディゴ染料と茜、そして高価な白檀《びゃくだん》だ。その周囲にはロシアのキツネやビーバーやテンの毛皮、ピンからキリまでの亜麻布、帽子、靴下、フェルト靴、ミトン手袋（ボゴローツコエ村産のミトン手袋は革製で、一気に五十万組も市へ運ばれてくる）、それにウラジーミル、シムビルスク、カザン、ヴャトカ、コストロマーの各県産の皮革がある。もちろんニジニ・ノヴゴロド産もある。ほぐした菩提樹の靭皮《じんぴ》が山と積まれ陽光を浴びて金色にきらめいているところは、教会の丸屋根をそのまま地面に置いたかのようだ。馬の毛は黒い流れのように見え、たてがみは重さで、尾はひと束単位で売られている。新しい荷馬車が轅《ながえ》をびっしり空に突きたて、タールの匂いをぷんぷんさせている。長持ちはシベリア製にパーヴロフスク製、素朴なものあり金具貼りあり、単色のも黒いのもあれば極彩色のもありで、ちょうど町なかに家が並んで通りや小路ができていくようにずらっと列をなしている。なにしろ二十万個も運ばれてくるのだ。一番人気はマカーリエフスク製で、大小六つの長持ちが入れ子式に納まるようになっている……。

定期市を当地の役人ウラジーミル・ダーリが歩いていく。彼がここに来るのは売り買いのためではない。まあ、黒い中国茶をひとかたまり買ってポケットにしまい、娘たちへの土産にモスリンのネッカチーフとトルコ石の指輪を物色し、行商人のそばで足を止めて自分用に樹皮版画の一、二枚を目利きの目で選びだすくらいのことはするだろうが。

七十万平方サージェン（約三二〇ヘクタール）の敷地で繰りひろげられるいろんな土地の人と言葉の混じりあい、果てしない会話、論争、喚声、罵声、呼び声、地口、前口上、小話、めまぐるしく動く品物に衣類に色彩——激しく沸きたつ七十万平方サージェンの賑わいは、突然活気づいたダーリの辞典さながらだ。ただ、立ち並ぶ店のなかに溶けてしまった群衆のざわめきをいったんほぐして、シムビルスク、ウラジーミル、コストロマーなどの言葉に分け、なじみのある名称の別な言い方をとらえ、そうすることで物自体が思いがけない姿を見せるようにしなくてはならない。「ことわざは市では買えぬ」ということわざがあるが、会話にうまく挟まれたことわざに耳をすまし、記憶しなくてはならない。「ことわざは言い得て妙」という。居酒屋で商売のまとまりそうなところに居あわせ、商人がどんなふうに取引をするのか、どうごまかすのか、売り手と買い手が相手をごまかすチャンスをどんなふうに狙っているのかに耳をすまさなくてはならず、番台の売り手の決まり文句や小店の主人の威勢のいい呼び声もとらえなくてはならない。そして赤い垂れ幕がひらりと舞いあがったら板づくりの見世物小屋をのぞいて、覗きからくり師の小話を楽しまなくては。子牛皮の風笛をもって敷地内を歩きまわり、鳥という鳥の鳴きまねをしたり、ひとり三役でしゃべったりして人びとを楽しませている旅芸人にも目を留めて、この男が道化帽に集めた小銭で家族を養い、「金は税に、パンは腹に」行くことも知らなくてはならない。……定期市はひと月以上にぎやかに続き、商いが行われる。ダーリは定期市を歩きまわる。夕方になると家に戻って、ポケットからお茶の四角い塊やモスリンのネッカチーフやトルコ石の指輪を取りだす。そしてここが肝腎だが、毎晩かけがえのない獲物を、選びさえすれば定期市でただで手に入る唯一のものをもち帰って整理し、たくわえる。ことわざはどれも二度、細い紙の帯に書き写す。同じことわざが、ひとつは語釈の例として辞典に入り、もうひとつはことわざ専用のノートに入るのだ（ダーリのふたつの仕事がオカ河とヴォルガ河のように合流する）。そんなノートもう百八十冊になった。これをどうにかしなくては……。

どうすべきかをダーリは知っていたし、ダーリがどうするかを私たちは知っている。『ロシア俚諺《りげん》集』という労作が残されているから。

民衆の知恵の集大成

一

「ことわざの収集——それは民衆の豊かな経験から生まれた知恵の集大成であり、健全な知性の精華であり、民衆の生活の真実である」と書くダーリは、民衆の創作物や創作の才以上に、創作の才に恵まれた民衆そのものに惹かれていた。ことわざを集めて研究することは、「民衆の精神的かつ倫理的特質について、日常生活での相互関係について総括すること」に等しい。

二

それまでにもことわざは収集されていた。ダーリ以前に世に出た最も浩瀚《こうかん》な俚諺集には一万強が入っている。だがそのうちの三千五百はダーリの目には真に民衆のものと映らなかったので採用しなかった。そもそも本から取ったものはわずかで、大半のことわざは「耳で聞いて」集めたものであり、ダーリの富の主な源泉は民衆の会話だった。

「ことわざや慣用句を流通貨幣と考えると、手に入れたければ当然、それらが流通している場に出向かなくてはならない。会話のなかでとらえることのできたものはすべて書きとめながら、わたしは何十年も堅くそう信じてきた」とダーリは語る。ことわざを集めて歩くのは「きのこ狩り」をするのと同じで、ダーリの収集方法も、方法に対するゆるぎない信念も、この言葉の文字通りのニュアンスで少し明らかになる。

箱馬車を連ねてきのこ狩りには行かない——ことわざを集めに民衆のなかへ入っていくのは、きのこを集めに森へ入っていくようなものだ。夜明けから日暮れまで疲れ知らずに歩きまわって自分の足で距離を測り、苦労して藪をこぎ、小山をのぼって谷に下り、怠けずにたえずかがんで地面を見なくてはならない。「地べたまでかがまないと、きのこは取れない」し、「どんなきのこも手には取れるが、籠には選んで入れるべし」というように、耳にした表現はどれも、よく考えて質を見きわめ、ふさわしい場所に収めなくてはならない。

ダーリは彼の「きのこ狩り」で無駄足を踏まなかった。何十年も「地べたまでかがんだ」が無駄はなかった。集めたことわざは三万以上、正確には三万百三十を数える。

三

それまでの俚諺集はアルファベット順の配列が一般的だった。

しかし、アルファベット順に並んだ三万のことわざは三万のことわざでしかなく、多いようでも少ない。興味をもって読み、満足を覚え、それらの的確さと表現法、知恵と鋭さに感嘆することはできても、それはやはり、ことわざの無秩序な集まりにすぎない。

そんなものを読めば「最初のページで頭のなかは粉々になり疲れはてる」とダーリは言う。第一、民衆が人生のさまざまな側面やものごとについて、どう感じたり言ったりしているか、どんな目で見ているか、見えも聞こえもしないではないか。ダーリの『俚諺集』では、「意味上切りはなせないことわざが離れたところにある一方で、ばらばらな意味のことわざが続けて並ぶ」アルファベット順ではなく、意味内容で並んでいる。細い紙帯を貼りつけた百七十九冊のノートはすなわち百七十九の部門であり、ことわざは部門に分類されている。いくつか挙げてみよう。

生／死
喜び／悲しみ
富／貧しさ
真実／嘘
仕事／無為
知恵／愚かさ
自由／束縛
農事
言語／話すこと
民衆／世の中

など、このほかにまだ百六十九部門ある。

ことわざをアルファベット順に並べることは「どんな書記風情にもできる」とダーリは笑うものの、自分が採用した「部門別の並べ方」も文句なしと言えないことは承知している。ひとつのことわざが複数の部門に入り得るので、時には幾つもの部門に同じことわざが出てくるからだ。しかしこれは瑣事で、ダーリは重要なことをなしとげた。この仕事のおかげで、民衆の日常生活全般が物質面でも精神面でも明らかになったのだから。

四

ダーリの仕事の本質がもっとよく理解できるように、『俚諺集』のなかから二十のことわざを書きだしてみよう。まずはそれをアルファベット順に並べる。

金はあっても頭は空っぽ
片方の肩では仕事は辛い、両肩で担えば楽になる
赤松の生えるところでこそ、赤松は美しい
友は探せ、見つかったら大事にせよ
キノコ入りのピローグは食うがよい、だが舌は歯の奥にしまっておけ
財布を惜しむと友はもてぬ
異郷で宴会があっても他所事だが、祖国で起きることは悲しくともわが事
富はよそで探せ、わが家は昔のままに愛せ
畑は脱穀したキビによって、会話は知恵によって美し《うるわ》
白皙《はくせき》ながら脳みそはちょっぴり
気がかりなのは仕事が多いことではない、仕事のないことだ
カッコウが鳴いている、自分の巣がないと
友と飲めば、水も蜜より甘い

口は門ならず、くさびでは閉じられぬ
ひとりの旧友はふたりの新しい友に優る
忍耐と勤勉がすべてをぬぐい去る
賢者は学ぶことを、愚者は教えることを好む
他人に尽くしたことは、自分の手にも入る
毛皮のコートは父親のを着ていても、知恵は息子の自前
言葉はあわてるな、仕事は怠けるな

この二十のことわざはどれも素晴らしく、知恵に満ちていて鋭いが、アルファベット順に並んでいるのでまだばらばらなまま、民衆の会話を「耳にして」とらえた、的確で表現力のある二十のことわざのままだ。

今度は、同じそのことわざをダーリ式に、内容が共通なもの、大きな意味でつながっているもので部門ごとに分けてみよう。

【祖国／異郷】

赤松の生えるところでこそ、赤松は美しい
富はよそで探せ、わが家は昔のままに愛せ
異郷で宴会があっても他所事だが、祖国で起きることは悲しくともわが事

カッコウが鳴いている、自分の巣がないと

【仕事／無為】

気がかりなのは仕事が多いことではない、仕事のないことだ
忍耐と勤勉がすべてをぬぐい去る
片方の肩では仕事は辛い、両肩で担えば楽になる
他人に尽くしたことは、自分の手にも入る

【知恵／愚かさ】

賢者は学ぶことを、愚者は教えることを好む
毛皮のコートは父親のを着ていても、知恵は息子の自前
白皙ながら脳みそはちょっぴり
金はあっても頭は空っぽ

【友／敵】

友は探せ、見つかったら大事にせよ
財布を惜しむと友はもてぬ
ひとりの旧友はふたりの新しい友に優る

友と飲めば、水も蜜より甘い

【言葉／話すこと】

言葉はあわてるな、仕事は怠けるな

畑は脱穀したキビによって、会話は知恵によって美し

口は門ならず、くさびでは閉じられぬ

キノコ入りのピローグは食うがよい、だが舌は歯の奥にしまっておけ

……ところがダーリのそれは、どの部門にも四つどころか、何十、何百のことわざが入っている。生活のいろんな側面についてのことわざを二百なり三百なり順に読んでいくと、民衆の考え方が深く理解でき、的を射た言葉の厚い層を透かして、歳月のなかで沈澱して澄みきった砂金のような民衆の叡智が見えてくる。

五

ダーリの『俚諺集』にあることわざは矛盾していることが多い。民衆はしばしばひとつの事柄を異なる視点から見るものであり、そのこと自体を表すことわざがある。「裸体は異様だが、毛が生えたらますます異様だ」。

民衆は皇帝を信じて「皇帝がいないとこの国《ゼムリャー》は寡婦のようだ」というが、それでも「皇帝が親父なら大地《ゼムリャー》はお袋」だと言い、経験は「空は高く、皇帝は遠い」とか「皇帝は柵の向こうで姿が見えぬ」とささやく。

神を信じて「神様のお気に召すことが役に立つことだ」というが、それでも「神様は聞こえてもすぐには言ってくれない」といい、経験は「神様を当てにしろ、だが自分でも気をつけろ」とささやく。

真実を信じて「金《かね》にあかせて真実を覆っても、ぬかるみに押しこんでも、真実はやっぱり顕れる」というが、それでも「お前の真実があり、おれの真実もあるとなりゃ、真実はどこにあるんだ」という。そしてここでも、経験は「真実を言っても誰も喜ばない」とか「真実はわらじばきだが、嘘は歪んでいても長靴ばき」とささやく。

「民衆の会話のどこでどんな冒瀆に出くわそうが、冒瀆はわたしを怖がらせはしない。わたしがことわざを集めて読むのは娯楽のためだけではなく、教訓としてでもなく、学ぶため考察するためなのだから、わたしはすべてをありのままに知りたい」とダーリは語る。

六

すべてをありのままに、だ。口当たりよくするとか、もっと手っ取り早く隠してしまうことなど考えもしない。民衆から得たものすべて、自分が手にしているものすべてを、他人《ひと》の顔色をうかがわず、ダーリは労作にこめて民衆に引きわたす。本からは次のような慣用表現がありのままの姿でつむじ風のように目に飛びこんでくる。曰く「皇帝はなでるが貴族は引っかく」「坊主と泥棒はいつも巻きあげる」「神よ、願わくは我をして他人の家に忍びこませ、ごっそり盗ませ、無事に逃がさせたまえ」「旦那は旦那の味方、百姓は百姓の味方」「ライ麦は山に積んでから、地主は棺に納まってから褒めよ」「自由は偉大だが牢獄は頑丈」。さらに「辛抱の緒が切れると、馬はやむなく引き革をちぎる」「地ビールは堪《こら》えに堪えるが、縁《ふち》を超えたら止められぬ」。

ことわざになったような鋭く賢い言葉を口にしたのはロシアの農民だ。彼らは神を信じ、神に劣らず皇帝を信じて望みをかけ、何世紀にもわたって地主に服従し、奴隷状態にも圧迫にも人権蹂躙にもじっと耐えてきた。しかしまさにこの人たち、ことわざの無名の作者たちが「善いことも起きるが公平にではない」こと、辛抱にも終わりが来たこと、地ビールが縁を超えたことを日々実感していた。村で、郡で、県で、蜂起した農民はステンカ・ラージン（一六三〇‐七一、ドン‐コサックの長）に、プガチョーフに忠誠を誓っては地主屋敷を焼いた。都市がいくつも農民軍に降伏し、賄賂役人は恐怖におののき、金を巻きあげる坊主は自宅の倉庫のふくらんだ袋のあいだに身を潜めた。そんななかで「坊主の腹は羊皮七頭分を縫いあわせてある」のような新しいことわざが生まれていた。

ダーリは『俚諺集』が自分にとって「かなり危険な」ことを正確に予見しながら、しかもどれひとつとして削ろうとはしない。驚くべき人だ。「冒瀆」はダーリを怖がらせはしない。これは見解、信念の問題だ。ダーリはことわざを利用して民衆をでっちあげるのではなく、矛盾することも多いさまざまなことわざのなかに民衆の本質が表れていることを示そうとする。

七

「聖物を嘲笑すること」と説明される冒瀆についてダーリが見逃さないのには理由がある。「不確かな時代だ、制帽《つとめぐち》を大事にしろ」と言い、「昔書いたものは朽ちるにまかせるさ。安眠したいからそのかさないでくれ」と言うくらいだから、用心のために反政府的なことわざの書かれた紙帯を百か二百、その手で手帳から引きちぎることもできたろうに。しかし彼は、自分の書いた小説が朽ちるのは平気だが、民衆から集めたことわざはひとつたりとも手帳から取り去る権限がないと考える。自分にそんな権限はないし、良心からも信条からもそんなことはできないと。驚くべき人だ。こうして『ロシア俚諺集』はどうにか脱稿し、印刷に回された。その数三万と百三十。

「ことわざには裁判も制裁もきかない。ことわざは裁き得ぬ」。これもことわざであり、何世紀もの〈時の審査〉を経た民衆の叡智である。

ことわざの〈害〉について

原稿が仕上がってからほぼ十年後、ダーリは「旅支度」を「この『俚諺集』の刊行される日は来るのか、来ないのか」という言葉で始める。本の運命は決まり、しかも良い方に決まって印刷が許可され、印刷に回され、刷りあがったと言ってもいいときに、さかのぼることほぼ十年の一八五三年、絶望と落胆の日々に筆からほとばしった一行を「今なお残しておこう」とするのだ。「この『俚諺集』の刊行される日は来るのか、来ないのか」というかつての痛ましいまでの不安を、最初のページに永久に留めておこうと……。

三十五年の歳月と勤労を捧げた仕事が世に出て残るまでの辛く起伏の激しかった闘いを、生き抜いてきた人生から除くことはできない。無事収まったとはいえ、心はひりひりしている……。

ひりひりしないはずがない。ていねいに清書され、印刷用に準備されたダーリの原稿は、科学アカデミーから検閲局へ、検閲局から出版物監視秘密委員会へと回された。そのいたるところで、役所と教会の面々が赤鉛筆で原稿に不愉快な下線を引き、印をつけ、抹消し、余白に太字で✓印をつけて書き込みへの賛意を示し、ダーリが記した慣用表現を細大もらさず熟読し、不可、不許可、印刷無用、絶対不可と書いた。そして、「ロシア正教会、国家、支配層全般、法曹界、貴族階級、兵士、農民及び屋敷勤めの者に対して批判的なことわざと慣用句は無益なばかりか、きわめて有害である」（傍点著者）と決めつけた。

ダーリが出版したいのは民衆の知恵と魂と経験を民衆の言葉で示してくれる本だ。ところが返ってきた答えは「民衆の創造した」ことわざが「我が国の民衆には危険だ」というものだった。ダーリの『俚諺集』の敵は、民衆が何世紀にもわたる思考と心情を傾けてたどりついたものから民衆を遠ざけようとする。

「上流社会は原稿にあることわざを受けいれようとしない。なじみのない情景だし、言葉も違うからだ。しかし自分たちのことわざは作っていない」とダーリは「旅支度」に書く。注目したいのは、『俚諺集』の敵がダーリを攻撃する機会を虎視眈々《こしたんたん》とうかがい、さも民衆を案じているようなふりをしながら常に民衆を叩いていることだ。彼らは「民衆は愚かで下らないことばかり口にする」と見下すように横柄にぼやき、「ダーリは民衆の愚かさの集成を本にしろとねだってくる」と怒りをあらわにする。

一方、ダーリはそれを民衆の叡智だと考えている……。

三万のことわざを民衆から借りたまま、長いこと民衆に返させてもらえなかった。

『ロシア俚諺集』がやっと世に出たのは一八六〇年代初頭で、標題扉の題名の下には、敵への非難のごとく面当てのごとく、「ことわざは裁き得ぬ」と記されている。

百姓たちの「些細なこと」

ダーリはニジニ・ノヴゴロドで勤めから解放されて文学活動と学術研究に専念できたようだと書かれることもあれば、ここでも勤めに時間を取られすぎて、論文にも文学活動にも全力投球できなかったらしいと書かれることもある。しかし、常人には理解できないやり方で二十四時間をやりくりして、ことわざも辞典も学術論文も文学活動も、そして勤めもやってのけるのがダーリという人だ。しかもその勤めぶりときたら。「わたしが足に引きずっているぬかるみは首都の役人には想像もつかないだろう。しかし不平は禁物、昼も夜も、最後のひと息まで闘わなくては」と、彼はペテルブルグの知人に書いている。

……イワン・エゴーロフという農民がニージニイの市場で馬とそりを盗まれた。あちこち見たが見あたらないので、イワンは探しにかかった。「馬っこを見なかったかね。あし毛で、額《でこ》んとこに白い星のある……」。だが、だれも知らない。イワンが、これこれで馬が盗まれたと裁判に訴えると、裁判官は尋ねた。

「で、お前の身分証明書はどこだ」

「裁判官さま、なんのために証明書がいるんで？　証明書は村にある。わしは市場から来たんです。わしの馬っこを、裁判官さま、あし毛で、額《でこ》んとこに白い星のある……」

あたりを見る間もなくイワンは縛られて椅子に座らされ、書記官が大声で「身分証明書不所持の浮浪者に鉄の焼きごてを押し懲罰部隊に入れること」と判決文を読みあげた。

酔っぱらった金持ちがおべっか使いを引きつれて、貧しくて身寄りのない未成年の農民、ワシーリイのところへ姿を見せ、不当にもワシーリイに窃盗の濡れ衣を着せたうえ、笞打って半殺しの目にあわせた。それから怖くなって当局に袖の下を届けると、当局は事態を善処しワシーリイを窃盗のかどで兵役に処した。

イワンを救いだし、冤罪になった気の毒なワシーリイを助けなくてはならない。

「審理の一切は徹頭徹尾欺瞞であります。農民の陳述書は、予審判事当人もしくはその助手の手で改ざん」されており、判決は「不正な取り調べによるものです」。ダーリはワシーリイの件を大臣に、そして皇帝に上奏する……。

朝になると郡役場のそばは人であふれかえる。遠くの村から、なかには夕べのうちから農民がやって来る。土埃の立つ地べたにじかに座る者、荷馬車の上でとろとろする者、かんぬきのかかったドアの前をぶらつく者。役所の敷居のところにいる百姓は、帽子をあみだにしてみたり、目深にかぶったり、悲しげに鼻をこすったり、肩をすくめたり、自分の方が断然正しいのに、どうしようもないほど怯えている。ふたりの者が同時に言う。

「ほれ……」

「ああ……」

会話はこれだけ。

女たちはむずかる赤ん坊に辛抱づよく乳を含ませている。

ニジニ・ノヴゴロド御料地管理局長ウラジーミル・ダーリは朝早くここに姿を見せる。ダーリが群衆のあいだを抜けていくと、農民らはさっと道を開け、次いでその後ろ姿に熱い視線を送る。

ダーリの目は群衆のなかからひとり、ふたり、三人と顔をとらえる。暗い顔ばかりだ。これほどの群衆のなかに幸福な者はただのひとりもいないことをダーリは知っている。助け、救いだし、最後のひと息まで闘わなくてはならない。監督下には窮地に陥った三万七千のイワンやワシーリイがいるのだ。自分がすべきことは監督ではなく保護だとダーリは確信している。

御料地といっても農奴はしょせん農奴であり、所有者が地主ではなく皇族だというだけで、木の犂《すき》で畑を耕し、家では実のない粥をすすり、厩《うまや》では鞭を鳴らす普通のロシアの農民だ。彼らには「意のままに」結婚したり、財産を分けたり、移住したりする権利はなく、納屋すら建てられず、遺言を残す権利も奪われていた。

ダーリは書類の入った緑色のダンボール箱のひもをほどいて文書を読む。つたない言葉、へりくだったお願い、要領を得ない説明の藪を抜けていくと、やっと請願書の目的にたどりつく。「するとその泥棒四人は旦那さまに銀貨を差しあげて……」。なるほど、そういうことか。泥棒は鼻薬をかがせて逃げおおせ、泥棒を捕まえた農民たちは逮捕されたというわけだ。遠くの村まで行って彼らを救わねばなるまい。それに裁判所に行って無実のイワン・エゴーロフも救いださなければ。

御料地の三万七千の農民に、真実はどこかにあるという希望が湧いてきた。騙され、むしり取られ、理由もなく打たれた農民が県内のいたるところからニージニイにやってきて、辛抱づよく管理局長を待ち、延々と泣き言をいう。強盗野郎の郡警察分署長が理由もなく三コペイカも持ってこいと言っただの、酔いどれ野郎の郡警察署長が百姓の手足を利かなくしてまで隠し金を手に入れようとしたが、その百姓は一銭も持っていなかっただの、官憲が人をぞろぞろ引き連れて村に来て、農民からいろんな品物を山ほど供出させたばかりかシベリア送りにすると脅しただのとこぼす。ダーリはさえぎったりせず辛抱づよく耳を傾けながら、発話の特徴を耳ざとくとらえ、心のなかで「この言い方はマカーリエフ郡だろうか」などと当て推量している。

百姓たちは、「局長さま、お情けをかけてください。一生忘れませんで」と懇願する。ダーリが望みさえすれば、なんでもできるように思っているのだ。

だがダーリには、百姓の一番些細な頼みを叶えるためにどれほどのことをしなくてはならないか、農民の正義を守ってやることがどれだけ大変かが身に染みている。

報告書や請願書に対する返答としてペテルブルグから受けとるのは立腹した手紙の数かずだ。下らないことで上層部はおろか、皇帝陛下まで煩わせるとはなんという厚かましさであるか。猫の額ほどの土地や監獄に入れられたどこぞの百姓のことで、貴殿は現行の法律や法令の変更を求めるつもりかと。ダーリは引きさがらない。「わたしの苦情は辛らつだが事実なので、正義を求めて一所懸命闘えば闘うほど、わたしの手足は断ちきれない枷でますますきつく縛られます」。だがここでも、彼は己《おのれ》を貫く。

グリネーヴィチ隊長夫人が農民のロギン・イワーノフとタチヤーナ・カルミナからネチャイハ村近く

の四デシャチーナ〔約四ヘクタール〕の草刈り場を不法に奪い取ったことを、ダーリは書類の原本を提示して九年がかりで証明しようとする。県当局は苛立ちをあらわにする。御料地管理局長がわずかな土地や干し草の山のことでペテルブルグを騒がせ、隊長夫人はその腹いせに皇帝に請願書を送りつけたので、首都はいやな話題で持ちきりだからだ。この四デシャチーナがダーリになんの関係があるというのだ。自分の土地が奪われたみたいな頑張りようじゃないか……。

しかし、ダーリは相変わらず己を貫く。県知事と喧嘩をし大臣をうんざりさせても、警察が迫害したとか、上官が農民に賃金を払わなかったとか、山林官が勝手に罰金を取ったとか、船主が船曳きの手間賃をごまかしたとかいった書類を次つぎに作成する。

「わたしがひまつぶしに喧嘩を始めるなどと言わないでください。あなたがたにはひまつぶしに過ぎないことが、百姓には生活のすべてなのです。彼らはシェレメーチエフ伯爵の遺産のことで訴訟を起こしているのではありません。理由のない殴打、袖の下の要求、没収された荷馬車、百姓が困っているのはそんなことなのです」と、ダーリは上層部に証言する。

そして、タチヤーナに四デシャチーナの草刈り場を、イワンに一ルーブリ紙幣を、ワシーリイに薪ひと束を返してやるために、酷暑も厳寒も気にしないで、粗末な馬車であちらこちらの郡を駆けずりまわり、部下に対してはきっぱりと言う。

「我われの義務なんだよ、たとえわずかでも強奪者からもぎ取って侮辱された者に返してやるのが……」

農民らは、ダーリが農村の出だと信じて疑わない。局長閣下は百姓仕事のどんなことにも「それはもう通じておいでだから」と。なにしろ、まぐわを修繕し、干し草をしっかり積み、くすぶらせずにペチ力をくべてみせるのだ。「けど、言葉は田舎くさくねえ」と百姓も農婦もともに笑うのだった。

ダーリは医学とも手を切らない。病気は無医村も斟酌せず平気で食いあらす。御料地管理局長のもとへ人びとが治療にやって来る。ダーリは包帯を巻き、歯を抜き、腫瘍を切開し、それどころか本格的な手術をすることさえある。身をかがめて、暗い息苦しい百姓家に入り、うなされている赤ん坊や熱病に苦しむ農民に薬をやることもある。

「わたしなんかいいから。お願いです、牝牛を死なせないで、治してやってくださいまし」と女たちは頼む。

ダーリは獣医学の本を読みあさり、薬研《やげん》で粉薬を作り、病気の牝牛や駄馬のためにえさをこしらえ、村むらの家畜小屋や馬小屋に立ちよる。百姓は肩越しにそれをちらちら見て、となりの者に言う。

「おれはこの目で見たんだ、子馬の扱いはたいしたもんさ。けど、言葉は田舎くさくねえ……」

しかし、御料地管理局長で医学博士のウラジーミル・ダーリは、貧困と不正、飢えと寒さを治療できる薬をもっていないことが悲しくてならない。

セヴァストーポリの余波

石がちのクリミア半島で行われていたのは勇壮でねばり強く、かつ不運な戦争（クリミア戦争のこと）だった。ロシア人の目はセヴァストーポリにくぎ付けになった。「セヴァストーポリのこの叙事詩はいつまでもロシアに痕跡をとどめるが、その主人公はロシアの民衆だった」とレフ・トルストイは書いた。民衆の偉大さ、信じられないほど困難な状況下で次々に手柄を立てるその能力は、それほどの民族ならもっと良い運命に値するし、そういう運命を手にすべきだという確信を生んだ。

ニジニ・ノヴゴロドの御料地の農民で射撃大隊を三個組織せよとの指示がダーリに下り、この大隊はセヴァストーポリに向かう連隊に組み入れられる。息子のレフもペテルブルグ芸術アカデミーを休学して、通称「御料地連隊」に義勇兵として加わった。その入隊登録願書にダーリは、息子は予備役ではなく「現役兵」として正義の守り手になりたいと望んでいると文字通り太字で強調した。（戦争が終わるやいなや、ダーリは息子の退役を願いでる。レフ・ダーリは名誉なことに近衛中隊に移籍されるが、ダーリは「貴重な時間を無駄にして」舞踏会で軽くかかとを打ちあわせて表敬することなど不要だと、不満だった。）

ダーリの旧友、ナヒーモフとピロゴーフもこの戦争を戦い、ともにセヴァストーポリの誉れ、祖国の誉れとなった。ダーリが耳にしたナヒーモフの最後はこんな風だった。マラホフの丘に着いたナヒーモフは、猫背ではあったが悠然と、身をかがめることなく堡塁に近づき、飛びかう弾が激しさが増すなか、望遠鏡ごしに敵陣に目を凝らした。そして望遠鏡から目を離さずに、「やつら、今日はかなり的中しているな」と言ったそのとき、相手の弾が的中して倒れたという。知人らがダーリに届けてくれたナヒーモフの訓示にはこうあった。「水兵諸君。セヴァストーポリと海軍の防衛に示された諸君の勲功は私が語るまでもない。私は若いころから、諸君の精勤ぶりと最初の指図で命を捨てる覚悟ができていることをいつもこの目で見てきた。私と諸君の友情が結ばれたのははるか昔で、子どものころから私は諸君のことを誇りに思ってきた」。子どものころから……。ダーリは水兵用の上着を着た赤毛に近い少年を覚えている。白波を立てる船の舷側を走りまわり、マストのてっぺんへ勢いよく上ったかと思うと、同じ勢いで下りてきた少年を。陸《おか》にいるとあまり器用でなく、ぼんやりしているほどなのに、揺れる甲板に立ったとたんに一変し、澄みわたったその目は幸福への期待でぐっと色濃くなったものだ……。

ピロゴーフはクリミアの戦場から妻に何通か手紙を送ったが、妻宛なのは封筒だけで、手紙はロシアの教養ある人たちがこぞって読んだ。偉大な外科医はそのロシアに向けて、戦争の「偽りない真実」を語りたくてたまらなかった。ピロゴーフの熱く歯切れのいい文章は、ロシア人ならだれの心にもある気持ちにあふれていた。手紙には民衆の英雄的行為に対する称賛と誇り、そして権力者らの無慈悲で卑劣な行為を目の当たりにしての怒りがあった。「戦争の行方がどんな者の手のうちにあるかを知ると心臓が止まりそうになる」「祖国の不名誉をこの目で見たくない……。私はロシアを愛している、官位官等ではなく祖国の名誉を愛している。生まれながらのこの思いは、心から引きぬくことも作りかえることもできない」とピロゴーフは書いた。

ダーリは雑誌「同時代人」に掲載された詩人ネクラーソフの霊感に満ちた一文（一八五五年七月号）を読み、友を思ってうれしくなる。「セヴァストーポリ付近にピロゴーフの名を祝福せず、敬意をこめてその名を口にするようわが子に教えない兵士（士官のことは言うまい）、そして兵士や水兵の妻はいない。戦争が終われば、この水兵や兵士、その妻や子どもらがロシアの津々浦々へ、ピロゴーフの名を広めるだろう……」。

ダーリはセヴァストーポリのピロゴーフ宛に手紙を書き、「手から手へ」渡ることなど考えも望みもしなかったので正確な宛名を書いてニージニイから投函した。その何通もの手紙のなかでダーリも誠実に胸のうちを吐露し、同じように熱くあれこれを論じ予見した。クリミア半島のセヴァストーポリで今日《こんにち》起きていることを論じつつ、ダーリは明日のこと、この戦争がロシア全土に及ぼす余波を思わずにはいられなかった。「学問は、民衆が理解しているとおりの意味で偉大なものであり、もちろん、悪にではなく善に向けて役立ってくれる」とダーリは信じていた。ただ、どうすればその善を待ちおおせるのか、どんな方法でそこに向かうべきなのか……。

ニコライ一世が死ぬと、新帝アレクサンドル二世は農奴制を、当の農奴が底辺から廃止するよりは、お上《かみ》が廃止する方がよいと考えた。だが農奴は立ちあがり、二十六の県で農民が蜂起していた。もはやイワンやワシーリイが不法に迫害されているといって県知事とやりあうだけでは足りない。彼らがやにわに斧をつかんだら、こちらはどうすべきかを知る必要があった。「悪いのは百姓だ。目にもの見せてやる」と言う役人を、ダーリは「暴動を起こすきっかけを与えないこと。良心的に働いて良い行いを心がけること」となだめる。ダーリ自身は誠実に働き、公正であるように努め、農民を助けてきた。みながこんな風に働いたら、いろんなことを穏やかに騒動なしに変えられると思っていた。しかし、みなはダーリのように働かなかったし、ダーリとあとわずかな人間のそんな働きぶりくらいではなにも変わらなかった。周囲には相変わらず悪と嘘がはびこり、首都から監査役が来て書面上の不備は指摘するが、ダーリがイワンとワシーリイを災難から救いだしてやらねばならないことなど、これまで同様われ関せずだった。

勤めあげて得た百のかぶ

晩年のダーリはニージニイで口癖のように、老いさらばえたとこぼす。悪路を何昼夜もあちこちへ行き、煙たい百姓家に泊まり、日がな一日、にぎやかな定期市の群衆のあいだをうろつくダーリ。こもりがちだったペテルブルグ暮らしのあとで、ダーリは健康になり逞《たくま》しくなったと友人たちは言うが、当人は虚弱な老いぼれだとこぼしてばかりいる。そしてまもなく、何度も書きなおし、言葉を選んで「体調不良により……」と辞表を書く。

夕食のあとはこれまで通り、毎日欠かすことなく書きためたメモをいじり、指物仕事で体をほぐし、客を迎える。人に会うのは仕事の邪魔にならない。ダーリ家はニージニイで最も知的だとされ、当時の人によると「少しでも真面目で教養のある者は」こぞってダーリのところに集まってきた。

主人は古ぼけたラシャのガウンに暖かなフェルト長靴という奇妙ないでたちで喜んで客を迎え、いつかどこかで聞いたおもしろい話や、学術的な会話で（医師とはラテン語で）もてなす。民衆の暮らしをスケッチした新作、なんらかの風習や俗信についての説明を読みあげることもある。

チェスが好きで、同時に四つの盤で対戦することもあった。勝つと手のひらをこすり合わせて、「この駒にはツキがあるんだ、この手で旋盤を削って作ったんでね」と満足そうに言ったものだ。

ダーリ家ほど楽しく過ごせるところはニージニイでは他にないので、客は毎晩のようにやって来るが、帰りぎわに、ここの主《あるじ》はちょっと変わっているなと言う人もいる。たしかに、職場では些細なことで知事や大臣とまでやりあい、家では辞典づくりに没頭している。その辞典がそもそも奇行以外のなにものでもないといえよう。だが考えてもみてほしい。ダーリが夢想する辞典を作ることはひとりの人間の手に負えることだろうか。三人分の人生はほしいのではあるまいか。

彼の『奇行』という短編には、一生こつこつ働き、よその風習にあわせて暮らすことを他人に強いない代わりに、自分もこだわるべきことにはこだわり、己の信ずるところにしたがって行動する人たちが出てくる。奇行を尊重すべし、とダーリは助言する。それは独立不羈《き》の表れであることが多いからで、今日でも万人に授かったものではない。

ダーリは倦まずたゆまずノートに書きとめた言葉を仕分けて、細い紙帯に書きぬいていく。言葉は数えきれないほど集まった。仰天するほどの量だ。これでは本当に辞典を編むのに間に合わんぞ。ひとりの人間に三人分の人生は与えられていないのだから、勤めを切りあげて執筆する頃合いだ。

もう丸四十年勤めているが仕事上の瑕《きず》は多かっただろうかと、苦い思いで振りかえってみる。上官や医師を説得して農民用に無料の病院を開き、百人、二百人といった農民の子どもを学校に入れ、イワンを懲罰部隊から救いだした。しかしそれがどうしたというのだ。相変わらず周囲で幅を利かせているのは「正直者ダーリ」たちではなく、身勝手な連中に収賄者、酔いどれの郡警察署長、強奪者の郡警察分署長だ。ダーリは面と向かって彼らを「鉄面皮」「親衛兵」「ノズドリョーフ」(『死せる魂』の厚かましい登場人物)と呼ぶ。

「ニジニ・ノヴゴロド県で警察が農民になにをしているか、それを政府は知らないばかりか、ロシアのど真ん中のこのニージニイで、今現在起きているとはとても思えない遠い昔の話のような惨状を実際に耳にしたところで、とうてい信じないでしょう……。セミョーノフ郡警察署長は部下のなかから悪党を選んで、郡内を回って強盗を、文字通り強盗を働いています。これより穏やか言葉は見つかりません。どの家のどこに金があるか前もって調べたうえで百姓家に押しいり、家人のベルトから鍵をもぎ取って長持ちのなかを探り、金を見つけると、なんとその場で相棒と分けて立ち去るのです」。これは私信やルポルタージュからではなく、中央とのあいだで交わされた事務文書からの引用だ。ダーリによると、「郡警察署長は信頼できる部下であるから強奪行為に関する〈いかがわしい話〉は中傷である、と県知事は述べた」ようだ。

県知事が恒例の褒章にダーリを推挙するとダーリはそれを断り、驚き憤慨している知事の目を不機嫌そうに見すえて言った。

「悪党らと一緒に褒章を受けて、自分も同じように見られるのはごめんです。知事は、信任厚い郡警察分署長にして収賄者にして暴君を推挙された。わたしは分署長に対する苦情を十六回も提出したが一顧だにされませんでした。警察の横暴から農民を守ってやってください。それがわたしには最高の褒章です」

ダーリは知人たちに「当局は、人間らしい感情や独立不羈、真実の尊重、悪事の摘発などを口にする者をみな危険人物と見なす。気高さ、公正さ、誠実さは許せないのだ」と書きおくる。

事務文書にも私信にも、「正直」という言葉が頻繁に登場するようになった。「正直に商うほど儲けは多くなる」というが、このことわざにも二重の意味が潜んでいる。民衆は正直こそなにより大事であって、いつも正直に公正にふるまわなくてはならないと思っている。ところが周囲はその正直を利用して儲けているというわけだ。人生のたそがれにダーリは「我われ老人は正直の代償に愚弄されただけだったが、若い世代は正直を手に入れるために激しい闘いをせねばなるまい」と腹立たしげに、かつきっぱりと書く。

これ以上勤めを続けるのは耐えられない。知事はペテルブルグからの指示を盾に取って、ダーリが農民を弁護したり訴訟を指導したりすることを禁じた。相変わらず、御料地管理局のそばには朝まだきから遠来の荷馬車が並び、ドア近くに百姓が群をなす。しかし農民を守ってやる権利を奪われたダーリに彼らが求めるのは、専横の無言の証人になることだ。ダーリは首都宛に、わたし自身は不公正に耐えもするが、なにゆえ他の人たちが苦しまなくてはならないのかと一筆する。返事の代わりに受けとったのは譴責《けんせき》だった。

「体調不良につき」辞職するつもりのダーリは知事宛に一筆する。「かかる事態となりました。結局わたしは敗れ追放されますが、勝者の栄光を羨みはしません……。貴殿の部下の役人と警察はしたい放題に振舞い、貴殿のお気に入りと親衛兵は裁かれることがない。専横と無法がわが物顔ではびこっています。審理はひとつとして部外者の思惑なしに行われることはなく、常に誤った方向へ曲げられます。そんな手に握られた法は舵であり、舵は切りたい方へ切られてしまう……。ゆえに実直で誠実で良心的な人間は勤められないのです……。我われを裁くのは民衆です……」。

ダーリは「わたしの管理下にあった三万七千の農民に、わたしの働きぶりの是非を尋ねてほしい。その裁きにならら喜んで従う」と申しでた。

しかし農民に尋ねられることはなかった。

一八五九年の秋、ダーリは病気を理由に依願退職し、着用を認められた上着は下から六番目の九等官用だった。手にした職階は勅任文官、二個の十字章、二個の星型勲章、なにがしかのメダル、変わり者のあだ名。要するに、百年勤めてカブ百個を手にしたたぐいの不首尾なものだ。背後には海軍、露土戦争、広漠たるオレンブルグ、首都、ニジニ・ノヴゴロド、医術、文学、論文、ことわざ、諸提案、幾度もの出張、科学アカデミーの自然科学部門、地理学協会——他の人なら三人分の人生だが、それでも「わが人生は背後に過ぎ、わが人生は行く手にあり、この手にはなにもなし」ということらしい。

その手にはもう『詳解辞典』が半分載っている。しかし肝心な仕事、人びとにそして未来に返すという仕事はまだ終わっていない。そして、その先にあるのは果てしなく続く歳月だ……。

プレスニャ橋のたもと

「モスクワ、プレスニャ橋のたもと、ダーリ家」という住所が『詳解辞典』ソフトカバーの表紙に出ている。初版は一八六一年から六七年にかけて（ハードカヴァーの四巻本には一八六三年から六六年と表示されている）二十一分冊で世に出た。表紙に住所を載せたのは、補足や訂正を送ってくれるよう読者に促すためと、「編纂者宅でなら」割引価格で買えると提案しているためだ。

プレスニャ川のほとりの古い建物はとても広いが、長いこと空き家でかなり老朽化していたので値は張らなかった。脇の小部屋や物置もすべて入れると三十四室あり、おかげで大ぜいの子どもたち、召使い、それに間借り人にも部屋や小部屋が行きわたった。書斎には広間をあて、小じんまりした静かな外庭に向いた大きな窓のそばに書きもの机を据えた。外庭は菩提樹にかこまれ、ライラックとニワトコと野バラが茂る小さな草地になっている。夏は窓を開けはなして鳥のさえずりやミツバチの羽音を聴き、菩提樹の花の蜜の匂いをかぐ。窓のそばにはダーリが植えた植物の桶が並んでいる。なかにはしっかり根づいて大きく広がり、天井へ伸びているものもある。広間の壁紙はタイル風の植物柄で、大きな花や模様入りの幅広の葉が散らばって描かれていた。床に敷いたオレンブルグ産の派手な絨緞は花咲く草原を思わせる。

ダーリは朝早く広間に姿を見せて、おもむろに机に向かい、ブロンズの蓋のついた大きなインク壺にインクを注いで、鵞ペンをけずる。そしてノートを広げ、絹の赤いハンカチと手製の白樺の煙草入れを右手に置いて仕事に取りかかる。時おり、もの思いにふけって窓の外を見やると、手の入っていない小さな外庭、古木と灌木の茂みが目を楽しませ集中を助けてくれる。やがて、背の高い古時計がしわがれ声で時を告げると、それを合図に娘や老婆、親戚の女たち、ダーリ家に泊まっている知人、当地モスクワの客や首都ピーテル（ペテルブルグ）、オレンブルグ、ニージニイなどの客が割りあてられた部屋や小部屋を出て、いつものように広間へ向かう。広間には一家の主が仕事を抱えて陣取っているが、気兼ねなく話したり騒いだり笑ったりできるのだ。老年になってもダーリはひとりでいることを嫌った。「狭くても一緒の方がいい。狭いところで人は歌い、広いところではオオカミが吠える」というわけだ。

春には窓から見える小さな外庭を太陽が暖める。盛りあがったところは雪が融けて黒くなり、つららが虹色にきらめいて次々に雫《しずく》をしたたらせ、菩提樹の古木のごつごつした枝先には、出たばかりの芽がほんのり赤い。小川は勢いよく門の方へ流れて枯葉や木っ端やワラを運んでいく。黒い地面からはもう初草が出はじめた。つぼみが仲よくはじけ、庭の木々は一日か二日で明るい色の若葉を芽吹いて、晴れ着をまとったようになる。木の葉はしかしたちまち濃くなり、葉ずれの音を立てるようになって、その緑のなかに藤色のライラックが輝き、菩提樹の淡黄色の花にミツバチが群がる。桃色の野バラは星のようだし、ニワトコの実も赤く色づきだした。ある日ふと見ると秋の黄金がきらめき、木々に灌木に地面に錦を織りなしている。ところがそれを堪能するいとまもなく、もう陰気な雨が大地を濡らし、風がうなり、木の葉が黒い鳥の群れのように空中を舞う。そしてある朝目を覚ますと、窓の外はどこも真っ白だ。もう一年が飛び去ってしまったのだろうか……。

一家に孫が現れた。孫たちが騒ぎまわるのをダーリは楽しそうに見ている。彼らはビリヤード台の下で遊ぶのが好きだ。古い巨大なその台には太い脚が十二本もあり、横木でつながれている。ダーリは孫たちの片言にやさしく耳を傾け、外国語を根気よくロシア語に言いかえる。そして笑いながら、愉快な地口や早口言葉を教えてやる。「じいさんは知らなんだ、孫が牝牛を盗んだのを。じいさんが眠ったら、孫は皮まではいじゃった」（ジェードゥシカ　ニェ　ズナール、シト　ヴヌーチェク　カローヴ　ウクラール。ジェードゥシカ　スパール、ア　ヴヌーク　イ　コージュ　スニャール）。けれどもダーリじいさんはすべて知っているし眠らない。頭も手も休ませない。よく茂った植物の桶のそばの机に向かっては、書いたり、言葉を書いた小さな紙を延々と並べかえたりしている。ペンを脇に置いて、ナイフ片手に木株からおじいさんとおばあさん、ヤギ、クマなどのおどけた人形を彫ることもある。時おり、桶に根づいた小さな木から葉を一枚ちぎって手のひらに擦りつけると、手のひらから森の匂いがしてくる。ウラルの向こう、ヴォルガの向こうに広がる森。もう森まで行くことはない。仕立ておろしの海軍少尉の制服を着て幌そりで勤務地へ向かった日のことを思いだす。あの時、さすらいの旅を終えて内地のモスクワに錨を下ろすことなど思ってみただろうか……。ダーリは足を心もち引きずりながらビリヤード台の方へ行き、器用にピラミッドをくずして、八つの球を次々に当ててはポケットに落としていく。台の下から孫たちが顔を出して、それをうっとり見ている。その姿を眺めながら、この子たちはきっと真実を見つけることだろうと思うのだった。

部屋の隅にある古い時計は、先端に銅の円盤がついた振り子を振って、きしんだ音で時を刻む。ダーリは六十の手前、六十過ぎ、そして七十。プレスニャ川のほとりの家にこもって最後の日まで生きることになるが、モスクワへの転居からすぐそこのヴァガニコヴォ墓地まで、ダーリには十三年ある。全人生が行く手にあるといってもいい。墓地で終わらない本当の人生を見いだすのはこの十三年の間《あいだ》なのだから。

老いたダーリは深くて暖かいオーバーシューズをはいて、軽いすり足で、ごくまれに墓地への散歩に出る。しかし歩いてそこまでたどりつくのは難しいし、正直なところ散歩は退屈だ。孫たちの小さな暖かい手をしっかり握って、足どりにあわせて口ずさむ。「わたしはお嫁に行かないわ、防寒用の靴はいてぎくしゃく歩く人になぞ。わたしがお嫁に行く人は、わらじをはいてすたすた歩く」（ニェ　パイドゥ　ヤ　ザ　タコヴァ、シト　ボチコム　スクルイプ　スクルイプ。オイ　パイドゥ　ヤ　ザ　タコヴァ、シト　ラプチコム　シャム　シャム）。門を出ると、たいてい近くのプレスニャ池の方へ曲がる。最近そこに動物園ができて、冬にはスケート場とそりすべりの山が作られるし、祭日ごとに歌や踊りの楽しい出し物が行われるのだ。人ごみのなかを、愉快なペトルーシカ人形を連れた人形遣いや、おどけた爺さんが歩きまわる。「ホトケさんは変わりもの。火曜におっ死《ちん》で水曜に葬式。それでもホトケさん、まぐわ担いで畑を均しに行ったとさ。ありゃ、まあまあ……」

ダーリは六十、六十過ぎ、そして七十……。足が動くうちは歩くことを、耳が聞こえるうちは聞くことをやめない。言葉がまだまだ必要なのだ。たえず自分の畑を均している。こみあげた衝動と自分を苦しめた得体のしれない不安の声にしたがって最初の言葉をノートに書きこんだあの吹雪の日から、どれだけの歳月が流れたことだろう……。海軍少尉のあごひげも今では真っ白だ……。

それでも知らない言葉がまだどっさりある。その言葉たちはプレスニャ通りの古い家を探しだして、老いたダーリのもとへやって来る。どうやらダーリが言葉を必要としているだけではなく、言葉もダーリを必要としているらしい。ダーリの死から数年後、ドストエーフスキイは「ストゥシェヴァッツァ」(そっと立ち去る／姿を消すなどの意味。『二重人格』第四章で使用)という語は自分が初めて文学に用いたと述べ、「だれか未来のダーリのために」その経緯を語る。詩人アレクセイ・トルストイも、ダーリの死後に、ダーリの辞典に抜けおちていた五十ほどの言葉があるが、今となってはだれに伝えればよいのか、だれがこの仕事を引きついでくれるのかと気落ちして打ちあける。

しかし今はまだダーリは健在だ。朝から机に向かい、右手に煙草入れと赤いハンカチを置き、糊のそばにハサミを引き寄せて仕事を続けている。机の上のコップには先が金属のペンが何本も入っているが、愛用しているのは昔ながらの鵞ペンだ。このほうが文字を大きくくっきり書けるからだ。写しきることができるだろうか……。しばし紙から目を放して顔を上げ、煙草を一つまみ高い鼻に近づけ、窓の外の青草をながめて古い地口をつぶやく。「いつになったらひまになる？　わたしがいなくなったらな」

生きた大ロシア語の詳解辞典

一

しかし今はまだダーリは健在で辞典を編纂している。

ダーリのたくわえを宝にたとえたとしても、二十万語そのものは黄金の山ではない。言葉は手でつかまえておくことも、分けてポケットに突っこむことも、袋や籠に詰めこむこともできない。言葉の山は持ち運べない。だが辞典は、宝を入れることができ、印刷機の助けを借りて数限りなく増刷して人びとに与えることのできる魔法の長持ちである。だれもが、鍛えなおして本に収めた黄金の山の持ち主になれる。

まだある。この本のなかの何万という言葉をばらばらにしてはならない。一語一語はその言葉であっても、各語が結ばれて溶けあい、まとまった全《まった》きもの、〈生きたロシア語の辞典〉に姿を変えるようにしなくてはならない。

この二十万語の一語一語が伸びやかに、あるべき場所にいると感じられるようにするには、どう配列すべきだろう。ダーリは何度も紙帯を並べかえてみる。細切れになった勇士の身体をひとつにして蘇らせる昔話の死の水と命の水があればなあ……。辞典のなかに素材《ことば》を並べることは、俚諺集ほど単純ではなかった。

ここでも一番やさしいのはアルファベット順に並べることで、これは目をつぶっても歩ける平らな細道のようなものだ。しかし奇妙に思えるかもしれないが、アルファベットは言葉を結びつけるどころか、ばらばらにすることの方が多い。

例えば、親戚関係の言葉、しかもかなり濃い血縁の「ブィヴァールイ（かつてあった）」「ブィリ（過去の事実）」「ブィチ（在る）」という言葉がある。これらは辞典でも隣りあって、同じ語群のなかに並んでいるべきだ。しかし試しにアルファベット順に並べ、他の言葉も混ぜてみるとたちまち、「かつてあった」と「過去の事実」の間に、「役牛／腰抜け」「雄牛」が入ることになるし、「過去の事実」と「在る」の間には「早瀬」「急速」など「速い」の一族が入り、そのうえ「目ざとい」のような複雑な言葉も入ってくる。

双子の兄弟のような「イェーズヂチ（乗りもので動きまわる）」と「イェーハチ（乗りもので一方向へ行く）」の間にも、アルファベット順だと、E《イェー》（Ë《ヨー》）で始まる、乗りものでの移動とはなんの関係もない言葉「主教」「異端者」「スズキ」などが山ほど入ってくる。主教と異端者が並ぶのも気づまりだが、そのうえに「いやな奴」も意味する「スズキ」ときては当てつけみたいだ。

いや、ありふれたアルファベット順の配列はダーリを満足させてくれない。「最も近くてよく似た言葉が、文法規則で二文字目か三文字目が変化するとばらばらに離れてしまい、あちこちで孤独をかこつことになって、言葉同士の生きた関係は断ち切られ失われてしまう。言葉には人間に劣らぬ命があるのに、そんなことをしたら言葉は麻痺し硬直してしまう……」。

「言葉には人間に劣らぬ命がある」とは、なんと素晴らしい視点だろう。ダーリが言葉に向かうときの誠実さ、真心、情愛がこもっている。「言葉」は単なる「物や概念を意味する音の組合わせ」ではなく、ダーリの高揚した解釈に従えば「己の思想や感情をおおやけに表現するために人間だけに備わった能力であり、理性的に語り理解しあうための力である……」。言葉は人間だけに備わった力、人間的な交わりのための力なのだ。それなのに活きた関係がぷっつり断ち切られ、失われてしまうのでは……。

いや、アルファベット順の配列はダーリを満足させてくれない。「死んだ言葉の一覧表は助けにも喜びにもならない」。ダーリが編纂しているのは死んだ一覧表ではなく、生きた辞典なのだから。

昔のロシア・アカデミーの辞典は語群の冒頭に語根を置き、派生する言葉をその後に続けていたが、このように共通の語根で言葉を配列することもダーリには受けいれられない。

これも別の意味で極端だといえる。言葉を寄せ集めて、辞典のなかにこんな語群を作るはめになるからだ。例えばЛ《エリ》の項の「ロム」という語根のあとには「砕く／折る（ロマーチ）」「押しいる（ヴラームイヴァッツァ）」「折れ目／落胆（ナドロム）」「破砕／骨折（ペレロム）」「砕く／割る（ラズロミーチ）」「砕く／折る（スロマーチ）」などが入る。

ダーリはぞっとする。これではどの項目にもほとんどすべてのアルファベットが入ってしまうではないか。しかも読者は高い教養を備えていなければならない。古語や外来語が語根になっていたり、あいまいで分かりづらい語根があったりするために、言葉の語根を見つけるのに苦労することはままある。結局、ある言葉がどの語根に関わっているかという点に関して、辞典の編纂者と読者が共通の視点を持つ必要があるということだ。

長い思案の末にダーリは中間の方法を採ることにした。そして果てしない言葉の列を学者の目ではなく人として熟視し、「死んだ」アルファベット順の配列と、やはりある意味で「死んだ」といえる語根による配列だけを見るのではなく、際限ない列になった言葉のなかに「まとまった群れ」のような言葉のつながりを見つけ、そこに「明らかな家族関係と近い親戚関係」を見いだしていく。

ダーリの説明にある「家族」「親戚」という用語をとっても、ダーリが言葉を生きたものととらえ、言葉のなかに人間に劣らぬ命が宿っていると見ていることがうかがえる。

彼は例をあげて『立つ』『佇むこと』『支え』が同じ巣のなかのひな鳥だということはだれも疑わない」と述べる。ひな鳥とは！　本書の初めに言語学の用語で「同一語根を持つ語群」を意味する「グネズドー」には「巣」という意味もあると述べたが、「ひな鳥」という言葉のおかげで「グネズドー」という言葉そのものがたちまち新しいニュアンス、血の通った自然のニュアンスを帯びる。

また「群れ（クーパ）」という思いがけない言葉はふつう樹木に対して使われ、樹木の茂ったまとまりを指すが、これも「巣」という言葉に生きた自然な土台があることを際だたせる。「群れ」から派生する形容詞「クープヌイ」は「共同の、一緒の」を意味し、これも場にぴったりだ。言葉というものは一緒になってものの本質を明らかにし、人の役に立とうとするのだから。

ダーリは中間の方法を採ることにした。表面的には辞典はアルファベット順に組みたてるが、言葉は「二文字目や三文字目が変化しても」別々にはされず、「孤独をかこつことはない」。群れにまとめられ、巣にまとめられて、すべてが「同じ巣のなかのひな鳥」になる。どの巣にも同じ語根から派生した言葉が入り、ただし接頭辞のついたものは除かれてその接頭辞で始まる言葉のところに入れられる。

すると動詞「ロマーチ（砕く／折る）」は五十七語を従えた大きな語群になった。そこには一般的な「ロマッツァ（砕ける／折れる）」「ロマーカ（気どりや）」などが入っているし、プスコフ地方で大力を意味する「ロマーニク」、トヴェーリ地方で「ドアを叩く」を意味する「ロムジッツァ」のようなあまりなじみのない言葉もある。よく使う言葉同士が結びついて、意外な興味深い意味を持ったものもある。例えば「ロモヴァヤ・ダローガ（道）」は大変な悪路、「ロモヴァヤ・ラボータ（仕事）」は重労働、「ロモヴォイ・ヴォーロス（髪の毛）」は気苦労や労働で白髪になった頭をいう。

語根が同じでも接頭辞がつくと、接頭辞の最初の文字で探さなくてはならない。「四方から砕く／打ちのめす（オブラームィヴァチ）」はО《オー》の項に、「全部折る（ペレラームィヴァチ）」はП《ペー》の項に入っている。そこには基本の語群を補うかのように新たな語群があって、「破砕（ペレロム）」「骨折箇所（ペレローモク）」などの新しい言葉が入っている。そして「ペレロム」はヴォローネジ地方では二毛作のこと、ウラジーミル地方では眼病のことだが、狩りの角笛の愛好家のあいだでは「旋律の交替／節まわし」を意味することが分かる。

乗り物で行くことを表す双子の動詞「イェーズヂチ」と「イェーハチ」は今や隣りあって、最終巻のѢ《ヤーチ》の項に入った。「かつてあった」「過去の事実」「在る」は丈夫になった翼で同じ巣から仲よく飛びたっていけるし、大所帯の親戚（「英雄叙事詩」「日常生活」「実話」）も一緒だ。また、トゲの多いスズキが「主教」「異端者」に関係があるというなら、それは魚の名前以外に強情な人も意味するからで、「スズキになる」という慣用句は「固執する、強情を張る」という意味だ。

辞典をこういう構造にすれば、ひとつの言葉が別の言葉を連れてくるかのように言葉が展開し、手を取りあって行動するので、意味と語形成の法則が目に見え分かりやすいものになると、ダーリは確信している。

二

ダーリの辞典には誤りも手抜かりもある。例えば「単純な（プロストイ）」と「広漠たる場所（プロストール）」はなぜか同じ語群にあり、「野生の（ヂーキイ）」と「野鳥（ヂーチ）」は別の語群にあった。ダーリ自ら、自分の仕事の「無数の欠陥」を悟っており、「旅支度」のなかで自分の知識と能力は不十分だと堂々と認めている。ダーリは「無数の欠陥」が明らかになることを恐れないどころか、そうなることを願っている。未来のために自分の仕事が完成されてほしいからだ。全人生を要した自分の仕事にダーリが見ているのは真似るための手本ではなく、最初の試みにすぎない。そしてこの試みはまさに、あとに続く者に「前例踏襲ではなく、新しい視点でこの仕事を見る」ことを求めるだろう。

やがて辞典は世に出てダーリに栄光をもたらす。当人はにやりとして「もう棹《さお》じゃわたしに届かないな」（偉くなったという意味）と言う一方で、「人ではなく本を選ぶ者は容赦なく厳しくあるべきだ。人柄ではなく仕事のでき栄えが肝心なのだから」と、この上なく厳しい審判を求める。

三

言葉を仕分けてしかるべく棲まわせるのはそれだけで大仕事だが、ダーリが編纂しているのは単なる生きた言葉の辞典ではない。「詳解」辞典だ。辞典に「詳解」とつけたのは、おそらくダーリが初めてだろう。

ダーリの辞典のどの巻でもよいからひらいてみると、標題紙の題名のすぐ下にこう書かれている。「著者註――辞典を詳解と名づけたのは、それが単にある言葉を別の言葉で言い替えているのみならず、解釈し、言葉の意味やその言葉がもっている概念を詳しく説明していることによる……」。

言葉を説明するのは生易しいことではない。ダーリによれば、特に難しいのはごく簡単な日常語、たとえいま眼の前になくとも、だれもが子どもの頃から目にしているものを意味する言葉の説明である。例えばスプーンや白パンやテーブルの何たるかを、短く易しく明確に表そうとするとどうだ、おなじみの言葉が空疎な小賢しい言葉にまみれて干からびてしまうではないか。ダーリは、解釈はなるべく短く分かりやすくし、代わりにその事物についての知見を最大限盛りこもうとする。

彼の場合「テーブル」は「家財道具／ものを置くためのもの」、これだけだ。だがテーブルの構造や形態や用途については以下のようになる。「テーブルは天板と脚部に分かれ、後者は（小袖がつくこともある）肘木《ひじ》と脚を含む。形態は四角形、長形、円形、多角形。天板折り畳み、スライドテーブル等。サイズは多種。一本脚、台座付き、三脚などがあるが、四脚が一般的。用途では食卓（宴席用）、文机、鏡台机、トランプ用、化粧室用、ティーテーブル等」

ある言葉を「別の多くの言葉で」説明する方がはるかにいいと考えているので、可能な場合はそもそも定義づけを避け、同義語を列記する。同義語のことをダーリは「同一の言葉」とか「同様の言葉」と呼ぶ。

例えば形容詞「ブィストルイ（速い）」はダーリの辞典では、「迅速な」「敏捷な」「駆け足の」「よどみない」「手早い」「機敏な」「快速の」「速やかな」「瞬時の」などとなっている。

当然、ある言葉を別の言葉で言い替えると完全に一致することはまずないし、どの言葉にも常にその言葉独自のニュアンスがあるが、数多くの同義語は読者がその言葉について確かな概念をもつ助けになるとダーリは述べる。さらにそれぞれの同義語が属している語群をみれば、その同義語の説明を知ることもできると提案する。彼は魅力あふれる辞典めぐりのルートを敷いているのだ。
「別の多くの言葉」で説明された言葉は、ニュアンスは多少ずれても容量が大きくなる気がする。

四

ダーリの辞典のある語群はこんな風に始まる。「ムラドイ——若い、年とっていない、年少の、少ししか生きていない、成人していない、未熟な……」

語群のなかの言葉は意味の近い別の言葉で説明されているが、意味が多様な場合は二本線で仕切るので、同義語の鎖がひとつひとつの環に分かれることもある。「マラジェーツ——若者、青年、若人∥立派な、体格のよい／器用な人、機転のきく、分別のある、明敏な／豪胆な」。句読点にも目を凝らす必要がある。句読点という語の元になる動詞はダーリの辞典では「読んでいて立ちどまる、読む動きが滞る」と説明されている。コンマとセミコロンは別物だから、立ちどまる時間も変えなくてはならない。

この方法のおかげで地方語の膨大なストックが使えるようになった。日常語の説明にあたっては、さまざまな地方でその語が獲得した新たな思いがけない意味を示してみせる。「マロートカ」は「若い女、既婚の若い女性」を意味するだけでなく、ヴォログダやリャザンでは「メンドリ」、トヴェーリやプスコフでは「若駒」や「馬車を曳きだしたばかりの馬」のことである。逆に「マラジャートニク」はシベリア地方では「若者」、リャザン地方では「伸びはじめた若い森」を指す。「マラドゥイガ」はコストロマー地方では「粋な女」、「マラドゥーシニク」はプスコフ地方やトヴェーリ地方では「村の女たらし」を指す。このように、説明や補足のために地方語を用いたり参考に挙げたりすることもある。

五

外国語に対するダーリの態度は独特で、翻訳するか適切なロシア語で説明しようとする。「ロシア語でまったく同じことが言えるのに、ナトゥーラ（ネイチャー）、アルチスト（アーチスト）やそれに類した何百もの言葉をたえず使う必要があるだろうか。プリローダ（自然）、フドージニク（画家）では間にあわないとでもいうのか」。

外国語で言いならわされた概念を示す言葉は、意味の上でも正確さでも、国内のどこかに見つかるはずだとダーリはかたく信じている。地方語、いわゆる「土地言葉」はダーリがとりわけ得意とするところだ。例えば彼はアルハンゲリスクの「オーヴィジ」やオリョールの「オーグリャジ」という言葉が大好きだが、どちらもぐるっと見まわす動作を意味する接頭辞「О」で始まる動詞から派生した言葉で、地平線を意味する。

ダーリの辞典は的確で精彩のある言葉をたくさん留《とど》めてくれたが、熱中のあまり、起源から見ると外国語でもとっくに自国語になった言葉まで置きかえようとした。そして「住所」は「アドレス」の代わりに「ナスィル」を、「体操」は「ギムナスチカ」の代わりに「ロフコシリエ」を使うよう提案し、勝手に言葉を作っていると非難された。しかし、問題は「ナスィル」なり「ロフコシリエ」なりを作った、あるいはどこかの地方で探しだしたということではなく、ダーリが提案した言葉は根づかなかった、必要とされなかったということだ。民衆は言葉も含めたすべてにおいて、わざとらしいもの、無理強いされたものを好まない……。

六

定義と同義語が説明の基本であり、「用例はさらに多くを説明してくれる」とダーリは言いそえる。彼の場合、用例の筆頭はことわざと慣用句で、それが多すぎると非難されると、ロシア語の話し方のすぐれた用例かつ手本がろくにないから、集めたことわざと慣用句をすべて辞典に含めることにしたのだと応酬する。『詳解辞典』はもう一冊の『俚諺集』のようになってきた。ダーリの辞典では三万余のことわざが、言葉の解説として然るべき語群に収まっている。

ことわざを並べて示すと言葉の意味の細やかなニュアンスまで明らかにできることが分かる。「話す（スカーズィヴァチ）」という動詞に添えられた用例を見ると「必要が生じると自ずと分かる」（存在を明かす、現われる）ということわざに並んで「きのこと名乗ったからには籠に入れ」（自称する、名乗りをあげる）がある。この動詞には五十五のことわざと慣用句が用例として挙がっているが、これはまだ序の口だ。「善」の語群では六十、「意思／自由」では七十三、「頭」では八十六、「目」ではなんと百十もの用例が挙がっている。

自分で作った用例もあれば、民謡、年代記、『イーゴリ軍記』から採られたものもある。ダーリは「わたしの辞典には書物からの用例はほとんどない」と認め、それは「書物を引っかきまわして、適切な用例を探しだすだけの時間がなかったからだ」と説明する。

それでも、わずかとはいえ書物からの用例にもお目にかかる。ロモノーソフ、デルジャーヴィン、フォンヴィージン、カラムジーン、ジュコーフスキイ、グネーヂチ、ゴーゴリ、プーシキン、そして最も多いのはクルィローフとグリボエードフからだ。

ついでながら、ダーリはグリボエードフの『知恵の悲しみ』が天才的な喜劇にとどまらず、言語におけるとてつもない現象であることを最初に感じたひとりである。プーシキンは『知恵の悲しみ』について、「作品の半分はことわざに入るに違いない」と言ったし、ダーリもすぐにこのコメディーの言葉がことわざ的であることを感じた。文学の言葉と民衆の話し言葉の結合を、ダーリはクルィローフの寓話にも見ている。おもしろいことに、辞典に引用されたグリボエードフとクルィローフの文章は不正確なときがあって、角が取れ口語として磨かれている。正確なダーリがたまたま不正確だったとは考えにくい。むしろグリボエードフとクルィローフからの例の多くはダーリにとって文学作品の引用ではなく、まさに耳でとらえたことわざだったのだろう。

ダーリの言葉通り、たしかに文学からの用例を選びだす時間は十分ではなかったろう。しかしそもそもそういう課題を立てなかったともいえそうだ。ダーリの辞典は、独創的な民衆の言葉に通じる道を開いてくれるとともに、民衆の暮らしへと通じる道も開いてくれる。

七

言葉は集まり、配列され説明され、用例も挙がった。このうえまだ、なにがいるだろう。ところがダーリを満たしている知識、見聞、経験は縁を越えてあふれだす。学問と職業、工場生産と手工業、仕事の道具と日用品、慣習、ひまつぶし、民間信仰——辞典には情報が山ほど詰まっている。多すぎることさえある。そうなると飽和溶液と同じで結晶となって沈殿する。こうして言葉の説明は、民衆の生活に関する覚書、小記事、小ルポルタージュ（せいぜい二、三行のこともあるが）へと展開していく。ほとんどの語群に解釈以外にまだ「なにか」が潜んでいた。

語群「ロマーチ」にある「ロム」——「折ったり砕いたりしたもの、特に金属」。覚書「銀製品をスクラップ《ロム》用に十八コペイカで引き取る。シロップ漬けのナシを鉄くず《ロム》と交換する」。

語群「ポドラームィヴァチ」にある「ポドロムナヤ・ストイカ」（「ポド」は「〜の下に」を意味する接頭辞、「ストイカ」は「台、支え」などのこと）——「船や艀《はしけ》の進水時に最後にこれを伐る」。

辞典に分け入れば分け入るほど、こんなものを編もうとすればダーリの人生を生きとおさねばならないことがはっきりする。

〈経験豊かなダーリ〉が必要なのだ。

ダーリの辞典を研究した名高いロシアの言語学者は、これは〈芸術家〉の仕事だと書いている。たしかに『詳解辞典』のなかの控え目な記事の方が小説より魅力的だ。それはまるで彼の小説から不出来だったところ、主人公のために考えだした冒険の部分をのぞいたかのようで、代わりにダーリが最も得意とした状況や生活様式や風俗の記述が残った。当時の人たちは『現用大ロシア語詳解辞典』が「本として読める」ことに驚いたものだ。そのころは辞典をそんな風に読む人はいなかったから。

ダーリの辞典はロシアの民衆の風俗、労働、慣習そして気質についての独創的な書物である。辞典を読めば、村の農家と外庭、脱穀場、そして草刈り場、養蜂場、鍛冶屋に身を置くことも、畑を耕し、種をまいて育て、穀物を収穫する様子を見ることもできる。市《いち》で商いをし、同業組合の船曳きたちと一、二ヴェルスターを進み、祝日にほろ酔いになり、葬儀で涙を流すこともできるし、昔ながらのロシアの婚礼にも、紹介、合意から始まってにぎやかな披露宴まで、すべての儀式に立ちあえる。うまくすると披露宴に向かう新郎の一行と行列をともにできるかもしれない。そこには一般客にまじって十二人の欠かせない「参列者」がいるはずだ。もちろん、ダーリはそれがどういった人たちか数えあげている。また、ロシアのほぼ全域における衣服、食事、ペチカの種類から家の建て方、さらに民間暦まで知ることができる。民間暦のなかには長年にわたる気象と農事の観察にもとづく数多くの俗信が入っていて、一見「単調きわまりない、おもしろみのない生活を送っていそうな」市井《しせい》の人が重要な問題や日常のことでどんな考えをもっているかを知ることができる。ダーリが言うように人間の知恵と気質は「身分に応じて」授かるわけではない。辞典を読むと、特権は持たずとも生まれつきの知恵と健全な常識に恵まれた市井の人びとがとても深く独創的にものごとを考え、その考えを生き生きと的確に言葉にして伝えていることが分かる。

ダーリの仕事に関する初期の批評のなかにこういうものがある。「ダーリの辞典は有益で必要な本であるにとどまらない。これは興味深い書物だ。母国語を愛する者ならだれでも、この辞典を読むかページをめくるだけでもう、満足を得られるだろう。見知ったもの、なじみのもの、なつかしいもの、そして新しいもの、好奇心をそそられるもの、教訓的なものがそこには山ほどある。この辞典は、読むたびに、日常生活にとっても文学の営みにとっても、貴重な情報を大いにもたらしてくれることだろう」（グロット、一八二一-九三、文献学者）。

八

文学の営みにとっても……。

ネクラーソフは「刈り残した畝」という詩のなかの「スタニッツァ（渡り鳥の群れ）」という語の使い方が正しくないと指摘した読者に反論し、正しいことを証明するためにダーリの辞典を引きあいに出す。「この詩を書いているとき、私はダーリの『詳解辞典』を確かめませんでしたが、この言葉を用いたのは、人びとがまさに私の用いた意味で、鳥が群れ《スタニッツァミ》をなして飛んでいるとか、スズメの小さな群れ《スタニーチカ》が飛んでいったというように口にするのを子どものころから聞いていたためです。今になってダーリの辞典をのぞいてみて、そこでも私がこの言葉に与えたのと同じ意味も与えられていることを知りました……」。

ネクラーソフには選びだした言葉の細やかなニュアンスが大事なのだ。「『刈り残した畝』のなかのあの言葉は、グルッパ、パールチヤ、スターヤ（いずれも「群れ」を意味する）という言葉で代用できるかもしれませんが、散文的になるということのほかにも、休息と餌を取るために時どき宿営のように適切な場所に降りたつ渡り鳥……を特徴づけるニュアンスが失われることで正確さが減るのです……」（「スタニッツァ」の基になる「スタン」には「臨時の宿営地」という意味がある)。

ダーリの辞典に対する批評のなかには、現代作家はこれを熟読してほしいという希望もあった。

レフ・トルストイの『詳解辞典』の読みかたは実に見事だ。

作家は辞典を一巻また一巻とひも解いて、ある巻は最初から最後へ、別の巻は逆に最後から最初へと読んでいく。そして自分に必要な言葉やはっとした言葉は記憶するために書きぬいて、そのたびに発見でもしたように喜ぶのだった。

トルストイは「虚弱な」を意味する語、「皿《シチー》」の項にある「シチェドゥーシヌィ、トシチェドゥーシヌィ」という言葉を書きぬく。そしてそれが「やせ衰えた(トーシチイ)」と「心/人(ドゥシャー)」からなる言葉だと知って、語源がはっきりしたと感じる。

あるいは「ヴォルガ河のザーイチク/百姓家の部屋の隅のザーイチク」。ダーリの辞典には「ザーイチク」に「ウサギの指小形」以外に「波の巻きあがった頂点の白い泡」「壁を光らせ走りまわる光の反射」という説明も出ている。

トルストイは『ロシア俚諺集』を読むことを日課にし、ここから『戦争と平和』『アンナ・カレーニナ』『復活』『闇の力』のために多くのことわざを採った。トルストイの作品のそこここにダーリの影響が見られる。

『戦争と平和』のプラトン・カラターエフを造形しているときはダーリの集めたことわざからなんと七十も選びだした。実際に小説に入れたのは九つだけだが、ことわざはプラトンが語るのを手伝ったばかりでなく、プラトンという人物の輪郭をよりくっきりさせる手助けもした。

作家は『詳解辞典』からも目に留まったことわざを選びだした。「すべては過ぎさり真実が残る」「真実は海底から打ちあがる」「へその緒を切ったところが懐かしい」……。

ダーリ同様、トルストイも文学の言葉と民衆の話し言葉の溝を痛感していた。そして「立ちどまること、この方法は偽りではないか、自分が書いているこの言葉は偽りではないかとじっくり考えてみること」を渇望する。

「民衆が話している言葉、そして詩人が望みさえすれば語りたいことのすべてを表せる響きのある言葉が私には愛おしい……。余計なこと、大げさなこと、病的なことを言おうとしても……言葉がそうさせてくれない……」と彼は書き、「確かなもの、明瞭なもの、美しいもの、節度あるものが好きだ。このすべてを、わたしは民衆の詩と言葉と生活のなかに見いだす……」と結論する。

やはり一八七〇年代に、徹底的にダーリの辞典を研究したと自負したのは劇作家オストロフスキイだ。彼自身も長年、民衆語の辞典のための材料を集めていたが、その仕事を仕上げることはできなかった。オストロフスキイの初期のメモは一八五六年にヴォルガを旅した時期のもので、そのころダーリはニジニ・ノヴゴロドに住み、やはりヴォルガ地方の諸県に残っていた言葉をどんどんたくわえていた。

劇作家にとって『詳解辞典』の徹底的な研究は、自分の素材の点検に等しかった。しかしダーリの解釈を鵜呑みにするのではなく、ときには論争も辞さない。ダーリの辞典の「ムラドイ（若い）」の語群に「子どもたちはまだ若い、あまりにも幼い」という文例がある。オストロフスキイは「子どもたちが幼いとはいえるが、若いとはいえない」と反論する。ダーリが「ペレモーチカ」は「頻繁な小雨」のことだと説明すると、彼はまたもや「頻繁なわけではない、ただ継続しないのだ」と異を唱える……。

オストロフスキイは民衆の話し言葉にさらに親しむための手段として『詳解辞典』を読みこんだが、どちらにとっても源泉はただ一つ、生きたロシア語だ。彼の戯曲『持参金のない娘』のある登場人物は、どうしてそんなにことわざを知っているのかという問いに「船曳きと付きあいました、ロシア語はそうやってものにするんです」と答えている。

もちろん、ダーリの辞典を読んだからといって、それを作家自身の人生経験や、その作家の言葉に対する知識と取りかえることはできない。せっせとダーリやオストロフスキイを読んでは、そこから手頃な「民衆の」言葉を集めてくる一部の物書きのことをチェーホフは不信をこめて語った。しかし、ダーリの辞典を読むと言語感覚が磨かれ、確かで鋭敏な耳が育ち、「審美眼」が引きだされて発達する。プーシキンがいみじくも言ったように、審美眼というものは、本能に従ってあれやこれやの言葉や言い回しを拒むことにあるのではなく、調和とバランスの感覚のなかにある。

真実のため、ロシア語のためなら

偉業と栄誉は賑々《にぎにぎ》しく輝かしいこともあれば、ひっそりして目立たぬこともある。ダーリの存在と彼の辞典が刊行中なこと、分冊が出るごとに書店で、もしくは編纂者からの直接購入なら十コペイカ引き（同じ刷りを十部まとめて買うと、一部につき十五コペイカ引き）で買えることはだれでも知っている。すべてありふれた日常的なことだ。一年が過ぎ、二年が過ぎ、三年が過ぎ、窓の外の木々は季節に応じて装いを変えるが、ダーリには偉業だの栄誉だのを考えているひまがないし、「亀の歩みのように」のろのろした自分の仕事を人は気にも留めていないと信じて疑わない。彼は気が急《せ》く。半世紀にわたって精魂傾けてきた仕事を、ここまで来て終えることができなければ、あまりにも悔しいではないか。「火事になったら、他のものはどうなってもいいから、辞典用の原稿の入った箱だけ抱えて、走って庭へ持ちだしてくれ」と家人に頼んでいるし、雷雨のときは当人が原稿を抱えて、母屋から少し離れた石造りの物置に避難する。

しかし火事はプレスニャ橋のたもとの古い家をよけてくれ、仕事は進んでいつしか終わりに近づいた。するとダーリの『詳解辞典』は大事件にとどまらず、ロシア人の精神生活とは切っても切れないものになりつつあることが判ってきた。辞典はロシア人の精神生活に音も輝きもなしにそっと入りこんだかと思うと、最初の一歩からもう永久指定席を占めたのだ。

歴史家のミハイル・ポゴージンはダーリの栄誉のことで気を揉み、義憤にかられる。社会は毎年続けて『詳解辞典』という国民すべての役に立つ偉大な成果を手にしているのに、そのために生涯を捧げた人物は未だになんら顕彰されていないではないか。ダーリを讃え、モスクワにかくも偉大なる名士がいることを海外からの客にも知らせなくてはと。

実務家肌の文学者は、ダーリを顕彰するより、社会が費用を負担して助手を雇ってやったほうがいいと提案する。

そのあいだも「モスクワの名士」はプレスニャ橋のたもとの自宅で、淡々と紙の帯を切ったり貼ったり言葉を書きぬいたりしては、その解釈をじっと考えている。手袋は今もはめたままだ。膨大な仕事が丸ごと自分の双肩にかかってくることは分かっていた。辞典の仕上げ段階で助手を見つけることは難しいどころか、そもそも無理な話だ。だれが好きこのんで下男のように、なんの得にもならない仕事を何年もするだろう。

辞典の刊行が始まってからダーリは毎日のように校正をしている。

担当の植字工に求められる仕事もかなりきついものだった。耳慣れない言葉は多いし、書体も頻繁に変えなくてはならない。見やすいように語群の見出し語は大文字で、派生語は斜体の太字で、説明は通常の細字で、用例は斜体の細字で、著者註は正書体だが小さな文字で組んでほしいとダーリが言うので、数行のなかで四回も五回も活字を変えなくてはならないこともあった。

当然、植字のときに誤植が出るが、辞典に誤植があってはならない。普通の校正は二回か三回通読して誤植を指摘し、再度ゲラを出してもらって指摘箇所が直っているかどうかを確かめる。ところがダーリは辞典をなんと十四回も校正する。十四回続けて、これ以上ない入念さで一文字一文字、コンマひとつも見逃さないように目を凝らして、二段組の大判の本文を二千四百八十五ページ校正するのだ。「ひと組の老眼にはまことに辛い、手間のかかる仕事だ」とため息をもらしながら。

片や友人たちはどのようにダーリを讃え、ひっそりしたその栄誉を賑々しく輝かしいものにしようかとさかんに論じている。

一八六七年に「第二十一分冊にして最終分冊」が刊行された。分冊は全紙（十六ページ）単位で綴じるため、語群の途中の思いがけない言葉から始まることもあった。最終分冊はアルファベットのX《ハー》から始まる「フヴォスト（尾）」という語群にある「ヴィールカ（フォーク）」という言葉が冒頭に来ている。動物や鳥の尾の呼び名があげられ、そこに「ツバメの尾はヴィールカ」という一文があるからだ。ダーリの辞典の最後の言葉は「イポスターシ」（聖書の用語で「聖三位一体の一位」）である。現代の辞典と違って、ダーリの時代にはЯ《ヤー》のあとにまだ「フィータ（Θ）」と「イージッツァ（Ѵ）」というアルファベットがあり、イージッツァの文字で始まる最後の言葉が「イポスターシ」だった。

　仕事が完成し、栄誉の証しがダーリにもたらされる。地理学協会は金メダルを贈り、デルプト大学も卒業生の成果を祝ってきた。科学アカデミーはロモノーソフ賞を授与した。ダーリは「賞を授けたいなら、こちらから頭を下げなくても授けたらいいだろう」と言って受賞論文を提出しなかったが、賞のタイミングはよかった。彼が知人のひとりに告げたところでは、ちょうど行商人が来たので、祝日の晴れ着用に配ろうと二八五アルシン（約二〇三メートル）のラシャを買ったという。降誕祭が近く、ダーリ家は大家族だった。

　歴史家ポゴージンはダーリの仕事の完成を祝ってスピーチをした。曰く、「辞典は完成した。もはやダーリのいないロシア科学アカデミーは無意味だが目下空席がない。そこで会員全員がくじを引いていったん空席を作り、その席をダーリに提供してはどうか」と。しかし、くじを引こうという者はいない。そのときアカデミー当局は、会員候補者はペテルブルグの定住証明書を有する者に限るという規則を思いだした。そこで余計な面倒を避けるために、ダーリは科学アカデミーの名誉会員に選出された。

　だがダーリ自身の解釈によれば、「名誉会員」とは「名誉のために選出され一切の責務をもたない」会員のことだ。ダーリは引退した将軍たちを思いだす。とっくに軍務を離れ火薬の匂いをかぐことも絶えてないが、宴会や婚礼に招待されるとありったけの勲功章をぶら下げた正装でいそいそとやってくる、俗に「宴会用の将軍」と呼ばれる宴席の飾り物で、辞典にはこんなジョークが出ている。「モスクワではコック長が尋ねる。『ところで将軍たちは、そちらさまのがいらっしゃいますか、それとも手前どものになさいますか』」。

ダーリはなんの責務もなしに生きることを好まず、飾り物の将軍になることを望まない。言葉を身につけていることでは名誉のためでも飾り物でもない文字通りの将軍であり、仕事は以前に比べて少しも減っていない。辞典が出版されても仕事は残っている。この仕事には終わりがないのだ。「旅支度」は次のように結ばれている。「辞典編纂者は改めて心から、編纂者に言葉のたくわえや覚書を届けてくれた言葉を愛するすべての方に感謝し、今後もこの事業のために可能なかぎり、語の補充、指摘や訂正を編纂者に連絡くださるよう、どなたにも切にお願いする」。

名声がとどろき光り輝くまでダーリは生きのびない。それに名声をとどろかせたり輝かせたりしているひまもない。朝まだきに彼は、着古した茶色いガウンとフェルトのオーバーシューズでゆっくりと広間を進み、窓際の書きもの机に向かう。桶に植えた苗木はすっかり大きくなって天井に届きそうだ。露地植えにしてやらなくては。相変わらず鵞ペンで書くことが多いが、金属のペン先にも少しずつなじんできた。先を削らないですむのはやはり便利だし、時間の節約になる。

ダーリは一冊の辞典のページのあいだに白い紙をはさんで、そこに新しい言葉を書きこみ、配列の誤りを訂正し、解釈を改良したり補足したりしている。差しこんだ紙に約五千の訂正と補足、印刷用の細かな活字にして八千行分を、第二版用に書きこむことができた。

「いつになったらひまになる？　わたしがいなくなったらな」とつぶやくのはいつもの通りだ。

ダーリは物静かで、声高な口ぶりや大仰な言葉遣いを好まない。だからこそ、やがておおぜいの目にふれることになるとは思いもしないありふれた私信に、事務的なメモや日常生活の愚痴や考察に交じって思わず胸の内を明かす。「真実のため、祖国のため、ロシア語のため、言葉のためなら、わたしはナイフにでもよじ登ってみせる」と。その言葉は信ずるに足る。

多年にわたる責務

「識字」をめぐるダーリの見解再読の試み

「偉人伝叢書」の一冊としてウラジーミル・イワーノヴィチ・ダーリの伝記(一九七一年刊)を執筆するにあたって、わたしは、当時としては可能なかぎり、「ルースカヤ・ベセーダ」誌掲載のダーリの論文を新しい視点で読むようにしましたが、卒直に語るには時期尚早でした。三十年にわたって、わたしはこれを語ることを自分の倫理的な責務と感じてきました。

ウラジーミル・ポルドミンスキイ

「ルースカヤ・ベセーダ」誌第三号(一八五六年)に掲載されたウラジーミル・イワーノヴィチ・ダーリの論文「出版者A・I・コシェリョーフへの書簡」の数ページは、当時の人びとのあいだに、彼の他のどの仕事も、たとえば誉れ高い『現用大ロシア語詳解辞典』や『ロシア俚諺集』でさえも起こさなかったほどのすさまじい反響を巻き起こした。文字通り、わずか数ページだ。ダーリは自分が重要だと考え、時事問題への答えになると考えた一連の問題を論文に持ちこんだが、[*]批評家らは、そのなかからただひとつの問題を、彼らが論争において「ダーリ氏の見解」だと決めつけた識字能力に関する問題だ

＊(訳注)全十六ページのなかでダーリは、ロシア語の文法、家内手工業と工場生産、農業経営の問題などを論じている。

けを取りあげて裁き、判決を下した。

判決が（ほぼ！）満場一致で有罪であったこと、裁き手が保守派と進歩派、スラヴ主義者と西欧主義者、農奴解放論者と農奴制擁護者のように、それぞれ信念をまったく異にする人たちだったこと、チェルヌィシェーフスキイにアクサーコフ、ドストエーフスキイにサルトゥイコフ＝シチェドリーンなど（ほかにも挙げられるが）、ロシア社会を代表する錚々《そうそう》たる著名人が論文に反応すべきだと考えたこと、そして最後に、論文が発表され「ダーリ氏の見解」が（ほぼ！）無条件に喧しく批判されてから今日までの百五十年という歳月が、我われにそれなりの歴史的な経験を積ませてくれたこと——そのすべてが、この問題を再考する試みをよしとしてくれよう。

「ダーリ氏の見解」をかいつまんでいうと、およそ次のようになる。「わが国の啓蒙家のなかには、民衆の識字能力について論じたてることがくせになっていて、何はさておき、これだけを求める人がいる……。しかし〈啓蒙〉と〈識字能力〉は同じものだろうか……。識字は手段にすぎない。それは啓蒙のためにも、その逆に、判断を曇らせるためにも用いることができる。人間は読み書きができなくても一定の段階まで啓蒙し得るし、また、読み書きができても無知で無作法なまま、つまり無学無教養でいることもあり得る。それどころか悪党でいることさえあり得る。これらの点も真の啓蒙とは相いれない……」。

ダーリは啓蒙の必要性を確信している。ダーリに抗えるのは、「人生の本質は精神ではなく肉体にあると言いそうな者」だけだ。ダーリは、識字なくして啓蒙がないことは理解しているが、民衆の暮らす環境は、いろはを身につけたところで、彼らを真の啓蒙に導いてはくれない。民衆の日常生活には識字の入り込む余地がない。そして識字自体は、知的かつ精神的教養がなければ、農民に何を教えるものでもなく、「啓蒙するどころか、むしろ惑わせる」。裏づけのない誤った知識は、時間をかけて培われた思考方法と、その基盤にある道徳原理に疑念を抱かせ、それらを破壊する。ダーリは識字能力そのものに異を唱えているのではなく、それが「民衆の今日の暮らし方や生活環境と強く結びついて悪用されること」に反駁しているのだ（「サンクト・ペテルブルグ報知」紙一八五七年第二四五号に掲載の「識字能力についての覚書」も参照のこと）。

しかし、批評家らはこの但し書きを聞き流し、ドブロリューボフはダーリのことを、「農民の識字能力の頑固な敵」と呼んで非難する。民衆を擁護する者が左からも右からも、ダーリは間違っていると声をそろえる。

サルトゥイコフ＝シチェドリーンは、「つまり、識字を普及させる前に〈真の〉啓蒙を普及させるべしというわけだ。これではまるで物事が終わりから始まるようで奇妙に思えるかもしれないが、このいわゆる逆行が不可欠な場合もあり、この逆行は〈戦《いくさ》に行くとて威張るでない、戻ってきてから威張るがよい〉というロシアのことわざで十分証明できる」と皮肉って言う。諷刺作家はこのようにダーリの見解の弱点を見てとったが、識字教育イコール啓蒙であるということに疑問を抱くダーリは、始まりと終わりを明確にしないし、識字なしに知的かつ精神的啓蒙をどう根づかせるのかという問いに答えようとしない。民衆を真の啓蒙につなげることはむずかしいと述べるにとどめる。この課題が「時系列」に沿って自然に解決されるとは信じていないからだ。そして「あなた方は識字を行い、人の内部にあった要求をかき立てたが、かき立てられたその要求をなんら満たすことなく、その人を岐路で見捨てている」と応酬する。

ダーリは「識字の普及に熱くなるあまり、ほとんどそれのみを懸念する」必要はないと公言してはばからない。（同時に、「もちろん民衆に識字が普及することを邪魔立てするにも及ばない」と付言する。）しかしまさにそのダーリが、民衆が「低い段階をくぐり抜けて高い段階に行けるよう」手助けしたいと考えて、大衆用の読本を作ることに注力した（晩年には、この偉大な事業にすべてを捧げようとしたことが一度ならずあったと打ちあけている）。ダーリは「ルースカヤ・ベセーダ」誌に、「読み書きを身につけたわが国の民衆が読むべきものは何か——みなさんは、これに役立つ本を三冊と挙げることができないだろう」と書き、「たいして役に立たないが害もない」版画入り読み物《ルボーク》もほとんど廃れてしまったと嘆く。一八四〇年代初頭、多彩なテーマの短編の数々にことわざ、なぞかけ、箴言《しんげん》を盛りこんだ『兵士の余暇』というダーリの著書が出版された。今日の研究者（シャポヴァーロワ「民衆のための最初の本作りの試み」、一九六三年）に言わせると、これは「兵士の言葉、心理、関心に通じた者によって書かれた兵士のための初めての本」である。一八五〇年代初頭には『水兵の余暇』が出版され、さらに、その十年後には『農民のための八十の実話』が出た。しかし、これらの特別な出版物以外にも、当時の農村生活や都市生活に取材したダーリの多くの短編はシンプルで興趣に富むために、長年にわたって民衆、下級官吏、子どもなど、庶民向けの作品集、選集、副読本に収録されてきた。

ダーリの論文に浴びせられた反駁や異論は一見もっともだし（実際、識字教育なしには啓蒙のしようがない）、ダーリが述べたことすべてをこの「時系列」に沿ってまとめるなら（どちらが先だろう）、反駁や異論は正当だといえるが、それらはダーリの論文の根本思想、「みかけ倒しのためだけでさえ、仕上げる前にものは磨けぬ」という実に生彩ある決まり文句で表わされた思想を避けて通っている。注目すべき点は、ダーリが、読み書きはできても知的かつ精神的教育を受けていない無学な人びとの「致命的な例」として、「民衆にもっとも近いふたつの階層」（地主と役人）を挙げていることだ。批評家らは、ダーリに教え諭すように、ダーリが論じたことを繰りかえしながら、しかもダーリが常に述べている「わたしは識字そのものに反対しているのではなく、まったく別のことについて語っているのだ」という但し書きを意に介さない。

論文からは決して「識字は不要だと読み取ってはならず」、読み取るべきは、「斧とのこぎりすなわち大工ではないように、識字能力すなわち啓蒙ではないということである。あなた方は、のこぎりと斧を持たぬ大工などいないと言うだろう。その通りだが、斧があっても、大工仕事を学ぶのではなく館を壊しに行くのであれば大工とはいえない。あなた方の弟子が精神を養うよう、識字は善を達成するための手段だということを理解するよう、まずそこに心を砕いていただきたい……」（「祖国雑記」一八五七年第二号掲載の「コシェリョーフ宛書簡に対する反論に関わる追伸」）という点だ。この真理を軽視したことは、その後何度も、この国の歴史の別の時代に手ひどく反響することになる。

しかし農奴解放前の一八五〇年代末には、ダーリの論文に言及することが、民衆の要求に共感していることを示すよいきっかけになると、論者らは見てとった。そこで所信表明の格好の機会としてダーリの論文が批判されたわけだが、内容的には一致していてチェルヌイシェーフスキイをほっとさせ喜ばせた。結局、彼らが話題にしたのはかなり穏当なことであり、異論を挟みはしても政治上の重大な変革に触れたものではなかった。一致という点では、革命的民主主義陣営と、「昼祈禱のたびに、恵み深い賜物はすべていと高きところより下されたと耳にするが、識字はそのような賜物である。なぜなら言葉は神からの賜物であり、識字とは書かれた言葉であるから」というアクサーコフとが、仲良く肩を並べたことになる。

論争に都合がいいように、あるいは論争中にかもしれないが、ダーリの思想は故意に単純化され、その後、単純化されたままの形で教養あるロシア人の記憶に残った。「容赦ない批評家」を自任し、辛らつに批判したドブロリューボフの態度は特徴的だ。彼は一八五七年六月、つまり「ルースカヤ・べセーダ」誌にダーリの論文が掲載されたあとで、当時ダーリが住んでいたニジニ・ノヴゴロドに来て、その地で次のように書いている。「わたしがもっとも好ましい印象を受けたのはダーリと語りあったひとときだった。ダーリは、わたしが当地に着いてまもなく訪ねた相手のひとりだが、彼のものの見方が思っていたよりずっと純粋で高潔だったのは意外であり、うれしかった。論文では目につく奇異なところや厭なくせが、会話ではまったくといっていいほどなく、おかげで全般の好印象を妨げるものは皆無（傍点筆者）だった。また来るようにと言ってくれたので、今日も訪ねることにする」。ところが数か月後にはまたも や雑誌の論争に足をすくわれ、従来通りダーリのことを「農民の識字能力に対する頑固な敵」と呼ぶのである。

チェルヌィシェーフスキイは、雑誌「同時代人」にダーリに反対する読者の投書を載せ、同情にピリリと皮肉を効かせた短い序言のなかで、ダーリが「わが国の民衆の要求をあまりにも知らない」ことを残念がり、「穏健思想の人がこぞってダーリ氏の見解に不満を抱いたこと」と、「ダーリ氏の危険な誤解に抗って多くの声が上がったこと」に満足を覚えると述べる。「危険な誤解」というときチェルヌィシェーフスキイの念頭にあったのが、ダーリの指摘した「識字」と「（知的かつ精神的）啓蒙」の概念の不一致であることは明らかだ。さらに興味をそそられるのは、この件に対して雑誌上の論争以外の場で示されたチェルヌィシェーフスキイ自身の見解であり、ある研究者（カーントル「個の探究――ロシア古典文学の試み」、一九九四年）がそれを次のようにまとめている。

「文化の普及と称して少数者を抑圧するたぐいの啓蒙ではなく、カントのいう個の解放として、民衆の啓蒙をおし進めようとするチェルヌィシェーフスキイの路線は（逮捕・徒刑によって）否応なく断ちきられた。啓蒙とはもちろん書物のことであるが（この点ではチェルヌィシェーフスキイは自由主義者と同意見だった）、それは自由な人間に読まれた書物を指す。民衆は〈ローマ法王のような無謬《むびゅう》の人間の集まりではない〉と、チェルヌィシェーフスキイは皮肉を込めて語った」。

民衆の啓蒙、その知的かつ精神的教育は、「何を措いてもまず識字を普及させる」ことをしなくとも成し得るというダーリの意見は、見方を変えると、まさにダーリが民衆を、その内面の力と精神力を深く信じていた証拠だ。ダーリは批評家たちに、彼（ダーリは自分のことを三人称で呼ぶ）の言うことに耳を傾けていただきたい、せめて「この人物には九つの郡にいる三万七千人の農民が身近だということを考慮に入れていただきたい」と求める。（当時、ダーリはニジニ・ノヴゴロドの帝室御料地を管理し、ついでに言えば、いくつもの村に学校を開いている。）

しかし、ダーリの言葉に耳を傾けた人物はひとりしかいなかったといってもよいだろう。それはレフ・トルストイだ。「識字が有益か否かという論争を笑ってはならない。これは実に重要かつ悲しい論争であり、わたしは否定的な意見の側に立つ」。ダーリ同様、ロシアの農民の生活や習慣を熟知し、当時農民と暮らしていたトルストイにとって、この論争は観念的な議論でもなければ、定期刊行物の紙上で繰りひろげられる論争でもなかった。トルストイ自身の「身近」にも農民がいて、彼らとじかに触れあっていたし、当人がそれなしにはロシアもロシアに対する自分の態度も想像することがむずかしいと言うヤースナヤ・ポリャーナがあり、ヤースナヤ・ポリャーナの学校があった。トルストイは、かの権威あるゲーテにも『幼年時代』の著者たる自分にもたどり着けない、限りない高みにまで発展した「芸術家の自覚的な力」を無学な農民の子どもたちのなかに見いだしていた。このことに触れた「だれがだれから書くことを学ぶべきか。我われが農民の子どもたちからか、それとも農民の子どもたちが我われからか」という論文の題名そのものに、民衆の精神力への深い信頼が読みとれる。

ダーリから民衆を擁護した批評家らが取りあげた側面からではなく、別の側から「ダーリ氏の見解」を見ると、そこにも同様に、民衆の精神力への深い信頼を見ることができる。トルストイが論文のタイトルという形で示した実は修辞的な問いに対する答えが、ダーリの主な仕事の序文のなかにある。『ロシア俚諺集』の序文には、『俚諺集』にとって何よりも主要な資料や蓄えになってくれたのは生きたロシア語であり、もっと言えば民衆の会話だった、「ことわざや慣用句を探すには民衆のなかへ入っていくことだ」と、彼は書いている。『詳解辞典』の序文では、自分は「教師でもなければ指導者でもなく、師である生きたロシア語から聞かせてもらったものを生涯にわたってコツコツと集めてきた生徒だ」と称する。そしてここで「本の虫」と「賢いが素朴で学のない人」の話し言葉を比較し、常に後者のほうがまさると言いきる。「言葉に宿る言霊《ことだま》を軽くあしらうことができないので、言葉は明瞭に、率直に、簡潔に、そして優美に発せられる」のだと。

『詳解辞典』の序文が書かれたのは一八六二年だが、それから十年後に、トルストイはダーリのこの考えをN・N・ストラーホフ宛の手紙のなかでほぼ文字通り繰りかえしている。「我われが日ごろ書く言葉や、わたしが書いてきた言葉は偽りではあるまいか」と考えこんだトルストイは、文学の言葉と民衆の言葉を対比させ、民衆の言葉が持つ「確かさ、明瞭さ、美しさ、そして節度」のほうに好感を示す。折しもトルストイは「皇帝から農民までロシアのすべての子どもたちが二代にわたってこの『初等教科書』だけで学ぶようになり、この本から最初の詩的印象を受けるようになる」ことを夢見て、『初等教科書』を執筆していた。手紙で話題にされたのはまさに、外部から民衆に持ちこまれる知的かつ精神的初等教育（トルストイの『初等教科書』では美的なものと倫理的なものは分かちがたく結びついている）についてであり、ダーリが「ルースカヤ・ベセーダ」誌で述べた啓蒙を「低い段階をくぐり抜けて高い段階に」普及させるための「準備」と「適応」についてであった。

一八六三年に発表された論文「教育の進歩と定義」に、トルストイはこう書いている。「良心的な観察者たるダーリ氏は、識字が民衆に与える影響についての観察結果を公表した。氏は、識字は平民出の人たちを堕落させると述べた。そして進歩を信ずるすべての人から轟々たる非難を浴びせられ、罵倒された。識字はそれが例外であったときは有害だったが、全体の規範になったあかつきには害毒は一掃されると、その人たちが断定したからだ。この予測は気の利いたものかもしれぬが、予測にすぎない」。「百姓が市《いち》から、ブリュッヘルや下らない英国貴族ではなく、ベリンスキイやゴーゴリを持ってくる時代*」

＊ネクラーソフの『だれにロシアは住みよいか』第一部第二章の一節。「ブリュッヘル」はプロイセンの元帥ゲプハルト・ブリュッヘルを描いた樹皮版画、「英国貴族」はマトヴェイ・コマロフのベストセラー小説『英国貴族ジョージと辺境伯令嬢フレデリーケ・ルイーザの冒険物語』を指し、低俗な読み物の例として挙げられている。

について繰りかえすことがくせになった人たちのなかで、時代と、百姓と、百姓が市から持ってくるものとの関係は、熱狂のなかで想像されたよりはるかに複雑であることを見抜いていた者は多かっただろうか。

一九一七年の十月は、ついに幸福な「時代」が到来したと宣言する。ソヴィエト政権初期のもっとも重要な大衆キャンペーンのひとつになるのは〈文盲撲滅〉だ。田舎の老いた農夫や農婦が節くれだった指で帳面に、あるいはチョークで黒板に「我われは奴隷ではない。奴隷とは我われのことではない」と書いている写真は、今見ても胸が熱くなる。ただ、「ベリンスキイやゴーゴリ」のことは、詩の一節のようにはスムーズにいかなかった。「人間を、その人が得ている内面の自由以上に外部から解放することはできない」という争う余地のない真理が主張しはじめるからだ。もっとも、〈文盲撲滅〉は人間を内面から精神的に解放するためのものなのだろうか。

レーニンは、無学な者に読み書きを教えて、無学なせいで政治の枠外にいることのないようにせよ、と求めた。身をもって経験した七十年からいえるように、それは読み書きを学んで政治を行うためではなく、行われている政治を支えるために、ということだ。レーニンは、提案された事業に参加しなくてはならないと各人が理解できる程度に、住民を「文明化」させるという課題を設定する。そしてこの手の「啓蒙」では「小細工や技巧は最小限」であるべきだと述べる。これをすばやく無意識のレベルで身につけるのが、犬から人間に変身し、ポリグラフ・ポリグラーフォヴィチと名のるようになったシャーリコフ*である。

レーニンは、肖像画家とモデルというだけでなく、私的にも関わりのあった画家ユーリイ・アンネンコフとの語らいで、悪びれずにこう言っている。

「たぶんご存じだろうが、わたしは知識階級に対してそもそもあまり共感を持っていないし、〈文盲撲滅〉というスローガンについても、わたしが新たな知識階級を生むことを目ざしていると理解する必要はまったくありません。〈文盲撲滅〉は、農民や労働者が、我われの出す法令や指令やアピールを手助けなしに自力で読めるようにするためのものでしかない。目的はまったく実務的です。それだけのことです……」（アンネンコフ「わが出会いの記録」、一九六六年）。

『詳解辞典』では、ダーリによる「啓蒙」の定義は、「潔癖な倫理観によって暖められた学問と理性の光。人間の知力、精神力の発達。己の責務と人生の目的をはっきり自覚したうえでの学問的教養」となっている。しかし外界から隔離され閉ざされた国において、公的に許された知識水準の範囲を超えることが誰にもできないとき、望まれた内面からの人間の解放（ダーリはまさにこのことを「光」、潔癖な倫理観、内面の力の発達、責務と目的の自覚と言っているのだが）は、精神の糧の厳密に計量された割当分に、予め指定されたその成分に、国民教育体制のたぐいに、形を変えてしまうのである。

〈文盲撲滅〉の時期に、流通停止になっていた高名な哲学者や作家の作品の写しが登場した。そこには、革命後、全作品を読めるようにするとレーニンが労働者に約束したレフ・トルストイの社会政治評論や宗教・倫理関係の著作の大半が含まれていた。ほぼ七十年のあいだ、ベリンスキイがゴーゴリに宛てた手紙は（「市から」持って来ることができたとみえて）おおやけに存在したが、ゴーゴリがベリンスキイに宛てた手紙は、多くの読者にとって存在しないに等しかった。ゴーゴリの『友人との往復書簡抜粋』

＊ブルガーコフの『犬の心臓』の登場人物。

に触れたベリンスキイの手紙を読むことによって、「市の売店」には事実上存在しなかったその本を読んだことにするようにと言われた。活きのいい思想や文化が抑圧された暗い時代、ベリンスキイは、活きのいいしなやかな心を持ち、熱中もし、誤解もし、洞察力もある人だったのに、名文集の光沢に包まれて生気のない人物にされてしまい、四人ひとからげの陳腐な決まり文句「ロシア革命民主主義」――ベリンスキイ、ゲルツェン、チェルヌィシェーフスキイ、ドブロリューボフ――の冴えない一要素に成り下がった。その決まり文句は、常に「最高レベル」という別の四人ひとからげ――マルクス、エンゲルス、レーニン、スターリン――の決まり文句を早口言葉のように引き連れていた。アルバート広場にあったゴーゴリ像は彫刻家Ｎ・Ａ・アンドレーエフの傑作だが、「我われには不要なゴーゴリ」として修道院の裏庭に「流刑」されてそこで奇跡的に九死に一生を得、広場には、それに代わって台座に「ソヴィエト政府から」と記された官製の像が建った。

ダーリの作品は革命後一九五〇年代まで事実上再版されなかった（その後出版されたものも、ごく少部数のお粗末な内容の一巻ものばかりだった）。ダーリの文学遺産の一部が古臭くなったことは否定しないが、ダーリが長いこと警戒されたのは、もちろんそのせいではない（わが国で、古典の出版計画に応じて古臭い作品が再版されている例は少ないといえるだろうか）。

ソヴィエト時代における『詳解辞典』の最初の版がやっと陽の目を見たのは一九三五年（次の版はもう「雪どけ」の時代だった）で、その巻頭論文には以下の但し書きがあった。それは、ダーリの「民衆好み」には「抑圧された農民への共感の要素は皆無である」こと、「民衆においてダーリが評価したのは何世紀も遅れた沈滞したものばかり、進歩のブレーキになるものばかりだった」こと、「搾取された無知な大衆の時代遅れの思想の方へ言葉を引きよせた」こと、そして最後に「公式筋のロシアと公式筋の学問はダーリの仕事を歓迎したが、ロシア社会の進歩的な部分は反応しなかった」こと、である。

一九六〇年代の終わりになっても、本稿の著者が「偉人伝叢書」の一冊としてダーリの伝記を準備していることが公表されると、分量にして全紙一枚分（十六ページ）の摘発文が上級機関に届き、その文中で、「我われ」にまったくふさわしくない人物の伝記をソヴィエトの読者に紹介することは、極めて望ましくないばかりか有害でさえあることが「証明されて」いた。摘発文では、ダーリは「王権主義者」「反動主義者」「富農階級のイデオローグ」などと呼ばれ（すべては挙げきれないが、ことに驚いたのは、ダーリが「ロシア人の血が一滴も流れていない大国主義的排外主義者」とされていたことだ）、本稿の著者とM・A・ブラートフとの共著によるダーリの伝記物語『言葉を集めた人』という児童書のなかにレーニンが『詳解辞典』に触れた箇所（「地方主義的で時代遅れになった」）の引用がないことは「指導者に対する中傷である」とも書かれていた。これらの摘発内容に対する事細かな返答が求められた過程で実感を伴って記憶から蘇ってきたのは、「ダーリ氏の見解」にある、読み書きはできても啓蒙されていない人に触れた文章、「わが国の物書きは何を書くべきか。中傷の請願書と偽の証明書だとでもいうのだろうか」だった。

今はもう、ダーリに関しては良好だ。よく読まれているし、『辞典』『俚諺集』は再版されている。ダーリの辞典から語釈を引用する態度もよくなった。しかし、とうに忘れられた「ダーリ氏の見解」で提起された識字にまつわる問題は切れ味を失っていない。マスコミュニケーションが押しつけられる時代、義務教育の時代、教育、コンピューター、インターネットの分野が市場原理で動く時代に、この問題はいくつもの新たな局面を見せて我われの方に向き直った。そして恐らく、新たな力で認識することを求めているのではないだろうか。

（『文学の諸問題』二〇〇一年一一・一二月所収）

訳者あとがき

本書はロシアの辞書編纂者として名高いウラジーミル・イワーノヴィチ・ダーリの伝記物語『人生と言葉』（原題）の翻訳で、著者のウラジーミル・イリイチ・ポルドミンスキイは文学全集の編集や芸術家の伝記の仕事で知られる。作家ガルシン、画家のゲーやヴルーベリ、ブリュローフ、デカブリストのプーシチン、外科医ピロゴーフら多彩な被伝者のなかで特に惹かれるのがダーリだと言い、ダーリについては単行本だけでも後掲の四冊と著者の編集によるダーリの選集一冊がある。著作や読書を通じて過去に出会った作家や画家、そして友人や家族が時空を超えて登場する『影たちの食卓』というエッセイでは、人生の「もっとも長く信頼できる道連れのひとり」として、「私のダーリ」と呼んでいる。

同じ著者によるアファナーシエフの伝記物語『昔話を語ろうか』を訳したおり、訳者にダーリへの興味が芽ばえた。それは長年かけて集めた昔話を見ず知らずの青年に無条件に譲った無私の人としてだったが、ダーリの名を後世に残したのは無論『現用大ロシア語詳解辞典』の編纂という大事業だ。

辞書の編纂という一見地味な仕事に秘められたドラマは人の心を打つとみえ、ベストセラーになった三浦しをん著『舟を編む』をはじめ、『言海』についての高田宏著『言葉の海へ』、『オックスフォード英和大辞典』についてのサイモン・ウィンチェスター著『博士と狂人』、そして現代の辞書編纂者のエッセイなどがよく読まれている。しかし『現用大ロシア語詳解辞典』全四巻をひとりで編纂したダーリについてはまとまった紹介が見当たらなかった。栗原成郎先生がエッセイ「ウラジーミル・ダーリ点描」(『窓』、一九七四年五月第九号所収、ナウカ)で「ルネサンス的な綜合的人間の像を思わせる」巨人として、ダーリについて十二ページほど書かれているものの、一般向けの入手しやすい情報は百科事典程度にすぎなかった。

そこで著者に以上を伝えたところ届いたのが本書で、四冊のうちではこれが一番うまくいったように思えると添え書きにあった。一読してダーリの人柄にも、膨大な仕事の量と質にも、臨終のプーシキンの信頼を得たことにも深い敬意を覚えた。老齢になってから全四巻(約二〇万語収録)の辞典をひとりで十四回校正したくだりなど驚嘆のほかはなく、「ひと組の老眼にはまことに辛い、手間のかかる仕事だ」という言葉の実際は察するに余りある。また訳者には、書架の飾りに近かった『詳解辞典』への手引書にもなってくれた。

それでも、本書に収めた「多年にわたる責務」という著者の論文(『トルストイについて』二〇〇五年刊所収)を読むまでは訳すつもりなどなかった。ところが論文には、偉人伝叢書の『ダーリ』の出版がソビエト時代だったために筆にできなかった部分があり、それを語ることを三十年ものあいだ「責務」と感じていたとあった。これを読んだことで、その思いを手放さなかった著者のこと、論文にあったダーリの視点、そして波乱に富んだダーリの人生を紹介したい思いに駆られた。(レーニンに触れた四ページ弱の最終章は著者も訳者も不要と考え割愛した。原書の対象は中高生だが、訳書は一般向けとしている。）

作業中何度も、今読んでいるのは今日《こんにち》の日本のルポではないのかという錯覚に陥った。はびこる悪と嘘、著しい貧富の差、冷や飯を食う誠実な人たち――本文中の状況と現在の日本は悲しいくらい重なってみえる。識字率の高い日本がそのようになってしまった原因を思うとき、「多年にわたる責務」で紹介された〈識字と啓蒙〉をめぐるダーリの考え方は示唆を与えてくれるのではないだろうか。著者の編集によるダーリの選集『V・I・ダーリ　人生の四季』の最終章には二本の論文が抄録されており、ダーリの人柄はここにもにじみ出ている。「論文『教育について』に関する見解」と題された一本目の骨子は、「教育者は、教え子にかくあれかしと願うその望ましい姿であるべきだということ、少なくとも誠実にそれを希求し、その姿に向けて全力を尽くすべきだ」という点にある。二本目の論文「我われの在り方はこれでよいのか、少し離れて眺めてみよう」では、論者の思いは「他人を自分の思うようにはできないが、自分のことは意のままにできる。自分の罪なり責任なりを自覚し、それを正したり果たしたりすることはできるし、そうすることによってささやかでも公共に資することができる」という一文に要約できるだろう。

ベリンスキイは『カザーク・ルガンスキイの中編、昔話、短編』（一八四六）を評して、「ダーリの風俗ルポは現代ロシア文学の精華と呼べるもので再読に値し、読みかえすほど魅力を増す」と言い、トゥルゲーネフは「ユーモアは少ないが言葉遊びの機知は底なしだ。ダーリは想像力より記憶力に恵まれている。しかしこれほど確かで素早い記憶力はどんな想像力にも引けをとらない」と述べた。著者は『人生の四季』の解説部分で次のように書いている。「ダーリの小説の魅力は逸脱とディテールの豊かさにある。一見それは語りの均整を壊し、主人公の行動を妨げることで窮屈さを感じさせるが、逸脱とディテールはダーリの小説の本質なので、当人もそれを認めつつ改めようとはしない。そして読みが少し深まると、まさにこの窮屈さが広闊《こうかつ》さに変わる。つまり、豊かなディテールで示されたロシアのほぼ全域の生活習慣を読めば読むほど、より広闊に祖国を知ることになる」。

ちなみに『人生の四季』はダーリの人としての幅や多面性、彼が目指したことなどを作品そのものによって可能なかぎり全般的に語らせるという方針のもとで編まれ、著者は一割程度の解説を挟んでいる。収録作品は自伝的メモ、昔話数話、「ウラルのコサック」「ビケイとマウリャナ」などカザフやバシキールが舞台の作品、プーシキンについての回想三本、ペテルブルグが舞台の小説、「熊」についての論文、短編、辞典の項目、『ロシア民族の俗信、迷信、先入観について』から「ドモヴォイ」や「ルサールカ」など特に読者の興味をそそる八章、そして前掲の二本の論文抄などとなっている。

本書は主に「ロシア語」を通してダーリの人生を辿っており、家庭生活への言及はほとんどない。その部分をマイヤ・ベッサラブ著『ウラジーミル・ダーリ』から少し拾いだすと、兄弟はダーリを頭《かしら》に年子の弟カルル、妹のアレクサンドラとパヴラ、さらに弟のレフとパーヴェルで、妹二人は早逝した。特に気の合ったレフはポーランドの叛乱の際に戦死。ダーリは一八三三年にユリヤ・アンドレと結婚するものの、ユリヤが息子レフと娘ユリヤを遺し若くして他界したため、一八四〇年にエカテリーナ・ソコロワと再婚し、さらに三人の娘に恵まれる。その後、長女ユリヤは二十四歳で病没し、ダーリ自身も

『詳解辞典』初版が出たのち、何度か卒中の発作に見舞われて一八七二年秋に世を去った。息子のレフは建築家になって中世の木造建築の真価を最初に見いだし、今や世界遺産になったキジ島の木造教会の保存等に尽力したが、父の死の六年後に四十四歳で病没したようだ。また、本書の扉裏に入れたペローフ筆の肖像画は、ロシアを代表する美術館の創始者トレチャコフのたっての希望で実現し、一八七二年初めに完成を見たという。同年秋にダーリが没したことを思えば、トレチャコフとペローフに深く感謝したい。

ダーリの辞書は一般に『現用大ロシア語詳解辞典』（あるいは『辞書』）という名で知られ、「現用」にあたる語「ジヴォイ」を項目にした大きな語群の中の「言語あるいは作家の文体」という下位項目には「生命に満ちた／暖かい／沸きたつ／自然な」などの同義語が並んでいる。「現用」という訳語に違和感はあるが、本書では流布しているものを用いた。また、文脈の関係で「アーカニエ」（アクセントのないOをアーと読むこと）と「オーカニエ」（同じくオーと読むこと）が混在していることを申し添える。

＊　＊　＊

一読者の分際で辞書編纂者の伝記を訳すなど無謀の極み、誤りも多かろうと身のすくむ思いですが、「授かった持ち分や能力はみな違う。自分に授かったものを世に出し、抱えたまま土に入ることのないようにすべきだ。新しく編むよりは追加、訂正のほうが易しい」というダーリの考え方に励まされ、また半世紀以上ダーリと歩んできた著者との出会いに感謝して作業したものです。著者は訳者の蛮勇を好意的に受け止め、ひとり出版社として孤軍奮闘しながら良質の出版活動を続ける群像社から自分の作品が出ることに深い喜びと誇りを感じると言って、どんな質問にも丁寧に答えてくれました。

船舶関連用語については、神戸大学海洋博物館館長の矢野吉治氏に懇切なご教示をいただいこと、記してお礼申し上げます。また、日本ロシア語情報図書館、ダーリ博物館ほか、親身になって助けて下さったすべての方に感謝いたします。

ロシア語通訳者・翻訳者として活躍され、あまりに早い死が今も惜しまれる三浦みどりさんは、お忙しいなかでいつも丁寧に拙訳を読んで具体的な助言と暖かい言葉を下さりました。どれほど励まされたか知れません。三浦さんがダーリの辞書に格別の愛着を寄せていらしたことを知り、御主人の奥井共太郎氏に御諒解を得ましたので、末尾で恐縮ですが拙訳を三浦みどりさんに捧げます。

＊　＊　＊

著者によるダーリについての単行本

『言葉を集めた人』《Собирал человек слова》 児童文学出版所、一九六六（M・A・ブラートフとの共著）

『ダーリ』《Даль》 若き親衛隊出版所、一九七一（「偉人伝叢書」）

『詳解辞典についての物語』《Повесть о толковом словаре》 クニーガ出版所、一九八一（「本の運命」シ

リーズ）
『人生と言葉』«Жизнь и слово» 若き親衛隊出版所、一九八五（本書の底本）
『V・I・ダーリ 人生の四季』«Круг жизни» アレテイヤ出版所、二〇一四

ソヴィエト時代の『現用大ロシア語詳解辞典』（全四巻）出版史

初版　一八六三〜六六
第二版　ダーリによる相当量の訂正と補遺あり　一八八〇〜八二
第三版　ボードゥアン＝ド＝クルトネ編集　一九〇三〜〇九
第四版　同右　一九一二〜一四
第五版　第二版の写真製版オフセット印刷　一九三五
第六版　第二版の重版　一九五五
第七版　第六版の覆刻版　一九七八〜八〇
第八版　第六版の覆刻版　一九八一〜八二
第九版　第六版の覆刻版（版型は20×14cmから24×17cmに変更）　一九八九〜九一

＊ロシア連邦成立以降は、電子版も含めてくり返し再版されている。

略年表（偉人伝叢書『ダーリ』による）

一八〇一年十一月十日（新暦二十二日）ルガニ市（現在はウクライナのルガンスク市）に生まれる。
一八一四～一九年　ペテルブルグの海軍幼年学校に学ぶ。
一八一七年　スウェーデン、デンマークへの練習航海に参加。
一八一九～二四年　黒海艦隊に勤務。
一八二三年　艦隊司令官を揶揄した「落首」で裁判にかけられる。
一八二四～二五年　バルチック艦隊に勤務。
一八二六～二九年　デルプト大学医学部に学ぶ。
一八二七年　雑誌「スラヴ人」にダーリの詩が掲載される。
一八二九～三二年　軍医として対トルコ戦争および「ポーランド戦役」に参加。
一八三〇年　「モスクワ・テレグラフ」誌に中編『ジプシー娘』が掲載される。
一八三二年　『カザーク・ルガンスキイのロシア昔話　最初の五話』が出版される。
一八三三～四〇年　オレンブルグ総督嘱託官吏として勤務。
一八三三～三九年　『カザーク・ルガンスキイの実話と作り話』が出版される。
一八三八年　ロシア科学アカデミー準会員に選出される。
一八三九～四〇年　ヒヴァ行軍に参加。
一八四一～四九年　内務大臣嘱託官吏および御料地大臣書記官として勤務。
一八四五年　ロシア地理学協会の創設に参加。

一八四六年　『カザーク・ルガンスキイの中編、昔話、短編』が出版される。
一八四九～五九年　ニジニ・ノヴゴロド帝室御料地管理局長として勤務。
一八五九年　退職およびモスクワへの転居。
一八六一年　『V・ダーリ作品集』全八巻が刊行される。
一八六二年　『ロシア俚諺集』刊行。
一八六一～六七年　『現用大ロシア語詳解辞典』刊行。
一八六八年　科学アカデミー名誉会員に選出される。
一八七二年九月二十二日（新暦十月四日）　ダーリ死去。

【参考資料】

Даль В. И. Круг жизни, Сост. Порудоминский В. И. СПб., Алетейя, 2014.
Порудоминский В. И. Повесть о толковом словаре, М., Книга, 1981.
Порудоминский В. И. О Толстом, СПб., Алетейя, 2005. С. 198-206.
Даль В. И. Письмо к издателю А. И. Кошелеву// Рус. беседа, 1856, Кн. 3, С. 1-16.
В. И. Даль и Общество любителей российской словесности/ Сост. Р. Н. Клейменова, М., Златоуст, 2002, С. 5-65.
Чернышёв В. И. Владимир Иванович Даль и его труды в области изучения русского языка и русского народа//Изб. тр. М., 1970. Т. 1, С. 384-439

Бессараб М. Я. Владимир Даль, М., Современник, 1972.
http://philolog.petrsu.ru/vdahl/index.html

ポルドミンスキイ
（ウラジーミル・イリイチ）
1928年、モスクワ生まれ。作家、評論家、エッセイスト。特に伝記作家として定評があり、プーシキン、ゴーゴリ、ダーリ、レフ・トルストイらの伝記を執筆。ロシアの古典作家の作品集の編者、注釈者としての仕事も多い。また、児童向けにロシアの絵画を紹介した『ロシア絵画の旅』やエッセイ『影たちの食卓』などもある。「ポルドミンスキイの描く伝記は、事実を時系列にそって小説風に並べた一般の伝記と違って、作品自体が文学として楽しめること、被伝者への愛情に満ちていること、人生や自分を取りまく世界についてたえず思索を重ねているために歴史的な内容に血が通い、読者は思わず知らず描かれた世界に自分もいる気になることに特徴がある」と評されている。現在、ドイツ在住。

訳者　**尾家順子**（おおや　じゅんこ）
司書。訳書にポルドミンスキイ『ロシア絵画の旅―はじまりはトレチャコフ美術館』『昔話を語ろうか―ロシアのグリム、アファナーシエフの物語』、アヴィーロワ『私のなかのチェーホフ』（いずれも群像社）、翻訳に「チェーホフのこと」（ブーニン作品集5『呪われた日々／チェーホフのこと』所収、群像社）などがある。

言葉《ことば》に命《いのち》を　ダーリの辞典《じてん》ができるまで
2017年8月15日　初版第1刷発行

著　者　ポルドミンスキイ
訳　者　尾家順子

発行人　島田進矢
発行所　株式会社 群 像 社
神奈川県横浜市南区中里1-9-31 〒232-0063
電話／FAX　045-270-5889　郵便振替　00150-4-547777
ホームページ　http://gunzosha.com　Eメール info@gunzosha.com
印刷・製本　モリモト印刷

カバーデザイン　寺尾眞紀

Владимир Порудоминский
ЖИЗНЬ И СЛОВО
Vladimir Porudominskii
JIZN' I SLOVO

ISBN978-4-903619-78-1

群像社の本

【ロシア作家案内シリーズ】

プーシキンとの散歩

シニャーフスキイ（アブラム・テルツ） 島田陽訳

ロシアの国民的詩人といわれるプーシキンの魅力の秘密は軽さだった。女や恋にたわむれて、夢と予兆を友として、皇帝さえもものともせず、アフリカの血を誇りとした詩人からロシアの文学は始まったのです。プーシキンのイメージを塗り替えた名散文家のエッセイ。

ISBN4-905821-07-X 2000円

レールモントフ　彗星の奇跡

今井博 カフカースの山々を背景にした名作『現代の英雄』で社会からはじきだされた孤高の青年像を描き上げ、反動化する暗い帝政時代を切り裂いて駆け抜けた天才の短い生涯を鮮烈なデビューから決闘による死までたどる書下ろし伝記。 ISBN4-905821-70-3 2000円

ドストエフスキイの遺産

フーデリ 糸川紘一訳 ソ連時代に監獄と聖書というドストエフスキイと共通する運命を背負って生き、苦難のなか終生「教会の人」だった著者がとらえるドストエフスキイの本質。作家の心にあるキリスト教思想の中核に光をあてる原点回帰のドストエフスキイ論。

ISBN4-905821-27-4 2500円

父トルストイの思い出

イリヤ・トルストイ 青木明子訳 大作家の日々の姿を間近に見て育った息子が父の死後まもなくつづりはじめた思い出の日々。独自の思想や社会活動から晩年の家出と死まで多くのエピソードを静かにやさしさをこめて語る回想録。 ISBN978-4-903619-34-7 3000円

価格は税別